KB128055

모범직원 박민준

Question Unanswered

모범직원 박민준

Question Unanswered

초판 1쇄 발행 2020. 11. 9.

지은이 경지운
펴낸이 김병호
편집진행 한가연 | **디자인** 최유리
마케팅 민호 | **경영지원** 송세영

펴낸곳 바른북스
등록 2019년 4월 3일 제2019-000040호
주소 서울시 성동구 연무장5길 9-16, 301호 (성수동2가, 블루스톤타워)
대표전화 070-7857-9719 **경영지원** 02-3409-9719 **팩스** 070-7610-9820
이메일 barunbooks21@naver.com **원고투고** barunbooks21@naver.com
홈페이지 www.barunbooks.com **공식 블로그** blog.naver.com/barunbooks7
공식 포스트 post.naver.com/barunbooks7 **페이스북** facebook.com/barunbooks7

· 책값은 뒤표지에 있습니다. **ISBN** 979-11-6545-213-1 03810

· 이 책의 국립중앙도서관 출판시도서목록(CIP)은 서지정보유통지원시스템 홈페이지
(http://seoji.nl.go.kr)와 국가자료공동목록시스템(http://www.nl.go.kr/kolisnet)에서
이용하실 수 있습니다. (CIP제어번호 : 2020044033)
· 파본이나 잘못된 책은 구입하신 곳에서 교환해드립니다.

바른북스는 여러분의 다양한 아이디어와 원고 투고를 설레는 마음으로 기다리고 있습니다.

Question Unanswered

경지운
장편소설

모범직원 박민준

H14 H15 H16 H19
Airline Airline Airline Airline Airline Airline

바른북스

목차

수속 직원 박민준

“따르릉!”

요즘 같은 시대에 좀처럼 듣기 힘든 아날로그 방식의 전화벨이 울린다.

수화기 앞에는 옅은 푸른색 셔츠와 회색빛 타이 그리고 검은색 정장 바지가 퍽 단정해 보이는 민준이 앉아 있다. 공간적 특성을 고려할 때 신뢰감이 절로 생기는 복장이다. 민준은 모니터 화면을 유심히 바라보다 살짝 미간을 찌푸렸다. 그리고는 벨 소리에 무의식적으로 반응하듯 오른쪽 손을 뻗어 수화기를 들어 올렸다.

“H15 카운터 박민준입니다.”

입은 수화기를 향했지만, 시선은 여전히 모니터 화면에 머물러 있었다. 왼쪽 손에는 반쯤 펼쳐진 여권이 쥐어져 있었다. 수화기 너머에서 딱딱하고 사무적인 목소리가 들려온다.

"124편 짐 걸렸어요."
"네. 번호 불러 주세요."

민준은 수화기를 어깨와 턱 사이에 끼워 놓고 오른손으로 볼펜을 집어 들었다.

"58438213이요."
"584··· 382. 그다음에 뭐였죠?"
"13이요. 다시 불러 드릴게요. 584, 382, 13."
"알겠습니다. 감사합니다."

짐 번호를 전달받은 민준은 지체 없이 전화를 끊었다. 동시에 왼손에 쥐고 있던 여권을 책상 위에 엎어 놓았다. 모니터 화면을 잠시 응시하더니 두 손을 키보드에 차분히 올려놓고 화면 내용을 모두 지워 버리는 명령어를 입력했다. 키보드 위 손놀림은 날렵했다. 명령어가 입력되고 엔터키를 누르기 전 마지막으로 화면을 다시 한번 체크했다. 뚫어지게 쳐다본다는 표현은 바로 이럴 때 맞는 표현이다. 미간 주름이 깊게 파였다. 이윽고 오른손 가운데 손가락이 경쾌하게 엔터키를 탁! 하고 눌렀다.

카운터 앞에 비스듬히 기대어 핸드폰을 만지작거리고 있는 중년 남성 승객의 예약 정보가 모니터에서 순식간에 사라졌다. 민준은 망각했던 것을 생각해 낸 듯 앞에 서 있는 승객으로 시선을 돌렸다.

"고객님. 죄송하지만 잠시만 기다려 주시겠습니까?"

어차피 기다리고 있었는데 무슨 말인가 싶었던 승객은 말없이 고개를 끄덕였다.

"감사합니다."

민준은 방금 전 메모했던 수하물의 일련번호를 입력했다. 윌리엄스 성을 가진 미국 국적 승객의 정보가 조회되었다. 민준은 모니터 옆에 걸려 있는 마이크를 집어 들고 으레 하듯 작게 헛기침을 했다. 생김새가 마이크라기보다는 무전기에 가까웠다.

"메이 아이 해브 유어 어텐션 플리즈. 미스터 제이슨 윌리엄스, 온 더 플라이트 넘버…."

또렷하지만 어딘가 어눌함을 지울 수 없는 중저음의 목소리가 카운터 앞 공간으로 울려 퍼졌다. 원어민까지는 아니겠지만, 꽤 능숙한 영어 발음이었다. 그도 그럴 것이 비슷한 안내 방송을 하루에도 수차례

하곤 했다. 스피커에서 울려 나오는 소리가 작지는 않았지만, 공항 여기저기서 만들어지는 잡다한 소음 탓에 민준의 목소리는 공기 중에서 금방 흩어졌다.

방송을 마치고 마이크를 다시 제자리로 돌려놓았다. 줄곧 핸드폰에 시선을 두었던 승객은 눈앞에서 장내 방송이 이루어지는 모습이 신기한 듯 민준을 바라봤다.

탑승 수속 카운터 직원인 민준은 이내 급한 마음이 들었다. 조금 전 내려놓았던 여권을 다시 집어 들었다. 윌리엄스라는 이름은 이제 머릿속에서 지우고, 이 여권의 주인, 즉 불과 1미터가량 마주한 거리에서 핸드폰을 바라보고 있는 중년의 승객에게 다시금 집중할 차례였다.

수하물 번호를 알려 준 곳은 승객이 위탁하는 모든 짐을 엑스레이로 검사하는 수하물 검사실이었다. 짐 속에 수상하거나 탑재가 금지된 물품이 있다고 판단되면 승객을 다시 호출해 그 정체를 확인하곤 했다. 드물긴 하지만 수하물 주인이 끝내 나타나지 않아 짐이 비행기에 실리지 않는 경우도 있었다.

앞에 서 있는 승객의 수속을 계속 이어 가려는데 커다란 배낭을 짊어진 백인 남성이 건너편에서 걸어오는 모습이 보였다. 'U.S.A'라고 크게 쓰인 파란색 후드티를 입고 있었다. 그는 잠시 다른 직원의 안내를 받더니 수하물 검사실을 향해 걸어갔다. 민준은 그 백인 남성이 윌리엄스 승객임을 확신했다.

다행이다. 안도의 한숨이 나왔다. 수속 단말기 본체의 먼지 쌓인 팬에서 내뿜는 강렬한 열이 민준의 날숨과 뒤섞였다. 덕분에 주변이 더 뜨거워지는 것 같았다. 공항 내부는 정부 시책에 맞춰 에어컨이 약하게 가동되었다. 때문에 민준은 종종 답답함을 느꼈다.

"아저씨. 아직 멀었어요?"

승객은 어느새 얼굴에 손 부채질 시늉을 하고 있었다. 얼마든지 익숙한 상황이다.

"많이 기다리셨죠? 바로 처리해 드리겠습니다. 고객님 통로와 창가 중 어느 쪽 자리가 괜찮으십니까?"

목에 약간의 이물감이 들었다. 평소보다 조금 높은 톤으로 목소리를 낸 탓이다. 익숙한 상황이라 하더라도 그런 익숙함이 늘 여유를 가져다주는 것은 아니었다.

"창가 있으면 주세요."
"네. 자리 확인해 보도록 하겠습니다. 오늘 부치시는 짐은 없으십니까?"

"서류 가방이요. 이건 들고 가도 되겠죠?"

승객은 바닥에 내려놓았던 서류 가방을 힘껏 들어 올렸다. 짙은 갈색의 두꺼운 가죽으로 된 오래된 가방이 모습을 드러냈다. 여기저기 흠집이 생겨 볼품없어 보였다.

"중량 제한이 있긴 하지만 그 정도 가방은 직접 들고 탑승하셔도 되겠네요. 혹시 가방 안에 액체류나 날카로운 물건은 없습니까?"

이토록 쉬운 질문에도 열에 아홉은 곰곰이 생각하는 시간을 가지곤 했다. 액체류라는 것은 워낙 명쾌하지만 날카로운 물건이라고 하면 이야기가 달라졌다. '과연 그런 것을 가방에 가지고 있을까'라고 누구나 생각하지만, 한 번 더 생각해 보면 그 대상에 포함되는 물건은 오만가지였다. 가방에서 면봉을 꺼내는 승객도 있었고, 마스카라 끝이 날카롭다며 괜찮겠냐고 물어 오는 여성 승객도 있었다. 하지만 이번 승객은 그렇지 않았다.

"없어요."

"알겠습니다, 고객님. 잠시만 기다려 주세요. 바로 처리해 드리겠습니다."

상냥한 표정 그리고 약간의 과장된 말투와 행동. 고객의 마음을 달래고자 민준이 사용한 도구들이었다. 그 도구들은 자기 역할을 잘해낸 것 같았다. 그리고 그 사용에 대한 대가로 민준은 경미한 두통을 얻었다. 하지만 그런 불필요한 감각들에 대해 일일이 신경 쓸 여유가 없었다.

최대한 빠르게 여권과 예약 기록상의 영문 이름 스펠링을 확인했다. 그리곤 최종 목적지의 입국 조건을 확인했다. 목적지는 중국 북경. 오늘 날짜 기준으로 유효한 중국 비자가 필요했다. 여권 중간 페이지에 빳빳하게 부착된 복수 입국 가능 비자를 어렵지 않게 확인할 수 있었다. 비자 만료 시기는 오늘로부터 5개월 후이므로 문제없었다. 창가에 앉고 싶다는 손님의 요구에 맞추어 우측 날개 바로 뒤편의 창가 자리를 배정했다. 시스템상에서 필요한 조치는 모두 완료되었다.

항공사 로고가 멋들어지게 새겨진 탑승권이 요란한 소리를 내며 출력되었다. 탑승구와 탑승 시작 시간을 색연필로 동그랗게 표시했다. 표시를 제대로 하지 않으면 승객 과실로 탑승을 못 하게 되더라도 직원이 안내를 제대로 하지 않은 것으로 간주된다. 얼마 전 이로 인한 사고 사례도 있었다. 그래서 더욱 힘을 주어 각각의 내용을 빨간색 동그라미로 표시했다. 최종적으로 모니터 화면상의 탑승 수속 상태 표시 값들을 일일이 재확인했다. 문제없이 수속이 완료되었다. 탑승권과 여권을 승객에게 인도하기 위해 자리에서 일어났다.

"오래 기다리셨습니다. 금일 북경행 521편입니다. 탑승구는 101번입니다. 12시 30분까지 탑승구에 도착하시면 되고요, 자리는 요청하신 대로 창가 쪽 자리로 드렸습니다. 더 필요하신 사항은 없으십니까?"

기계적이면서도 부드럽고, 친절한 것 같아도 결국엔 사무적인 멘트가 술술 흘러나왔다. 손님은 무표정 그 자체로 민준의 설명을 들었다. 사실 듣는 건지 다른 생각을 하는 건지 알 수 없는 멍한 표정이었다. 설명이 끝나자 승객은 "네. 수고하세요"라고 짧게 인사를 건넨 후 자리를 떠났다. 그 뒷모습에 민준은 머리와 허리를 숙여 인사했다.

"안녕히 가세요!"

대기 줄에는 여전히 많은 사람들이 좌석을 배정받고 짐을 부치기 위해 기다리고 있었다. 줄이 길긴 했지만 조금만 기다리고 참으면 된다. 그러면 곧 백화점을 방불케 하는 면세지역의 쇼핑과 언제나 설레는 비행기 탑승, 그리고 말 그대로의 또 다른 세상이 눈 앞에 펼쳐질 것이다.

"다음 분, 이쪽으로 오시겠습니까?"

대기 줄 맨 앞에서 대화를 나누던 중년의 여성과 대학생 정도로 보이는 젊은 여성이 함께 걸어왔다. 모녀 사이로 보였다. 중년의 여성은 색이 크게 튀지 않는 등산복 차림이었고 젊은 여성은 청바지에 회색 라운드 티셔츠를 입고 있었다. 모녀가 여행길에 올랐음을 쉽게 알아차릴 수 있었다.

"안녕하세요. 많이 기다리셨습니다. 여권 먼저 주시고요. 오늘 어디까지 가십니까?"

다음 라운드가 시작되었다. 오늘 이러한 라운드가 수십 차례 이어질 예정이었다.

긴 줄로 늘어선 승객들은 수속을 끝내고 한시라도 빨리 여행길에 오르고 싶어 했다. 대형 항공사이다 보니 동 시간대에 여러 항공편이 함께 배정되어 있었다. 이에 각기 다른 목적지로 향하는 다양한 국적의 승객들이 동시에 모여들었다. 한국 사람들만 '빨리빨리'를 외치는 것이 아니었다. 한국 사람보다 더 성격이 급한 외국인들도 많다는 걸 공항에서 몸소 깨닫게 되었다. 예상치 못한 당혹스러움을 느끼는 경우가 한두 번이 아니었다.

민준은 남에게 싫은 소리 하는 것을 몹시도 부담스러워했다. 하지만 직업 특성상 그 부담스러운 일을 늘 해야만 했다. 양해를 구하는 행위 자체도 어려웠지만, 혹시라도 불만 접수를 하면 어쩌나 하는 우려가 가득했다. 때문에 항상 친절하게 대하려고 애썼다. 무슨 일이 있어도 불만을 가지게 해서는 안 된다는 생각이었다. 신경이 늘 곤두서 있을 수밖에 없었다.

또 한 가지 부담스러운 것은 여행서류를 점검하는 일이었다. 일 자체는 단순했다. 여권, 비자 그리고 필요한 경우 돌아오는 항공편 내역을 확인해야 했다. 영문 이름 스펠링과 여권번호, 유효 기간 그리고 여권 상의 출입국 도장 날짜 등이 확인 대상이었다. 전혀 어려울 게 없는 일이었다. 하지만 문제는 실수가 가져올 어마어마한 결과였다.

가령 유효 기간이 지난 비자를 가진 승객에게 이를 확인하지 못하고 정상적으로 수속을 진행했다면, 그래서 당일 자 항공 탑승권을 승객에게 내밀었다면, 최악의 경우 도착지 공항에서의 입국 거부라는 일이 발생된다. 그 다음은 잔인하도록 간단하다. 곧바로 출국했던 국가로 돌아오게 된다. 비행기를 타고 다른 나라까지 갔다가 공항에서 문전박대를 당하게 되는 것이다.

흔히 말하는 노비자(No-Visa)는 이런 상황을 두고 말한다. 전문용어로 이런 승객들은 인애드미서블 패신저(Inadmissible Passenger)라고 일컬어졌다. 직원들은 이를 줄여서 이내드(INAD)라고 불렀다.

"오늘 오전에 이내드 났대요!"

절대적으로 가장 듣기 싫은 말이었다. 이내드 승객이 발생되면 맨 처음 찾는 것이 그 승객을 수속해 준 직원이다. 사건의 경과를 확인하기 위함이라지만 실제로는 문책을 위한 절차이기도 했다.

민준이 종종 상상하는 최악의 시나리오는 이러했다.

온 가족이 어렵게 시간을 내어 해외여행을 떠난다. 그런데 그중 한 명이 도착지에 가서 보니 비자가 없던 것으로 밝혀져 입국을 못 하고 다시 돌아오게 된다. 여행길에 오른 가족 전체가 서로를 끔찍하게 아꼈던 나머지 구성원들도 함께 다시 돌아온다. 여행을 망친 것은 물론 가족끼리의 신뢰가 떨어지고 결국 관계가 소원해진다. 풍비박산이 나 버린 휴가가 온 가족을 좌절감에 빠뜨린다. 그런데 비자를 확인하지 못한 수속 직원은 다름 아닌 민준이다. 모든 책임이 민준에게 돌아간다. 금전적인 부분은 민준이 사비를 털어서라도 갚을 수 있다 치더라도(물론 회사는 직원에게 금전적인 책임을 지우지 않는다) 돈으로 메꾸지 못할 그 외의 모든 것들은 어찌할 것인가. 그 미안함을 과연 감당할 수 있을까. 퇴사로도 갚을 수 없는 그 무거운 책임에서 과연 자유로워질 수 있을까.

이런 시나리오를 종종 떠올려 왔지만 사실 민준은 지난 5년간 큰 사고 없이 업무를 해 왔다. 그래도 이런 비슷한 사건은 주변에서 끊이지 않고 발생되었다. 언제라도 시나리오가 현실이 될 수 있는 업무현장이었다.

'정확성'과 더불어 강조되는 또 하나의 필수적인 자질은 '신속성'이었다. 하지만 불행하게도 민준은 학창시절부터 느림의 대명사였다. '돌다리도 두드려 보고 지나가라'는 속담은 민준이 가장 좋아하는 속담이었다. 그러나 애석하게도 수속 직원으로서의 실적은 수속 처리한 '승객 수'에 비례했다. 당연히 실적이 좋을 리 없었다. 중위권 또는 하위권에 머물곤 했다. 그러다 보니 실적 욕심은 마음에서 지워 버린 지 오래였다.

아마 이곳은 내가 있어야 할 곳이 아닐지도 몰라.

자기도 모르게 종종 민준은 생각했다. 그럴 때마다 자신감이 곤두박질쳤다. 스스로에 대한 의심이 가득 찼다. 존재의 이유까지도 의구심이 들었다. 질퍽한 진흙 속을 요란스럽게 파고드는 한 마리의 미꾸라지 같은 생각들이 인생 자체를 힘들게 만들었다. 일어혼전천(一魚混全川)이라 하지 않았던가.

하지만 모두가 소용없는 생각들이었다. 결국 누구나 고충을 가지고 살아가는 것이 이 세상이다. 특히나 직장생활에 완벽하게 만족을 느끼는 사람이 또 얼마나 있겠나. 평범한 시민이라면 이러한 고충을 안고 살아가는 것이 당연할 수밖에 없었다. 그게 인생이었다. 대학시절 전공지도 교수님도 늘 말씀하셨다.

힘드냐? C`est la vie*.

* C`est la vie: '그게 인생이다'라는 프랑스어 표현.

해무

나흘 동안의 연속 근무가 끝났다. 이제 이틀간의 휴무가 시작되는 날이다. 당연히 늦잠을 잤다. 달콤한 아침잠은 배고픔도 이겨 내는 강력한 힘을 가지고 있었다. 식욕이 모든 욕구를 이겨 낸다는 말을 들은 적이 있다. 하지만 과연 졸린 상태에서도 그 말이 유효하냐고 묻고 싶었다.

오전 11시가 넘어서야 침대에서 몸을 일으킬 수 있었다. 잠을 너무 오래 자서 그런지 정신이 썩 개운치 않았다. 약간의 두통이 느껴졌다. 습관적으로 책상 위에 올려져 있던 핸드폰을 들여다보았다. 두 개의 부재중 통화가 표시되어 있었다. 한 명은 친구인 고성이었고 다른 한 명은 회사 후배인 소민이었다. 시간대를 살펴보니 고성은 새벽 4시에, 소민은 전화가 걸려 온 지 30분이 채 되지 않았다. 고등학교 친구인 고성에게 먼저 문자를 보냈다.

'새벽에 전화했었냐. 무슨 일 있어?'

고성과는 매우 가까운 사이이다. 예전엔 자주 만나 서로 가진 고민도 털어놓고 여러 이야기를 나누던 사이였다. 하지만 최근 고성이 새로운 회사로 이직을 하면서부터 연락을 자주 못 하고 있다. 고성은 대학 졸업 후 줄곧 작지만 내실 있는 중소기업에서 근무했었다. 그러나 어느 날 회사를 그만두고 대학원에 진학하였고, 석사학위를 받은 후 이름만 들으면 누구나 아는 대기업에 경력직으로 입사하였다. 모두가 성공했다며 축하해 주었다. 마치 이전 삶은 성공이 아니었던 것처럼.

이후 고성의 삶은 180도 달라졌다. 새벽에 출근하여 밤늦게 퇴근하는 날이 몇 달째 이어지고 있었다. 일주일에 적어도 두 번 이상 있는 부서회식은 늘 '3차 이후'까지 이어졌다. 고성은 원치 않는 상황에 자주 놓일 수밖에 없었고 그런 현실에 괴로워하곤 했다. 건강이 악화되었고 성격도 날카롭게 변해 갔다. 하지만 월급은 이전에 비해 무려 3배가 늘어난 상황이었다. 고성은 자신의 월급을 '독'이라고 표현했다. 인생을 갉아먹는, 하지만 그 어느 것보다 달콤한 독이라고 했다. 독에 중독되어 결국 매달 월급날만 기다린다는 고성의 고민에 달리 해 줄 말이 없었다. 그래도 민준은 최대한 본질적인 차원에서 조심스럽게 이야기하곤 했다.

네가 진정 원하는 길을 가는 게 어떻겠냐? 돈이든 커리어든 네가 하고 싶은 걸 말이지. 그러면 아무리 힘들어도 마음은 보람되지 않겠어?

하지만 어느 시기부터는 이런 질문을 웬만하면 하지 않았다. 고성은 매번 긴 시간 침묵을 지켰고 질문에 대해 말을 아꼈다. 기분이 나빴던 것인지 아니면 그 질문에 대답하기 위해 끊임없이 생각을 했던 것인지는 알 수 없었다. 그런 침묵을 민준은 이해했다. 자기 자신이라도 누군가 그런 이야기를 해 온다면 달리 할 말이 없었을 것이다. 그저 겉으로는 그렇게 하려고 노력을 하지만 그게 잘 안된다고 이야기를 하고 말았을 것이다. 돈과 명예가 가진 그 위대하고 막강한 힘을 누가 감히 부인할 수 있을까. 그저 친한 친구로서 삶의 한 부분을 차지해 주는 것이 유일한 위로였다.

냉장고에서 우유를 꺼냈다. 유통기한이 하루밖에 남지 않았다. 연일 새벽 근무를 하다 보니 아침에 우유를 마실 여유도 없었다. 오늘 하루 동안 다 마실 수 있을까 하는 생각으로 우유를 시리얼 볼에 담고 있는데 탁자 위에 올려 둔 핸드폰에서 둔탁한 진동음이 들렸다. 고성의 문자인가 싶었는데 아니었다.

'다음 달 10일 부서회식 있습니다. 참가 가능하신 분 알려 주시고요. 불참하시는 분 사유 알려 주세요!'

부서 카톡방이었다. 민준은 그 어떤 일정이라도 미래라면 늘 불확실성이 있다고 믿었다. 회식 날에 무슨 일이 있을지 모르니 일단은 대답을 보류해야겠다고 생각했다. 물론 아무 일정도 없을 것이다. 그리고 결국 참석한다고 대답을 하게 될 것이다. 하지만 다른 사람들은 어떻게 하는지 살펴보고 막바지에 대답하고 싶었다. 혼자만 그런 생각을 하는 게 아니라는 것을 잘 알고 있었다. 참가인원이 확정되려면 한참이나 시간이 지나야 할 것이다.

한때 컴퓨터로 이루어지던 다자 간 소통이 핸드폰으로 옮겨 간 것은 획기적인 변화였다. 하지만 이런 일들은 크게 반가운 일이 아니었다. 민준은 혼자 있는 것을 즐겼다. 즐긴다기보다는 혼자 있음으로 인해 안정감을 느꼈다. 남들과 있으면 자기의 본 모습이 아닌 다른 모습을 보여 주어야만 한다는 압박감이 들었다. 그래야만 다른 사람들을 불편하게 하지 않을 수 있었다.

총 17명이 들어와 있는 그룹 채팅방이다 보니 연신 메시지가 도착했다는 알림이 표시되었다. 민준은 핸드폰을 잠시 바라보다가 저러다 말겠지 하고 시리얼을 먹기 시작했다.

TV를 켜서 뉴스를 보려 했으나 시간대가 애매했다. 채널을 계속 돌리는 동안 어느새 시리얼을 다 먹어 치웠다. 이러는 중에도 핸드폰 진동은 멈출 줄을 몰랐다. 대화의 장이 펼쳐진 모양이었다. 배터리가 금방 닳아 버릴 것 같았다. 수다쟁이들.

민준은 핸드폰 전원을 꺼 버렸다. 시리얼을 먹는 동안 TV도 제대로 못 보고 진동 소리가 퍽 귀찮았는데 그런 답답함이 가시는 듯했다.

거실에 있는 창문을 활짝 열었다. 지어진 지 얼마 되지 않은 건물이라 움직임이 자못 매끄러웠다. 커다란 창문은 아니었지만, 집 규모를 고려하면 적절한 편이었다. 환기를 시키기에도 충분했다. 창문을 열면 인근의 작은 산들이 보였고 저 멀리는 바다까지 보였다.

오늘은 바람이 제법 부는 편이었다. 그 덕에 공기가 깨끗했고 가시거리도 평소보다 길어 보였다. 오랜만에 보는 멋진 풍경이다 싶어 늘 가방에 넣어 다니는 난시 교정용 안경을 꺼내 들었다. 부드러운 천으로 렌즈를 정성스레 닦고 코 위에 사뿐히 안경을 얹자 멀리 공항에서 힘차게 이륙하는 비행기의 모습이 생생하게 눈에 들어왔다. 요 며칠 비가 내렸기 때문에 이런 맑은 날씨를 보니 마음까지도 깨끗해진 것 같았다.

당장 피크닉이라도 가고 싶은 심정이었다. 심장이 두근거리는 막연한 설렘이 가슴과 머리를 가득 채웠다. 사람의 마음이라는 것이 참 신기하다. 단 하나의 생각으로 이렇게 몸 상태까지 바뀌어 버리다니.

하지만 역시나 금방 가슴이 답답해졌다. 피크닉이라고 해 봐야 같이 갈 사람도, 당장 어디로 떠날 수 있는 추진력도 없었다. 이틀의 휴일 동안 사실 아무것도 할 일이 없었다. 계획을 세울 생각도 하지 않았다. 회사 동료들은 이런 경우 종종 가까운 일본이나 중국으로 여행을 다녀오곤 했다. 항공사 직원이 가진 최고의 복리후생이자 최대 장점이었다. 그러나 잠재적 동행자도, 실천하고자 하는 의지도 민준에겐 없었다.

기지개를 한 번 크게 펴고 침대에 누웠다. 가슴 속 깊이 허전함이 느껴졌다.

외로움인가.

미묘했지만 그 작은 생각의 존재감은 여실했다. 크게 한숨을 쉬고 누워 있는 자세를 바꾸어 옆으로 누웠다. 이불을 돌돌 말아 껴안고 자연스럽게 입을 살짝 벌렸다. 누가 봐도 잠들기 좋은 자세다. 누군가 뒤에서 안아 주면 정말 포근할 것 같았다.

아쉬운 마음으로 눈을 감으려 하는데 열어 놓은 창문에서 적절한 온기를 품은 바람이 들어왔다. 습하지도 건조하지도 않은 적당한 공기가 종아리에 와 닿았다. 느낌은 좋았지만 그만큼 허전한 마음이 더 커지는 것 같았다.

다시 한번 숨을 깊게 들여 마셨다가 천천히 내쉬었다. 그리고는 살짝 벌렸던 입을 굳게 다물었다. 민준은 무슨 일이라도 벌어진 것처럼 빠르게 침대에서 몸을 일으켜 세웠다. 탁자 위에 두었던 핸드폰을 집어 들어 전원을 켰다. 오늘따라 핸드폰 전원이 켜지는 속도가 느리게 느껴졌다. 은색 사과 그림이 핸드폰 화면에 한동안 떠 있더니 이윽고 전원이 켜졌다. 민준은 지체 없이 메신저를 열고 부서 채팅방에 들어갔다. 예상했던 대로 수다가 한창이었다. 웃음을 자아내는 이모티콘과 이런저런 농담이 오가고 있었다. 민준은 최대한 정중하고 친근하게 글을 써 내려갔다.

'답변이 늦어 죄송합니다. 참석 가능합니다. 모임 조정하시느라 수고가 많으십니다. 감사합니다.'
'민준 씨, 그럼 참석하시는 걸로 알게요!'

모임을 처음 공지한 선배가 "GOOD!"이라고 쓰인 알록달록한 이모티콘을 덧붙여 대답했다. 화면상의 모습만 보면 정말 천진난만한 모습이 아닐 수 없었다. 하지만 실제 표정도 그랬을지는 모르는 노릇이었다.

'감사합니다^^.'

혹시 몰라 한 30초간 채팅방 화면을 더 응시했다. 더 이상 자신에 대한 언급이 없자 민준은 핸드폰을 다시 잠금 상태로 바꾸었다.

창을 통해 들어오는 바람이 더 강해졌다. 밖을 내다보니 해무가 깔리기 시작했다. 육지와 가까웠지만 섬이라 그런지 해무가 자주 발생했다. 금방 주변이 모두 뿌옇게 가려졌다. 조금 전까지만 해도 맑고 쾌청한 날씨였는데 가시거리가 얼마 되지 않을 정도로 변해 있었다. 괜히 눈이 더 부신 것 같아 민준은 창문을 닫고 커튼으로 빛을 가렸다. 방안이 어두컴컴해지니 아늑한 기분이 들었다. 조금 전 들었던 허무함이나 외로움은 더 이상 느껴지지 않았다. 대신 채팅방에서 자신이 했던 적절한 발언과 그에 대한 다른 사람들의 반응을 상기시키며 소소한 만족감을 느꼈다.

민준은 침대에 누웠다. 다시 이불을 돌돌 말아 껴안고 살짝 입을 벌렸다. 얼마 지나지 않아 잠이 들었다. 창밖의 해무는 그 어느 때보다 짙게 깔려 있었다. 당장 눈앞에 제대로 보이는 게 하나도 없었다.

Under Attack

잠이 든 지 30분 정도가 지났을 때 경쾌한 벨 소리가 들렸다. 핸드폰이 아닌 현관문 벨 소리였다. 그 소리가 민준의 귀에 도달하자마자 민준은 깜짝 놀라 침대에서 일어났다. 누가 찾아올 리가 없는데. 무슨 일인가 싶어 현관에 대고 소리쳤다.

"누구세요?"
"선배님! 저예요, 소민이."
"누구요?"
"소민이에요, 김소민. ○○항공 김소민입니다."

정신이 번쩍 들었다. 소민에게서 전화가 왔던 걸 깜빡했다. 그런데 여긴 어떻게 온 것일까. 정말 너무나 놀란 나머지 다리에 힘이 풀려 버렸다. 만화에서나 볼 수 있을 법한 과장된 동작으로 민준은 침대에 걸터앉았다. 어안이 벙벙해져 현관문을 향해 크게 소리쳤다.

"잠시만 기다려 봐요!"

입사 이후 줄곧 공항 옆 오피스텔에 살다가 최근 영종도 신도시로 이사를 온 민준은 자신이 사는 집을 회사 동료 그 누구에게도 알려 준 적이 없었다. 소민과는 그렇다 할 친분이 있는 것도 아니었다. 소민이 왜 왔는지, 어떻게 왔는지 알 수가 없었다. 감당하기 힘들 만큼의 부담감이 민준을 억누르기 시작했다. 일단 현관문에 대고 '누구세요?'라고 물어본 것 자체가 후회되었다. 소민의 목소리를 듣는 순간 자신의 성역이 무너져 내리는 느낌과도 같은 일종의 피해의식을 느꼈다.

집 위치가 여전히 공항 근처이긴 했어도 거리가 상당했다. 민준이 어디에 사는지 실제로 아는 사람은 아무도 없었을 가능성이 매우 높았다. 이는 큰 위안이었다. 자신만의 공간을 견고한 울타리로 보호하고 있는 기분을 즐기기에 충분했다.

옷을 갈아입고 혹시 몰라 집안을 대충 정리했다. 그리고는 소민에게 전화를 걸었다.

"선배님?"

수화기로 들리는 소리가 현관문 너머에서도 동시에 들려왔다.

"소민 씨. 미안해요. 무슨 일로 왔는지 모르겠는데…. 일단 미안해요. 밖에 두고 이렇게 통화로 말해서. 일단. 음. 말이지. 음…. 내가요. 어…. 어떻게 하지? 그래요. 내가 바로 나갈 테니까 집 밑에서 한 5분만 기다려 줄래요?"

급한 마음에 전화를 걸긴 했지만 무슨 말을 할지 미리 생각도 하지 못했다. 자는 동안 체온이 내려갔는지 한여름임에도 불구하고 몸에 한기가 느껴졌다.

"죄송해요, 제가 갑자기 찾아와서 놀라셨죠? 다름 아니고…."
"아니에요. 내가 바로 나갈 테니까 나가면 이야기해요. 미안해요. 소민 씨."
"미안하시긴요. 그럼 천천히 나오세요."

탑승 수속 카운터에서 승객에게 양해를 구하는 것이 일상이 되어 버린 민준에게 있어 '미안하다'라는 말은 일종의 습관이자 직업병이었다. 본인의 입장을 표명하면서도 상대방으로 하여금 불쾌한 기분을 느끼게 하면 안 된다는 강박관념이 있었다.

간단히 세수를 하고 머리를 빗었으나 장시간 잠을 잔 탓에 머리카락들이 잔뜩 눌려 있었다. 하는 수 없이 모자를 썼다. 검은색 야구 모자를 쓰니 얼굴이 평소보다 작아 보였다. 구레나룻 머리카락이 날카롭게 모자 밖으로 새어 나왔다. 평소 이미지와는 매우 다른 모습이었다. 이런 상황에는 차라리 그런 낯선 모습이 더 편하게 느껴졌다. 자신이 아닌 제3자가 된 것 같은 느낌, 가면을 쓴 것 같은 효과를 냈다. 순간 머리에 상당한 통증이 느껴지고 있다는 것을 깨달았다. 잠을 길게 자서 가뜩이나 정신이 맑지 않았는데 소민이 찾아왔다는 사실을 알게 된 이후 본격적인 두통이 시작된 것 같았다.

책상 서랍 속 고이 보관되어 있는 두통약의 존재를 상기시키며 스스로를 달래 보았다. 그러나 그런 마인트 컨트롤로 두통이 멈출 리 만무했다.

아니 얘는 왜 갑자기 여기까지 와서….

불편하고 답답하여 탄식하듯 중얼거렸다. 집을 나서기 전 열어 놓았던 창문을 닫으러 창가로 다가가 커튼을 쳤다. 불과 30분 전만 해도 가득했던 해무가 말끔히 사라져 있었고 강렬한 직사광선이 눈 속을 파고들었다. 보다 날카로운 두통이 민준을 괴롭히기 시작했다. 차라리 해무가 잔뜩 껴 있었더라면 좋았을 것이다. 민준은 창문을 닫고 서둘러 집을 나섰다.

깔끔한 흰색 티셔츠에 청바지를 입은 소민이 오피스텔 앞 벤치에 앉아 있었다. 핸드폰을 바라보며 앉아 있는 모습이 영락없는 대학생이었다. 그녀는 입사 9개월 차였다. 2년제 전문대를 졸업하고 곧바로 입사한 케이스였다. 입사한 지 얼마 되지 않았는데도 불구하고 다른 동료들로부터 인기가 정말 많았다. 외모도 괜찮은 편이었고 무엇보다 성격이 시원시원했다. 업무에 있어서도 늘 주변 사람을 배려하며 협력하는 태도가 보기 좋았다. 긍정적인 평가를 이끌어내기 충분했다. 그런 그녀가 왜 민준을 찾아왔을까. 그것도 집으로. 민준이 쉬는 날에.

혹시 날 좋아하는 거 아냐?

순간적으로 머릿속을 스쳐 지나가는 생각에 심장이 요동치기 시작했다. 오피스텔 앞에서 소민을 처음 목격하고 그 앞에 서기까지 약 10초가량의 시간이 흘렀는데 그동안 아주 다양한 종류의 시나리오가 머릿속에 생겨나고 없어지고를 반복했다.

자신이 소민의 마음을 받아들일 경우 회사에서는 어떻게 행동해야 할는지, 간호사나 교사를 며느리로 삼고 싶어 하시는 부모님께는 뭐라고 말씀드릴는지, 또한 자신보다 어린 소민에게 보수적인 자신의 가치관을 이해시키려면 또 얼마나 많은 스트레스를 받게 될는지 등에 이어서, 자신이 소민의 마음을 받아 주지 못할 경우 그녀가 감내해야 할 고통이 얼마나 클는지, 그런 경우 친구로 지내야 할는지, 아니면 아예 서로 모르는 사이처럼 지내야 할는지…. 이미 아까 전부터 자신을 괴롭히던 두통을 기꺼이 감내해 가며 이런 생각들에 대한 답을 내놓으려고 안간힘을 썼다.

"소민 씨."
"선배님! 죄송해요. 저 때문에 갑자기…."

민준을 보고 소민은 벌떡 벤치에서 일어나 허리를 숙여 인사했다. 그 모습이 워낙 박력 있었다.

"아니에요, 별말씀을요. 그나저나 이렇게 밖에서 기다리게 해서 미안해요. 집 정리도 잘 안 되어 있고 해서…."
"아닙니다. 저라도 선배님처럼 했을 거예요."
"여긴 어떻게 알고 왔어요? 이 동네 찾아오기도 힘들었을 텐데…."
"사실은…. 이거요."

소민은 가방에서 누런색의 작은 종이를 꺼내 보여 주었다. 민준이 얼마 전 공항에 있는 은행에서 가스요금을 내고 받은 영수증이었다. 민준의 이름과 집 주소가 적혀 있었고 수납인 난에는 흐릿한 도장이 찍혀 있었다.

"아니, 이게 어떻게 소민 씨한테…."

"어제 카운터에 떨어져 있더라고요. 나중에 뵈면 드릴 생각에 제가 챙겼죠."

"그럼 이거 저한테 주려고 여기까지 온 거예요?"

"아…. 그건 아닙니다."

갑자기 소민이 고개를 숙였다. 너무 단도직입적으로 질문했는가 싶어 바로 말을 이어 갔다.

"카운터에 이런 거 떨어져 있으면 그냥 다들 쓰레기인 줄 알 텐데 소민 씨 관찰력이…."

"선배님!"

소민이 고개를 들며 말했다. 힘이 실려 있었지만 떨림이 함께 느껴지는 목소리였다.

"저 회사 그만두려고요."

"네?"

"그만둘까 해요. 아니, 그만두겠습니다!"

회사를 그만둔다는 말 자체로도 놀랐지만 이런 대화를 갑작스레 나누게 된 상황 자체에도 놀라지 않을 수 없었다. 일단은 이야기를 들어봐야 할 것 같았다.

"회사서 무슨 일 있었나요?"

"아니요. 회사에서 무슨 일이 있었던 건 아닌데요. 개인적으로 다른 무슨 일이 있었어요. 그래서 그만두려는 거예요."

"무슨 말이에요. 그게?"

"팀에 함께 계신 선배님께는 죄송한 말씀이지만요. 저 원래 스튜어디스 하고 싶었어요. 그래서 전공 맞춰서 대학도 갔던 것이고요. 하지만 계획대로 잘 안돼서 일단 지상직으로 들어왔고, 여기서 다시 제 꿈을 펼칠 수 있는 길을 찾아보고 싶었어요."

"근데 왜 그만둔다는 거예요? 아직 도전도 안 해 봤잖아요."

"그렇죠. 아직 도전은 해 보지 않았지만…. 일단은 자신도 없고요."

"에이…. 왜요?"

"솔직히 제가 스튜어디스 할 인상은 아닌 것 같아요. 키가 큰 것도 아니고. 영어도 아무리 공부해도 늘지 않고요. 하지만 가장 중요한 건 따로 있어요."

"중요한 그게 뭔데요?"

"그건…."

소민이 말을 잠시 멈추더니 울먹이기 시작했다. 민준은 어찌 해야 할지 몰라 그냥 바라만 보고 있었다.

"이제는 스튜어디스를 하기가 싫어졌다는 거예요."

말이 끝나기가 무섭게 소민이 울음을 터뜨렸다. 보통 울음이 아니었다. 처음에는 눈물이 주르륵 흘러내리더니 이윽고 입으로 '으앙' 소리를 내어 가며 울기 시작했다. 고개를 숙이고 있는 탓에 여러 가락 흘러내린 머리카락들이 온통 눈물에 젖었다. 불과 몇십 초 만에 소민은 우산 없이 흠뻑 비를 맞은 모습으로 변해 버렸다.

민준은 아무것도 할 수 없었다. 사실 우는 여자를 달래 본 적이 없었다. 이전에 학원 강사로 아르바이트를 하던 시절 친구랑 싸워 울고 있는 초등학생 여자아이를 달래 본 적은 있었다. 하지만 성인 여자를 달래 본 적은 단 한 번도 없었다. 그때는 그 아이에게 장난을 쳤던 다른 남자아이를 혼내는 것이 좋은 해결책이 될 수 있었다. 하지만 오늘은 달랐다. 답이 나오지 않았다. 순간 자기를 좋아하네, 마네 하며 상상력을 동원했었던 스스로가 한심스럽게 느껴졌다.

회사에서는 일반직원들을 대상으로 객실승무원, 즉 스튜어디스나 스튜어드로 근무하는 사내 파견직을 매년 선발하곤 했다. 지원자가 매우 많은 상황이라 승산은 높지 않았지만 많은 직원들이 이에 도전장을 내밀었고 실제로 주변에 객실승무원으로 파견을 가는 직원도 여럿 볼 수 있었다. 아마 소민도 이 기회를 잡고 싶었던 모양이었다. 그런데 이제는 그것이 하기 싫어졌다? 그래서 회사를 그만두겠다? 그래서 펑펑 울고 있다? 그런데 여기는 우리 집 앞이다? 상황 자체가 당황스러웠다. 일단은 소민을 달래야 할 것이다.

“소민 씨! 자자. 진정해요.”

손가락 끝으로 소심하게 어깨를 토닥거렸다. 그녀는 울음을 멈추고 잠시 고개를 들어 민준을 쳐다봤다. 잠시나마 울음을 멈춘 줄 알았는데 이윽고 민준의 어깨에 얼굴을 파묻더니 다시 울기 시작했다. 민준은 자의 반 타의 반으로 소민을 그대로 울게 놔두었다. 가끔가다 지나가는 사람들이 이 둘의 모습을 힐끔 쳐다보고 지나갔다. 남녀관계에는 절대로 개입하지 않는 것이 상책이라고 생각하는 것 같았다.

그렇게 몇 분여가 지나고 소민이 서서히 울음을 그쳤다. 민준의 티셔츠는 온통 그녀의 눈물로 젖어 있었다. 한차례 폭풍이 지나간 기분이었다.

민준은 머리를 계속 망치로 두드리는 것 같았던 두통의 존재를 잠시 잊고 있었다. 소민이 울음을 멈추고 잠깐의 정적이 흐른 후에야 민준은 머리가 욱신거리고 있음을 알아챘다. 맥박이 뛰는 것처럼 머리 왼쪽에 0.5~1초 간격으로 연속적인 통증이 느껴졌다. 결국 두통약을 먹어야겠다는 생각이 들었다.

편두통이 일상이긴 해도 약이 몸에 해롭다는 것을 알고 있는 민준은 좀처럼 두통약을 먹지 않았다. 먹으면 금방 몸이 상쾌해지긴 했다. 다만 중독성이 있어 나중에는 면역이 생겨 버릴 수도 있었다. 극심한 두통이 있을 때 아무리 약을 먹어도 듣지 않는 상황은 상상하기도 싫었다. 아무리 아파도 결국엔 최후의 보루가 있다는 것이 큰 위안이 되었다. 게다가 최근에는 뉴욕의 수돗물에서 항생제 같은 약 물질이 검출된 적이 있다는 이야기를 듣기도 했다. 그 이후로는 보다 약을 멀리하려고 노력했다. 인류 문명의 가장 고도화된 모습을 보여 주는 태평양 건너 그 대도시의 사람들이 약을 워낙 많이 먹었던 탓이라고 했다. 그들의 몸 밖으로 배출된 약 성분이 분해되지 않고 하수 속에 포함되어 있다가 결국엔 수돗물로 되돌아오고 있다는 것이었다.

하지만 오늘은 두통이 너무 심했다. 게다가 소민까지 찾아와 대화를 이어 가야 할 상황이었다. 준비해 놓았던 최후의 보루가 필요했다. 스스로가 아닌 다른 누군가가 되어야만 오늘을 온전히 보낼 수 있겠다는 생각이 들었다.

"저 집에 잠깐만 올라갔다 올게요."
"…."
"소민 씨?"
"하아…. 네."
"괜찮아요?"
"네…."
"정말이죠? 저 집에 잠시만 올라갔다 올게요. 그럼?"
"…."

넋이 나간 소민을 도저히 혼자 내버려 두고 올라갈 상황이 아니었다. 하는 수 없이 그 자리에 그대로 앉아 좀 더 있기로 했다. 소민의 시선은 길거리로 지나가는 사람들과 자동차들을 향하고 있었다. 하지만 시선의 방향과 상관없이 아무것도 보고 있지 않은 것 같기도 했다. 민준은 그 옆을 우두커니 앉아서 지키고 있었다. 머리가 깨질 듯이 아팠지만 소민을 두고 올라갈 수는 없는 노릇이었다.

섬에 들어선 신도시인 탓에 공기가 육지보다 더 습했다. 온도도 덩달아 높게 느껴졌다. 등은 어느덧 땀으로 잔뜩 젖어 있었고 급하게 눌러 쓴 모자 안으로 쾨쾨한 냄새가 나기 시작했다.

반대 입장

한참이 지나서야 오피스텔 앞 벤치를 벗어날 수 있었다. 민준은 당장 집으로 들어가 샤워를 하고 싶었다. 두통도 심한 상태였다. 그 무엇 하나 하기가 싫었다. 그러나 집까지 찾아와 마음속 고민을 털어놓는 직장 후배에게 귀가를 종용할 수는 없는 노릇이었다. 한편으로는 다른 사람이 아닌 자신을 찾아온 이유도 궁금했다. 그리고 구체적으로 그녀를 괴롭히는 것이 무엇인지도 궁금해지기 시작했다.

둘은 인근의 설렁탕집으로 자리를 옮겼다. 식당 구석에 자리를 잡은 후 소민이 먼저 화장실을 다녀오겠다며 자리를 비웠다. 건너편 구석에 설치된 에어컨이 요란한 소리를 내며 맹렬하게 차가운 바람을 뿜어 대고 있었다. 평일 낮이라 손님은 별로 없었고 50대 후반으로 보이는 식당 사장은 TV 채널을 돌리며 방금 들어온 젊은 남녀 손님의 주문을 기다렸다.

민준은 식당의 시원한 공기에 감탄했다. 기본적인 욕구가 충족되었다는 만족감이 생각보다 컸다. 연일 공항에서 근무를 하다 보니 이렇게 시원한 공간에 오는 것이 정말 오랜만이었다. 공항에서는 탑승 수속 카운터 내부뿐 아니라 모든 공간에서 특정 온도가 유지되었다. 정부 정책이었다. 때문에 이렇게 시원한 환경은 상상조차 할 수 없었다. 자연을 훼손해 물질적 발전만을 꾀하기보단 인류에게 주어진 이 대자연을 잘 보존하는 것이 더 중요하다고 민준은 늘 생각했다. 하지만 '무더운 여름날 에어컨 없이 살 수 있을까'라는 고민 앞에서는, 어쩔 수 없이 이기적 문명화에 찌든 현대인의 마음을 지닐 수밖에 없었다.

소민이 없는 동안 모자를 잠시 벗어 머리의 열을 식혔다. 쾨쾨한 냄새가 나는가 싶더니 이내 머리카락 틈을 비집고 들어가 습한 두피에 안착한 차가운 공기 입자들이 기분을 상쾌하게 만들었다. 두통이 조금 나아지는 것 같았다. 모자를 계속 벗어 놓고 싶었지만, 소민이 오기 전에 재빨리 다시 모자를 썼다. 살짝 삐져나온 앞머리를 한쪽으로 쓸어 넘기며 핸드폰을 들어 시간을 체크했다. 1시 40분이었다.

소민이 테이블로 돌아왔다. 웃고 있었지만 펑펑 울었던 탓에 눈이 잔뜩 부어 있었다.

"시간이 많이 늦었네요. 벌써 1시 반이 넘었어요. 아침은 먹고 온 거예요?"

"아니요, 근처에서 밤새웠어요."

"밤새고 바로 왔던 거예요?"

"이런 모습 보여서 너무 창피해요. 화장도 하나도 못 하고."

"어때요. 저도 그 나이 때 종종 밤새고 놀았어요."

"정말요? 선배님은 전혀 안 그러셨을 것 같은데."

"안 그럴 것 같죠? 다 그랬던 시절이 있죠."

"선배님은 정말 모범생 이미지가 있어요. 어제 같이 놀았던 동기들하고도 그런 이야기 했어요. 선배님은 누가 봐도 반듯한 이미지라고요."

"에이. 누가 그런 이야기 하던가요?"

"어제 희수랑 정준 오빠랑 같이 놀았거든요. 근데 다들 동의했어요. 선배님 보면 늘 모범적인 것 같다고요. 사실 그래서 오늘 선배님 찾아온 거기도 하고요."

"그게 무슨 말이에요?"

열심히 TV 채널을 돌리고 있던 설렁탕집 사장이 주문을 받기 위해 두 사람이 앉은 테이블로 다가왔다. 설렁탕 두 그릇을 주문했다.

"회사 들어와서 머릿속이 복잡해졌어요. 지상직 근무가 아닌 스튜어디스를 원했던 이유도 있었지만, 막상 와 보니 제 길이 아니라는 생각이 들었어요. 학교에서 실습할 때 무언가 맞지 않는 분야라고 생각했었는데 직접 와서 일을 해 보니 그 생각이 더 명확해진 것 같아요."

"왜요? 일이 적성에 안 맞아서?"

"아니에요. 일은 괜찮았어요. 업무 면에서는 문제가 없었던 것 같아요. 하지만 그게 문제였던 것 같아요. 처음엔 배우는 게 너무 많아서 문제였지만 이젠 그 반대가 됐어요."

주방 일을 겸하고 있는 것으로 보이는 식당 종업원이 깍두기와 김치를 테이블에 올려놓았다. 색이 유별나게 짙은 붉은 색 고춧가루가 뒤범벅된 겉절이 김치와 큼직하게 썰어진 깍두기를 보고 있자니 금세 배고픔이 느껴졌다. 몇 시간 전 시리얼만 먹고 아무것도 먹지 못했던 민준은 자기도 모르게 침을 꼴깍 삼켰다. 도드라진 목젖이 위아래로 움직였다. 하지만 후배의 이야기에 집중해야 한다는 생각이 들어 반찬은 그만 쳐다보기로 했다.

"좀 어이없긴 한데요. 이제 와서야 배우는 즐거움을 알게 된 것 같아요. 학교 다닐 때는 배운다는 것 자체가 너무 지겨웠는데 회사에 와서는 배운 내용을 바로 업무에 써먹을 수 있으니까 배우는 게 재밌게 느껴지더라고요. 그러면서 아! 이게 배운다는 거구나 생각했죠. 학생 때는 몰랐어요. 그냥 시키니까 했지, 제가 원해서 배운 건 하나도 없었거든요. 그러면서 드는 생각이, '왜? 도대체 왜 학창시절엔 이렇게 공부를 하지 않았나' 하는 후회가 몰려왔어요. 그러면서 얼마간 딜레마에 빠져 있었어요."

지나가 버린 시간에 대한 아쉬움과 아직 오지 않은 앞날에 대한 흥분감이 소민의 얼굴을 동시에 스쳐 지나갔다. 그런 표정의 변화는 그녀의 입장이 되지 않고서는 이해할 수 없는 그런 것이었다. 강렬하게 눈 부신 햇살이 식당 벽면의 유리창을 통해 들어오고 있었다. 햇살은 소민의 얼굴 한쪽을 비췄다. 살짝 상기되어 붉은빛을 띠던 소민의 볼이 유난히 밝아 보였다. 햇빛만큼이나 소민의 얼굴 반대편에 서린 그림자도 그 색이 꽤 짙었다.

"어른들이 하시는 그런 말씀들 있잖아요. 시간 지나고 나니 공부할 때가 좋았다고. 그런 것은 아닌 것 같아요."

"그래요?"

"아니다! 어떻게 보면 그런 걸 수도 있겠네요. 하지만 분명한 건 이제 생각이나 세상 바라보는 관점이 완전히 바뀌었다는 거예요. 조금 더 배우고 싶어요. 공부를 진짜 하고 싶고 그걸로 보다 뜻깊게 제 삶을 살아가 보고 싶어요. 선배님은 제가 이런 말씀 드리니까 우스우시죠? 저도 이런 제가 우스워요. 이제 와서 뭘 어쩌겠다는 건지 말이죠. 근데 이게 지금 제 생각이랍니다. 이상하죠?"

"이상하긴요."

"이상해요. 하지만 지금 제가 이래요."

어느 회사를 가나 마찬가지겠지만, 항공사에서도 따로 공부해야 하는 것들이 많았다. 일반적인 상식을 넘어선 사내외 규정은 회사 자체를 넘어 업계 전반을 지탱하는 기반이었다. 관련 규정을 알지 못한 상태로 업무에 개입한다는 것은 그야말로 불가능한 일이었다. 늘 새로운 변수가 발생하고 그로 인한 변수를 수습하는 것이 일상다반사인 항공사 업무에서 규정이란 모든 의사결정의 기준이었다. 그러다 보니 신입사원들은 입사 후 수 개월간 직무교육을 받아야 했다. 사내규정은 물론이고 국내외 관련 법 조항 등을 단기간 내에 익혀야 했다. 신입직원뿐 아니라 임원을 제외한 대부분의 직원들이 정기적으로 직무 테스트를 거쳐야 했고 이는 인사고과에도 직접적인 영향을 끼쳤다.

민준은 입사 초기 시절을 떠올렸다. 퇴근 후 동네 도서관을 드나들며 회사에서 필요한 것들을 공부하느라 정신이 없었다. 군대나 휴학 기간 빼고 4년 동안 열심히 대학에서 공부한 내용과는 전혀 상관없는, 하지만 회사에서는 하루하루를 살아남기 위해 더 중요했던 그것들을 공부하느라 몹시 힘겨웠다. 그런데 소민은 거기서 즐거움을 느끼고 있었다. 그러니 그녀 말대로 충분히 이상한 일로 보일 만했다.

"이상하지 않은데요? 오히려 대단해요. 저는 신입 때 공부하는 게 너무 힘들었거든요."
"저도 의외예요. 하지만 좋은 걸 어떻게 해요. 그래서 다짐했어요."
"무슨 다짐이요?"

소민은 비밀이라도 말하려는 듯 눈을 크게 뜨고 가까이 고개를 내밀었다. 어찌나 가까이 다가왔는지 소민의 얼굴이 마치 볼록렌즈를 통해 보는 것 같았다. 갑작스러운 제스처에 민준이 불안함을 느끼려는 찰나 그녀는 작은 목소리로 나지막이 말했다.

"일 때려치우려고요."

"네?"

"그리고 공부 좀 더 해 보려고요."

"공부요?"

"네."

"무슨 공부를?"

"뭐든 지요. 일단 제가 배울 수 있는 거라면 다 좋겠어요."

어이가 없었다. 참으로 세상 물정을 모른다는 생각이었다. 어쩌면 남자가 아니니까 가능한 생각인가라는 생각도 들었다. 아니면 '집에 돈이 좀 있어요?'라고 묻고도 싶었다. 주변에 대학 졸업 후 계속 공부를 하는 지인들은 대부분 집에 돈이 있는 사람들이었다.

물론 그 마음 자체는 이해할 수 있었다. 그렇지만 당장의 명확한 목표도 없이 무작정 공부를 하겠다고 하는 후배가 안쓰럽다는 생각까지 들었다. 철이 없다고도 느껴졌다. 그 공부를 해서 미래에 무엇을 하고 싶은 것인지에 대한 생각도 없는 것 같았다. 그저 보기 답답한 상황이었다. 그럼에도 무언가 기대되는 느낌을 지울 수 없었다. 정체는 알 수 없지만 재밌는 일이 발생할 것처럼 말이다.

“그래서 오늘 찾아온 거예요. 어제 밤새 놀면서 동기들한테 이런 이야기 했더니 다들 당장 사표 쓰고 하고 싶은 거 하래요. 근데 걔네들이 뭘 알겠어요. 지금이야 회사생활이 고되고 쉽지 않으니까 우선 나가고 보라는 거죠. 하지만 선배님은 조금 다른 말씀을 하실 것 같아서 찾아온 거예요. 제 뜻에 무조건 동조하는 사람이 아닌, 반대하는 사람과 이야기를 해 봐야 보다 타당한 결론이 내려질 것 같았어요.”

명쾌했다. 더하거나 뺄 것이 없었다. 그래서 더 당황스러웠다. 어린 시절 보았던 〈사토라레〉라는 영화가 떠올랐다. 머릿속 생각이 마치 입을 통해서 말한 것처럼 주변 사람들에게 모두 들리는 천재 의사의 이야기. 허구이긴 했지만, 민준은 자신이 그 영화의 주인공처럼 바뀌어 버려 생각을 모두 들켜 버린 것이 아닌가 하는 상상을 해 봤다.

“제가 반대할 걸 알고 왔다는 말이에요?”

의도하진 않았겠지만, 목소리가 분명 커져 있었다. 어조도 강했다. 조금은 발끈한 것이 분명했다. 그렇지만 소민은 그걸 눈치채지 못했다. 워낙 본인도 격앙되어 있었기 때문일 것이다.

“그럼요. 선배님처럼 회사생활 성실하게 하는 분이 어디 있나요? 다른 회사 어른분들도 칭찬 일색이시잖아요. 다 아시면서 그래."

"저처럼 평범한 사람도 없죠."

"처음 발령받았을 때 다들 말씀하시던데요. '잘 모를 땐 민준이처럼 만 하면 된다. 그 선배한테 많이 배우도록!'이라고요."

"하. 누가 그런 이야기를?"

"과장님, 부장님들 다 그러시던데요?"

"그분들도 참."

기분이 나쁘진 않았지만 좋을 것도 없었다. 사회생활을 잘한다는 것 그 이상도 이하도 아니었다. 새로 들어온 직원들도 그렇게 사회생활을 하길 바랐던 선배직원의 바람일 뿐이었다. 민준 개인에 대한 인간적인 경외감 따위가 포함된 말은 아니었을 것이다.

"주문하신 설렁탕 나왔습니다. 맛있게 드세요."

시원한 실내 공기 덕분에 끈적거렸던 피부는 어느 정도 건조함을 되찾았다. 지친 심신이 조금은 회복된 것 같았다. 종업원이 설렁탕과 공깃밥을 민준과 소민 앞에 각각 내려놓았다. 설렁탕의 희멀건 국물, 틈틈이 보이는 고기와 국수가 보는 것만으로도 입맛을 돋웠다.

기다렸던 식사가 나오자 각자 스타일대로 뒤늦은 점심을 먹기 시작했다. 소민은 설렁탕에 공깃밥을 그대로 말았다. 따로 간을 보지 않고 소금과 양념장을 풀었다. 국물의 맛을 보며 캬! 맛있다 하며 탄성을 냈다.

민준은 먼저 국물을 숟가락으로 떠서 조심스럽게 맛을 봤다. 국물이 싱거워 소금을 약간 쳐 간을 맞췄다. 밥은 설렁탕 국물에 말지 않았다. 젓가락으로 설렁탕 건더기를 건져 먹거나 숟가락으로 국물을 떠 밥에 조금씩 비벼 먹었다. 맛있게 먹기는 차이가 없었지만, 소민과 대조적이었다.

"선배님같이 저에게 태클을 걸어 줄 사람이 필요했어요."

두 사람의 설렁탕 뚝배기가 바닥을 보일 때 즈음 느긋한 표정으로 소민이 말했다.

"제가 그렇게 보수적인가요? 나름 유연한 스타일이라고 생각했는데…."

"본인은 그렇게 생각하실 수도 있겠죠. 근데 다른 사람이 보기엔 늘 법대로만 사실 것 같은 느낌? 뭐든 정로로만 가실 것 같다는 거죠."

"정로라…."

"정해진 길에서 벗어나진 않으실 것 같아요. 제가 드린 말씀이 못마땅한 건 사실이잖아요, 그렇죠?"

"못마땅이라기보다는 조금 불안해 보이는 건 사실이네요."

"이유는요?"

"솔직히 이야기해도 되나요?"

"그럼요, 거짓말 들으려고 제가 여기까지 왔겠어요? 저 이래 보여도 바쁜 사람이에요."

은근한 미소를 머금고 도도한 척 머리를 넘기며 소민이 말했다. 머리카락이 찰랑거리는 모습이 귀여웠다. 화장을 하지 않아 얼굴엔 다소 창백한 기운이 있었지만 어린 나이라 그런지 전혀 어색하지 않았다. 화려한 외모는 아니었지만 부드러운 눈매와 살짝 튀어나온 광대뼈 덕에 인상이 선해 보였다. 짙은 화장을 하고 다니던 회사에서의 모습과는 차이가 났다.

"알겠습니다. 제 입장에서 솔직하게 이야기해 볼게요."

"좋아요!"

"일단 무슨 공부를 하겠다는 건지 명확하지 않은 것 같아요. 회사에서 새롭게 배우는 것이 재밌어서 공부를 더 하겠다는 말까지는 이해가 가는데. 아니, 사실 그 부분도 크게 공감 가지는 않아요. 회사에서 하는 공부와 다른 공부와는 차이가 있잖아요. 게다가 그다음부터는 앞으로 무엇을 어떻게 하겠다는 건지 잘 모르겠어요."

"일단은 공부죠."

소민은 거침이 없었다. 숨기거나 혹은 자신이 원하는 모습으로 보이기 위한 노력을 굳이 기울이지 않고 있다는 뜻으로도 해석할 수 있을 것 같았다.

“오케이. 알겠어요. 공부를 더 하겠다고 했는데 공부에도 여러 가지 종류가 있잖아요? 요즘 많이들 하는 영어 공부도 공부고, 또 대학원 가시는 분들도 많은데 각자 공부하는 분야가 다르던데요.”

“일단은 편입 공부할 거예요.”

“그래요? 어느 과로 편입하고 싶은데요?”

“글쎄요, 그건 아직 생각 안 해 봤어요. 하지만 지금 정하라고 하면 교육에 대해서 배우는 학과?”

“사범대요? 사범대도 편입이 돼요?”

“안돼요?”

“되나요?”

둘은 약속이라도 한 듯 동시에 각자의 핸드폰 집어 들고 바로 검색에 들어갔다.

“된다는데요!”

먼저 검색결과를 확인한 소민이 버럭 소리를 질렀다.

“하하. 알겠어요. 화내지 말고요.”

“아니에요. 화는요 무슨. 그냥 선배님이 안 된다고 하셔서 진짜인 줄 알고 '깜놀'했었잖아요!"

"'깜놀?'"

"깜짝 놀랐었다고요. 선배님 '깜놀' 처음 들어 보셨어요?"

"네. 요즘 모르는 말이 많네요."

"제가 다 가르쳐 드릴게요."

"그러실 필요까진 없는데…. 나중에 기회가 된다면 좀 배워 볼까요?"

"그럼 선배님도 본격적으로 저랑 같이 학교 다니실래요?"

"이 나이에 무슨…. 전 이제 결혼이나 생각해야죠."

"저랑 같이 공부하다가 나중에 결혼하면 되겠네요. 저는 선배님 같은 남자면 뭐…."

"…네?"

"농담입니다. 아시죠? 아이고. 제가 술이 덜 깼나 봐요."

자기 말이 민망했는지 어색하게 웃어 보였다. 그런 그녀가 귀여웠다. 말도 안 되는 농담이었지만 기분 나쁜 농담은 전혀 아니라고 생각했다.

"그럼 나중에 교사가 되고 싶은 거예요?"

"그건 그때 가서 보려고요. 생각이 바뀔 수도 있잖아요."

"그렇긴 한데…."

소민이 조심스럽게 민준의 표정을 살폈다. 그리곤 좀 더 결연하고 의미심장한 표정을 지어 보였다.

"선배님."

"네?"

"선배님은 오늘 이 자리에 오게 될 줄 미리 아시고, 또 계획하시고 그랬던가요?"

"설렁탕집에 오는 거요?"

"그거 말고요."

"그럼?"

"중고등학교 때부터 이렇게 항공사 직원이 될 줄 알고 계셨냐는 거죠. 혹시 그걸 목표로 그때부터 쭉 오신 거예요?"

"그건 아니죠."

"그땐 커서 뭐 하고 싶으셨어요?"

"글쎄요. 딱히 뭐 없었던 것 같은데요?"

떠오르는 몇 개의 직업이 있었다. 싱숭생숭한 마음이 절로 들었다. 그러나 민준은 말하지 않았다. 대화 흐름상 논리적으로 불리한 위치에 처할 것이란 느낌이 필연적으로 들었기 때문이었다. 왜 이런 생각까지 하며 스스로를 속이고, 논리적으로 상대보다 우월한 입장에 있어야 한다고 생각했을까. 단순히 반대 입장에 있어야 하는 임무를 부여받았기 때문만은 아닌 것 같았다. 어쨌거나 민준은 말하지 않는 것이 좋겠다고 생각했고 이런 종류의 결론이 꽤나 익숙했다.

"그래요? 이상하네. 그땐 다들 한두 개 정도 하고 싶은 일을 떠올려

보기 마련인데요."

중고등학교 대신 민준은 대학 졸업 전을 떠올려 보았다. 4학년 2학기. 최후 승자는 졸업 전 대기업 취업에 성공한 예비사회인들이었다. 굳이 승자가 되고 싶다는 생각은 없었다. 그러나 역설적이게도 패자는 죽어도 되고 싶지 않았다.

"저는 그냥 대학 나와서 남들처럼 대기업 들어가는 게 목표였던 것 같아요."
"그럼 목적 달성하신 거네요?"
"그런 셈이죠."
"대단해요. 근데 그럼 지금 만족하세요?"
"네?"
"만족하시냐고요. 지금 상황에요."
"지금 상황에 만족하냐고요?"
"네. 현재의 상황에 만족하시냐고요."

시선을 돌려 창밖을 보고, TV 화면을 봤다가, 설렁탕집 사장을 바라보는 시늉을 번갈아 가며 반복했다. 하지만 질문을 되묻는 민준에게 소민은 쉴 틈을 주지 않았다.

"그렇죠. 만족해요."

"정말요?"

"물론 맘에 안 드는 것도 살다 보면 있을 수 있겠지만, 이 생활 자체에 저는 만족해요."

잠깐 버퍼링에 걸린 듯 시선이 분산되었던 민준은 다시 정신을 차리고 소민의 눈을 차분하게 바라봤다. 그리고 보다 명확한 발음으로 모범적인 대답을 뱉어 내는 데 성공했다. 창밖엔 지나가는 행인들이 보였고 TV엔 종편 채널의 뉴스 진행자가 정치적 가십거리를 떠들고 있었으며 사장은 리모컨을 만지작거리며 흐리멍텅한 시선으로 뉴스 진행자를 주시하고 있었다.

"그럴 것 같았어요. 역시 선배님은! 그러지 않고서야 회사생활을 그렇게 잘하실 수가 없을 듯해요. 성공한 사람이시네요. 진짜 멋지세요."

"그건 아니고…."

"저는 정말 그렇지 못한 것 같아요."

"아니에요. 소민 씨 잘하고 있어요. 직원들 사이에서 평이 좋던데요."

"그건 제가 신입이라서 그런 거 아닐까요. 막내니까 일단 시키는 거 다 하고 늘 예의 갖춰 다녀야 하니까. 하지만 제 원래 모습대로 행동한다면 누가 절 좋아하겠나 싶어요. 저 원래 안 그렇거든요."

"그런가요?"

민준은 조금, 아니 많이 놀랐다. 자신이 생각하는 것을 소민이 대신 말하고 있는 것 같았다. 영화 〈사토라레〉 속에서 일어나는 일보다 한 단계 앞서가고 있었다. 내가 생각할 것을 남이 미리 이야기해 주는 느낌이 들어 혼란을 느꼈다. 한 박자 느린 민준에 비해 소민은 최고 속도에 맞춘 정주행을 이어 가고 있었다.

"고등학교 때부터, 아니 엄밀하게 말하면 중학교 때부터 스튜어디스가 하고 싶었어요. 그때는 키도 남들보다 컸고 얼굴도 예쁘다고 사람들이 칭찬을 많이 해 줬어요. 지금 이렇게 제 입으로 말씀드리기 뭐하지만, 미스코리아 나가 보라는 이야기도 많이 들었어요."

"소민 씨 예쁜 건 뭐 다들 인정하는 바죠."

"아이고. 칭찬해 주시니 감사합니다."

소민의 얼굴이 순간 붉어졌다. 짧은 칭찬에도 수줍어하는 모습이 한없이 순수했다. 민준과는 사뭇 달랐다.

"중학교 2학년 때 부모님이랑 제주도를 간 적이 있었는데 그때 스튜어디스가 뭔지 처음 알게 됐어요. 예쁘고 화려한 그 언니들을 보면서 저도 그런 삶을 살아 보고 싶다는 생각을 하게 됐죠. 다른 사람들도 스튜어디스 언니들을 바라볼 때는 눈에 하트가 그려져 있는 것 같더라고요. 그래서 전에는 관심도 없었던 스튜어디스라는 직업에 흥미를 갖게 됐어요. 다른 사람은 몰라도 나라면 할 수 있겠다는 생각? 그런 생각을 감히 하게 된 거죠. 고등학교 때도 대학교 가서 제가 가야 하는 학과를 알아보고 항공사 견학도 따라다니면서 꿈을 키웠어요. 아주 열심이었어요."

"그러네요. 어린 시절부터 준비를 했네요?"

"그럼 뭐해요. 지금 와서 보니…."

소민이 말끝을 흐리며 고개를 설레설레 저었다.

"아직 스튜어디스는 해 보지 않았잖아요."

"맞아요. 말씀대로 아직 해 본 건 아닌데 그 직업을 택함으로써 내가 얻는 것이 무엇일지 생각해 봤어요. 나는 이제 배우는 것에 서서히 흥미를 느끼고 있는데 과연 스튜어디스가 된다고 했을 때 만족할 수 있을까? 겉에서 보이는 화려한 모습은 정말 어린 시절부터 쟁취하고 싶은 것 중 하나였지만, 그런 일을 하면서 진정한 내 모습을 찾아갈 수 있을까? 기꺼이 그 직업을 포기하고 정말 내가 하고 싶은 일을 하는 게 더 낫지 않을까? 이런 생각이 요즘 계속 들었어요."

"자아실현 이야기하는 건가요?"

"자아실현이요?"

"그…. 있잖아요. 자기가 정말 잘할 수 있는 일을 하면서 자기 자신을 실현하는 거요."

"들어 본 적은 있는데, 정확하게 그 뜻을 생각해 보진 않았어요. 잠시만요."

소민은 옆자리 의자에 올려놓았던 핸드폰을 집어 들고 다시 검색을 시작했다. 핸드폰에 '자아실현'이라는 단어를 입력하고는 유심히 결과 내용을 읽어 보았다. 떨리는 마음으로 숨겨 둔 보물을 찾아가는 탐험가와도 같았다.

이내 소민은 방긋 웃으며 고개를 들었다.

"맞아요. 저 자아실현 하고 싶어요. 좀 더 배우고 공부하면서 제 자신을 발전시키고 싶어요. 물론 스튜어디스라는 직업을 통해서도 자아실현을 할 수 있겠죠. 아마 저도 그렇게 생각했기 때문에 그동안 이런 준비 과정을 거쳐서 온 거겠죠? 하지만 좀 더 가까이에서 이 직업을 바라보니 저의 자아실현을 위한 곳은 아니라는 생각이 계속 들었어요. 물론 해 보고 싶다는 생각을 아예 버린 건 아니에요. 그리고 그 길을 가고 계신 많은 선배님들이 잘못된 길을 가고 있다는 것도 절대 아니에요. 다만 각자 가는 길이 다르다고 생각해요. 선배님의 길은 항공사 지상직이었고 그 길을 잘 찾아오신 거죠. 하지만 저는 저의 길을 잘못 생각했던 것 같아요."

"철학적이네요. 수업 듣는 것 같아요."

"그런가요? 전 철학의 철자도 모르는데요. 그냥 있는 그대로 제 생각을 말씀드리는 거예요."

애초에 가진 대화의 목적과 상관없이 소민의 말에 반기를 들 생각이 남아 있지 않았다. 오히려 그 생각에 힘을 부어 주고 싶었다. 그리고 그 생각의 주체인 소민이 부럽기까지 했다.

"알겠어요. 그렇지만 계획을 보다 명확히 세워 두는 게 좋을 것 같아요."

"어떻게요?"

"어느 학과를 가서 어떤 공부를 할 것이며 그 이후에 무엇을 해 보고 싶다는 식으로요."

"또요? 저는 그렇게 계획을 세워서 여기까지 왔지만 실패했어요. 실패라는 말을 쓰는 게 너무 속상하네요."

아마도 복잡한 심경이었을 것이다. 과거와 현재 그리고 그와 상관없이 새로이 설계해 나가야 하는 미래가 지금 이곳에 함께 있었다. 아마 그랬기 때문에 민준을 붙잡고 펑펑 울었던 게 아닐까. 또 다른 더 큰 결실을 맺기 위해 마음을 바로잡아 가는 이 시기가 그녀에게는 하나의 고비이자 더 멀리 나아가는 계기가 될 것이다. 이런 계기를 스스로 마련한다는 것이 결코 쉬운 일이 아님을 민준은 어렴풋이 이해할 수 있었다.

그럼에도 소민은 한결 가벼워 보였다. 가벼움 이상이었다. 한껏 들떠 있는 것처럼도 보였다. 그녀는 끝까지 반대할 것이라고 생각했던 선배의 동의를 받아 냈다며 즐거워했다.

식당을 나서며 민준이 식사 값을 지불했다. 소민이 만류했지만 민준은 단호했다.

"됐어요. 소민 씨 말 대로라면 곧 백수 될 텐데요. 오늘은 제가 삽니다."

"그럼 오늘은 얻어먹어도 되겠죠? 정말 잘 먹었습니다."

소민은 허리까지 숙여 가며 민준에게 감사 인사를 했다. 그 모습이 어찌나 발랄했던지 민준은 웃음을 참을 수 없었다.

"내일은 근무가 어떻게 되나요?"

식당 인근에 위치한 지하철역에 다다르자 민준이 물었다. 회사 동료들에게는 스케줄을 묻는 것이 하나의 작별 인사 방법이었다. 주중과 주말의 구분이 없고 서로 근무 스케줄이 다르다 보니 생겨난 습관이었다.

"내일도 오프예요. 선배님은요?"

"저도 내일 오프예요."

"그래요? 진작 알았으면 저랑 어디 놀러 갔었음 좋았을 텐데요!"

"소민 씨랑요?"

"싫으세요?"

"아니…. 싫은 게 아니라."

"치. 알겠어요. 저도 그냥 해 본 말이에요. 선배님도 다른 일로 바쁘시겠죠."

"그런 건 아닌데…."

"다음엔 꼭 한 번 또 만나서 놀아요, 선배님."

"그럽시다. 그럼 오늘은 잘 들어가요. 푹 쉬고요."

"쉬시는데 제가 방해해서 죄송해요. 하지만 길 잃은 어린양이 집 찾아가는 데 큰 도움 주셨다고 생각해 주세요."

"집으로 가는 건지, 더 집에서 멀어져 가는 건지 잘 모르겠네요."

"치. 또 저러신다."

"농담이에요. 저는 소민 씨 결정 존중합니다. 멋진 것 같아요."

"감사해요, 선배님. 그럼 가 볼게요. 어서 들어가세요."

"잘 가요."

소민이 지하철역 안으로 들어가고 민준도 발을 돌려 집으로 향했다. 어느새 몸이 상쾌했다. 머리를 콕콕 찌르는 것 같던 두통도 사라졌다. 두통이란 존재는 매우 분명하게 실재하지만 오고 가는 과정만큼은 그 무엇보다 은밀했다. 날씨가 뜨거웠지만 해가 지고 있었고 의외로 시원한 바람이 불어와 크게 덥다는 생각은 들지 않았다.

민준은 걸음을 멈추고 온몸으로 바람을 느껴 보고 싶었다. 모자를 벗고 양팔을 크게 벌렸다. TV 광고 속 멋들어진 남자 모델이라도 된 듯 민준은 두 눈을 살며시 감았다. 그 상태가 무척 좋았다. 바람은 자신의 갈 길을 가로막고 서 있는 행인의 몸을 꽤나 능숙하고 부드러운 손길로 스치며 한참을 지나갔다. 그런 스침은 다시는 느껴 볼 수 없을 것 같은 큰 쾌감을 선사했다. 하지만 누가 쳐다볼까 싶어 급히 다시 모자를 뒤집어쓰고 언제 그랬냐는 듯 집으로 향하는 걸음을 재촉했다.

무사안일주의

집으로 돌아와 한참 전부터 하고 싶었던 샤워를 했다.

상쾌한 기분으로 소파에 앉아 있던 민준은 골똘히 생각에 잠겼다. 아무래도 찜찜한 점이 있었다. 소민의 생각에는 힘이 실려 있었다. 견고한 틀은 없었어도 묵직한 면이 있었다. 반면 민준의 말에는 그런 묵직함이나 힘 같은 중심추가 없었다. 그저 세상 사람들이 생각하는 그대로의 논리를 펼친 것 같았다.

소민이 민준에 대해서 이야기한 것들에 대해서도, 생각해 보면 썩 개운치 않은 부분이 여럿 있었다. 대화를 나눌 당시에는 대수롭지 않게 여기는 듯했지만 신경이 쓰였다. 하지만 남이 바라보는 나에 대한 이야기이니 어쩔 수 없었다. 타인의 입장을 내가 조정할 수는 없는 노릇이다. 그리고 소민이 말하는 민준의 모습은 말 그대로 '타인이 나를 볼 때 생각하는 것'들이었지 민준 스스로가 본인에게서 느끼는 생각이나 관점은 아니었다. 사실 선배들이 자신을 그렇게 좋게 평가해 주고 있는지도 몰랐다. 신입직원들에게 자기의 모습을 본받으라고 했다니. 그 자체만으로는 좋은 현상일 것이다. 하지만 실상은 그렇지 않다.

민준은 회사에서 자신을 잘 드러내지 않았다. 회식 공지에 대처하는 방식처럼 의견을 제시하는 것보다는 그저 대세를 따르는 것이 차라리 편했다. 사회성 측면에서는 너무 잘하지도, 그렇다고 너무 못하지도 않는 것이 회사에서 민준의 모습이었다. 다만 자신의 뜻보다는 남의 뜻, 특히 상관의 뜻을 늘 따르려는 모습이 스스로가 생각해도 조직 내에서만큼은 좋은 모습으로 보일 수 있을 것 같았다. 민준은 회사 내에서 어떤 결정이 내려져야 할 때, 그게 업무에 관련된 것이든 아니든 선배들의 의견을 곧잘 따랐다. 좋게 보면 '모두의 행복을 위한 나의 희생'이었다. 그도 그런 것이 민준은 스스로를 잘 믿지 못했다. 자신의 판단에는 늘 실수가 있을 수 있다고 생각했다. 리더가 되기보다는 팔로워가 되는 것이 마음이 편했다.

차라리 단독으로 리더의 위치가 주어졌다면 민준은 더 잘할 수 있을 것 같았다. 다른 사람 눈치 보지 않고 자기 밑의 모든 구성원들을 제 몸같이 챙길 자신이 있었다. 하지만 회사에서의 민준은 리더라기보다는 수많은 구성원 중 하나에 불과했다. 그런 현재의 상황을 그 누구보다 잘 이해하고 있었고, 그에 걸맞은, 즉 사회적으로 요구되는 언행을 했기 때문에 주변 사람들은 좋은 평가를 내리는 것일 수도 있었다. 가만히 있으면 중간은 간다는 말이 우스워도 일리 있는 말이라고 생각했다.

되돌아보면 민준에게 딱히 나쁘게 대하는 사람도 없었다. 나쁘게 대하려 해도 딱히 꼬투리 잡을 것이 없었다. 10을 하라고 하면 그것이 무엇인지 따지지 않고 그저 정확히 10을 했다. 그러고 나서 자기의 생각을 아주 약간 가미하여 조심스럽게 10.5를 제안해 보는 스타일이었다. 돼도 그만 안 돼도 그만인 0.5는 일종의 보여 주기였을 뿐 크게 의미가 없었다. 충돌이 일어날 리가 없었다.

한마디로 사회생활을 적당히 잘하는 직원이었던 것이다. 하지만 스스로가 보기엔 그저 그렇고 그런 직원이라고 생각했다. 누군가 칭찬을 해 준다 하더라도 칭찬받은 그 언행이 진짜 자신의 모습에서 비롯된 것인지 알 수 없었기에 굳이 깊게 새겨듣지 않았다.

'지금 만족하세요?'

당연히 만족한다고 대답했다. 급여가 많지는 않지만 먹고살 만큼은 되니 큰 문제가 없었다. 물론 나중에 여자 친구가 생겼는데 급여가 더 많다면 조금 자존심이 상할 수는 있겠지만, 항공사 직원이라는 타이틀이 흔한 것은 아니니까 약간 모자란 급여는 충분히 상쇄될 듯싶었다.

개인으로서는 좀 부족해도 소속된 회사가 자신을 대신 나타내 준다는 믿음은 생각보다 커다란 위안이 되어 주었다.

근무 시간도 대기업이라는 점을 감안하면 매우 양호하다. 교대 근무이기 때문에 따로 야근을 하는 경우가 거의 없었다. 다만 주말에 일을 하는 경우가 잦아 그것은 단점이라 할 수 있겠으나 이미 다 적응해 버린 상황이었다. 처음에는 주말에 쉬지 못해 다른 친구들이나 가족을 만날 시간이 없어 많이 외로웠다. 하지만 이제는 시간이 흘러 친구들도 상황을 이해한다. 그리고 그 친구들도 하나둘씩 가족, 즉 처자식이 생김에 따라 주말을 가족과 함께 보내는 경우가 더 많아졌다. 결국 여가 시간을 혼자 보내는 것이 익숙해졌고 이제는 오히려 그 시간을 다른 사람들과 보내는 것이 더 낯설게 느껴졌다.

다만 문제가 있다면 적성에 맞지 않는 듯 보이는 업무내용이었다. 하지만 직장에서 적성을 찾는 사람은 많지 않다. 그저 얼마나 끈기 있게 자신의 위치에서 주어진 일을 잘 해 나가느냐가 관건이다. 조금은 아쉬웠지만 따져 보면 크게 문제 될 것도 없었다. 당장 잘릴 것도 아니고 적성에 맞았다 한들 또 다른 문제가 있었을 것이다.

결국 소민과의 대화에서 크게 찜찜할 것은 없었다. 여느 때처럼 괜한 걱정을 했던 것 같다. 헛헛한 마음이 들었지만 그게 그간의 일상인 것을 굳이 새삼스레 문제 삼을 필요는 없었다.

TV를 켜 보니 어느덧 저녁 시간이 되어 뉴스가 나오고 있었다. 다른 때 같으면 슬슬 저녁 식사 준비를 해야 했지만, 오늘은 저녁을 일찍 먹을 이유가 없다. 게다가 점심을 먹은 지 얼마 되지 않았기에 그냥 TV 앞에 앉아 있었다.

늘 그렇듯 정치판 이야기가 주를 이루었다. 민준에게 익숙한 '게이트'는 항공기 탑승구를 가리키는 말이었지만 뉴스에서는 달랐다. 정치 비리 사건을 가리키는 '게이트' 이야기가 쉬지 않고 보도되었다. 기자는 'XXX 게이트 연루 사건'에 대한 수사가 종결 났으며 이에 대한 야권의 반발이 심해지고 있다는 소식을 전하고 있었다. 보도화면에는 밤샘 수사를 마치고 검찰청을 나서는 정계 인사들의 모습이 나왔다. 곱게 쓸어 넘긴 머리카락이 카메라 플래시에 반짝거렸다. 굳게 다문 입을 보니 정말 아무런 말도 하고 싶지 않은 모양이었다.

저 사람들도 스타일리스트가 따로 있는 걸까. 어쩜 저리 늘 말끔하지.

핸드폰을 들어 얼굴을 화면에 비춰 보았다. 헝클어진 머리가 눈에 들어왔다. 멋과는 거리가 있어 보였지만 무슨 이유에서인지 마음은 편했다.

정치 게이트 보도가 끝나자 부실공사로 인해 붕괴된 건물에 대한 보도가 이어졌다. 얼마 전부터 비가 새고 벽에 금이 가기 시작했는데도 제대로 대처를 하지 않았다는 내용이 나왔다. 10년을 넘게 그 건물에 살았다는 세입자는 건물주에게 이야기를 했음에도 불구하고 아무런 방책을 세우지 않았다며 카메라를 향해 고래고래 소리를 질렀다. 심각한 인명피해는 없었지만, 이 건물이 붕괴되면서 충격을 받은 다른 주변 건물에도 금이 가고 창문이 깨지는 등 재산피해가 발생했다고 했다.

민준은 집 내부를 살펴보았다. 다행히 금이 간 곳은 없었다. 신도시에 새로 세워진 오피스텔인 만큼 아직은 튼튼해 보였다.

현장에 나가 있는 기자는 이번 사건이 무사안일주의로 인해 벌어진 사건이며, 문제는 징후 없이 나타나지 않으니 늘 주의를 기울여야 한다고 힘주어 말했다. 메인앵커가 다시 등장해 다음 뉴스를 전하는 동안 민준의 마음이 무심코 무거워졌다.

무사안일주의라는 말이 문제였다.

과연 내가 만족하고 있는 걸까? 아니면 그저 무사안일주의처럼 안주하고 있는 것은 아닐까.

이건 분명 스스로가 던진 질문이었지만 마치 제3자가 직접 질문을 해 온 것 같았다. 까닥하다가는 이런 생각이 자신의 인생을 바꿀 수도 있겠다는 생각이 들었다. 알 수 없는 두려움이 느껴지고 온몸에 소름이 돋았다.

어느덧 뉴스에서는 날씨 정보가 나오고 있었다. 중국 쪽에서 느리게 동진하는 고기압의 영향을 받아 중부지방에는 맑은 날씨가 이어지겠지만 일본 쪽으로 북진하는 태풍의 영향으로 남부지방에는 비가 내릴 것이라고 했다.

얼굴빛이 한층 어두워진 민준은 TV를 껐다. 곧 업무에 지대한 영향을 끼칠 것으로 예상되는 태풍 소식이었지만 낯빛이 어두워진 이유는 다른 데 있었다.

무사안일주의. 그것이 문제였다. 답할 수 없는 질문이 계속 머리를 맴돌았다.

내가 현재의 삶에 만족하는 것이 아니라 만약 안주해 있는 거라면? 단순히 무사안일주의에 빠져 있는 거라면? 가슴이 두근거리기 시작했다. 맥박이 빨라지고 없어졌던 두통이 다시 찾아왔다. 관자놀이에서 맥박이 뛰듯 연속된 통증이 이어졌다. 조용히 뉴스를 보다가 이게 무슨 일인가. 하지만 이 질문에 대한 대답을 선뜻 내놓지 못하는 자신의 모습을 보고 가만히 있을 수 없었다. 만족이냐 안주냐 그것이 문제였다. 원하는 답은 만족이었지만 그 답을 선뜻 내놓을 수 없었다. 소민이 바라보는 민준의 삶은 만족이었던 것 같았다. 친구와 가족들은 민준이 만족스러운 삶을 살고 있다고 믿었다. 민준 스스로도 그렇게 생각해 왔다. 그렇게 생각해 오고 있다고 스스로를 안심시켜 왔다. 사회가 자신에게 쥐여 주는 정체성은 주관적인 것이 아닌 객관적인 것이므로 어디까지나 신뢰할 수 있는 것이라고 믿었다.

그런데 과연 그랬을까.

핸드폰 진동이 울렸다. 고성이었다. 시계를 보니 6시가 조금 넘은 시간이었다.

"여보세요?"
"민준아. 나야."

힘은 없었지만 밝게 인사하는 고성의 목소리가 들렸다. 친구의 목소리를 들으니 언제 그랬냐는 듯 마음이 조금은 차분해졌다.

"그래. 새벽에 전화했었더라?"
"별일 아냐. 회식하고 집에 가는 길에 술김에 그랬나 봐."
"내가 헤어진 여자 친구냐, 야밤에 술 취해서 전화하게."
"그러게 말이다."
"일은 어때. 할 만해?"
"그냥 그렇지. 웬일로 칼퇴를 시켜 주네."

"지금 퇴근한 거야? 평소에 비하면 너무 일찍 한 거 아니야?"
"이런 날도 있어야지. 어제 3시간도 못 잤다고."
"하긴…."
"집이냐?"
"응. 오늘 쉬는 날이었어."
"넌 뭐 그렇게 자주 쉬냐?"
"우리도 너네랑 똑같이 쉬어. 주말에 못 쉬고 대신 주중에 쉬니까. 너도 토요일하고 일요일은 회사 안 나가잖아?"

친구들은 민준이 주중에 쉬었다고 하면 부러워했다. 그때마다 민준은 꽤나 기분이 나빴다. 자기들 놀 때 일 하는 건 모르고.

"알겠어. 발끈하긴. 죽을죄를 지었다 내가."
"많이 쉰다느니 그런 말 하면 전화 끊어 버린다. 응?"
"그래. 근데 나 저번 주엔 월화수목금금금이었어. 주말도 없었다고. 토요일하고 일요일 다 출근하고 말이야. 난 좀 심하지 않냐?"
"그러네. 정말 고생 많다. 야."
"돈이 웬수지. 저녁 아직 안 먹었지?"
"아직."
"나랑 저녁이나 먹자 그럼."
"어제 3시간 잤다며, 안 피곤해?"
"하루 이틀이냐. 괜찮아."

"서울까지 가려면 좀 걸릴 것 같은데…."

"내가 거기로 갈까?"

"멀지 않겠어? 그러지 말고 중간 지점에서 만날까?"

"내가 거기로 갈게. 고속도로 타면 금방 가잖아. 나 차 뽑았어. 한 시간이면 가지 않을까?"

"그래? 차도 사고 잘 나가네!"

"술도 한잔하자. 그쪽 대리운전 번호나 좀 알아 놔. 집에 갈 때는 대리 불러서 가야지."

"괜찮겠어? 오늘 기분 좀 좋은가 보네."

"기분 좋지, 친구 보러 간다는데."

"네가 오니까 밥은 내가 쏠게."

"콜!"

"조심해서 와라 그럼."

"그래 좀 이따 보자."

오랜만에 친구를 본다고 생각하니 기분이 금세 좋아졌다. 조금 전 생각했던 만족이냐 안주냐에 대한 무게감도 놀라울 정도로 크게 줄어들었다. 지금으로써는 만족과 안주의 차이도 고민이지만 오랜만에 친구를 만난다는 사실이 더 신나고 설렜다. 여자 친구를 만나는 것도 아닌데 이게 무슨 호들갑인가 싶겠지만 저녁 시간에 친구를 만나서 노는 것이 거의 세 달 만에 있는 일이었다.

세 달 전에는 대학 선배가 주말을 맞아 공항으로 민준을 찾아왔었다. 하지만 민준은 그날 밤 11시가 넘어서야 퇴근할 수 있었다. 기체 정비 문제로 일부 항공편 출발이 지연되었던 탓이다. 저녁을 먹자며 찾아온 선배와는 간단한 야식을 먹는 것으로 만족해야 했다.

"다음번에는 제가 선배 있는 데로 갈게요!"

호기롭게 말했지만 과연 언제 다시 볼 수 있을지 가늠하기가 어려웠다. 연이어 휴무일이 있는 날이면 가끔씩 부모님을 뵈러 수원에 있는 본가에 다녀오기도 했지만 그것이 외출의 전부였다. 그런 생활을 세 달째 이어 오다가 친구가 찾아온다고 생각하니 무척 반가웠다. 덤으로 내일도 오프가 아니던가. 뭘 해도 늘 진취적인 친구이니 만족과 안주에 대해서도 이야기해 볼 수 있을 것이다.

사실 아까부터 자신이 만족하고 있다는 결론에서 조금씩 멀어지고 있었다. 고성의 방문으로 들떴던 마음을 가라앉히고 주위를 살펴보았다. 자신을 제외한 모든 것이 고요하게 자기 자리를 지키고 있었다. 민준은 그 가운데에서 홀로 숨 쉬고 있는 스스로의 모습을 바라보고 싶었다. 거울로 보는 것이 아닌, 정말 객관적인 입장에서. 다른 누군가가 되어 자신을 유심히 살펴보고 싶었다. 아무래도 이 조그만 몸뚱이에 갇혀서는 정확한 답을 내놓기가 힘들었다.

지금 만족하세요?

소민의 질문이 다시 한번 떠올랐다.

글쎄요.

자아실현

'5분 후에 도착하니 집 앞으로 나오라'는 고성의 전화를 받고 민준은 가벼운 복장으로 집을 나섰다. 하루에 두 번 이상 다른 누구를 만나기 위해 집을 나서는 건 정말 이례적이었다. 좁은 복도를 지나 엘리베이터를 타고 내려가는 동안 아무도 중간에 타지 않았다. 덕분에 1층까지 단번에 내려왔다.

어디까지나 권한 밖에서 발생되는 문제였지만 민준은 중간에 누군가 엘리베이터에 타는 것을 좋아하지 않았다. 물론 다른 사람이 탄다 해도 불쾌하거나 싫은 내색을 하지는 않았다. 도리어 살짝 미소를 지으며 목례를 하곤 했다. 그리고 그들의 편의를 위해 구석으로 자리를 옮겼다. 그러다 보면 함께 인사를 하는 사람도 있고 대화를 걸어오는 사람도 있었다. 반면 아무 신경 쓰지 않고 타자마자 엘리베이터 한쪽 벽에 붙어 있는 거울만 바라보는 사람도 있었다. 그런 사람들은 다른 사람이 있든 없든 전혀 신경을 쓰지 않는 것처럼 보였다.

민준은 달랐다. 그 좁은 공간을 함께 공유해야 하는 타인에 대해 늘 신경이 쓰였다. 그래서 차라리 아무도 타지 않기를 내심 바랐다. 사람을 만나 이야기를 나누고 세상에 대해 조금씩 관심 영역을 늘려 나가는 것은 매우 흥미로운 일이었다. 하지만 그것과 별개로 의지와 상관없는 언행을 요구받는 것 같은 기분이 들 때가 종종 있었다. 엘리베이터 안에서처럼 말이다. 그럴 땐 역시 혼자가 편하다는 생각을 떨칠 수가 없었다.

오피스텔 밖으로 나오니 낮에 불었던 바람보다 조금 더 시원한 바람이 불고 있었다. 반소매 셔츠 속으로 바람이 들어왔다. 셔츠가 펄럭거렸고 새삼 그 모습이 멋져 보였다. 그래서 입을 꾹 다물고 턱을 살짝 들어 올리며 자못 남성다운 표정을 지어 보았다. 마초스러운 매력이 있었으면 참 좋았을 텐데. 하지만 그것은 자신의 것이 아님을 누구보다 잘 알았다. 괜스레 멋쩍어 기분을 달랠 겸 주머니에서 핸드폰을 꺼내 만지작거리기 시작했다.

이 녀석 올 때가 됐는데.

이윽고 맞은편 길가에 경적 소리가 들렸다. 흰색 중형 자동차가 정차

되어 있었고 운전석에 앉은 고성의 모습이 보였다. 어린애마냥 격하게 손을 흔들고 있었다. 길을 건너 다가가 보니 요즘 제일 잘 팔린다던 쏘나타였다. 친한 친구의 첫 차다. 그 첫 만남에 대한 예의로 전면과 후면 외관을 한 번씩 구경하고는 조수석 문을 열었다.

"최 과장. 차가 멋있다?"
"차는 괜찮은데 한동안 할부금에 좀 허덕일 것 같다."
"몇 개월?"
"36개월. 꼭 물어야 하냐. 그런 걸?"
"미안하다. 돈 잘 버니까 잘 갚겠지, 뭐. 근데 새 차 냄새가 심하네."
"그래도 나는 이 냄새가 좋더라. 이때 맡지 언제 맡겠냐. 이 냄새를."
"하긴 처음에만 맡을 수 있는 거네?"
"그렇지. 이제 3주 좀 넘었는데 슬슬 냄새가 약해지고 있어."
"아쉽냐?"
"많이."

고성은 킁킁거리며 꽃내음 맡듯 향기롭다는 표정을 지었다. 인근 공용주차장에 차를 세우고 고깃집으로 향했다. 오늘의 두 번째 외식으로 향하는 민준의 발걸음이 가볍기 그지없었다.

"삼겹살 2인분하고 목살 1인분 주세요."

고성이 큰 소리로 주문을 했다. 젊은 직원들이 큰 소리로 주문 내역을 복창했다.

"네! 12번. 삼겹 두 개. 목살 한 개!"

"오늘 쉬었다더니 얼굴이 뽀송뽀송하네. 잠 좀 많이 잤냐?"
"아침에 잠 좀 잤는데 중간에 회사 후배가 찾아와서 나갔다 왔지."
"후배가 왜?"
"뭐…. 고민이 좀 있었나 봐."
"남자? 여자?"

호기심 가득한 눈빛으로 고성이 물었다. 회사에서는 과장님이지만 친구 앞에서는 영락없는 개구쟁이 친구였다.

"여자."
"뭐야, 여자애가 집까지 널 찾아왔어? 쉬는 날에? 장난 아닌데 이거."
"그런 거 아니야."
"그럼 뭔데, 정말 고민 상담만 하러 온 거야?"
"말하자면 복잡해. 회사 그만둘 생각하나 보더라고."

고성은 표정을 찌푸리며 테이블 위에 있는 물을 한 번에 쭉 들이켰다.

“왜? 너네 회사 좋잖아. 페이도 나쁘지 않고 근무 조건도 좋고.”

“자기 적성이 이쪽인 줄 알았는데 공부가 더 하고 싶다고 하더라.”

“대학원 간대? 아님 유학?”

“아니. 편입 생각하더라고.”

“오호라. 쉽진 않을 텐데. 대단한 친구네.”

“대단하지. 처음엔 무모하다는 생각이었는데 이야기 듣다 보니 자기 길을 찾는 과정에 있는 것 같더라.”

“멋있다.”

“야. 나도 고민이 하나 생겼다?”

“너도 사표 쓸라고?”

“그런 건 아니고. 아까 이 친구가 나한테 물어본 게 있어. 내가 내 생활에 만족하냐고. 그래서 난 만족한다고 했지. 딱히 불만이 없으니까. 근데 안주하고 있는 건지, 만족하고 있는 건지 모르겠어. 무사안일주의라는 말을 듣고 나니까 뭔가 내 이야기 하는 것 같기도 하고. 너니까 그냥 간단하게 말하고 있긴 하지만 사실 조금 답답해. 사춘기도 아니고 왜 이러는지.”

민준의 말을 들은 고성이 가만히 바닥 쪽을 응시하더니 다시 고개를 들었다.

“어렵다.”

“뭐가?”

"만족인지 안주인지 그거."

"너라면 뭔가 명쾌한 답을 줄 수 있을 것 같았는데. 너한테도 어려운 거냐?"

"글쎄, 한 가지 확실한 건 나는 안주하고 있는 것 같지는 않아. 하루하루가 굉장히 힘들거든. 힘들다 못해 아주 괴롭다."

고성이 헛웃음을 지으며 말했다. 왠지 모를 미안함까지 들었다. 진심 가득한 친구의 말에 마음이 무거워졌다.

"그래서 사실 나는 안주하고 있는 것 같지는 않아. 그렇다고 만족하고 있는 것 같지도 않고. 이런 삶에 만족하려야 할 수가 없지. 새벽같이 집 나가서 회사에서 아침 먹고. 오전 내내 회의하다가 스트레스받아서 배도 안 꺼졌는데 점심 먹으러 나가고. 또 사무실 들어오면 드라마에서나 볼 법한 장면들을 몇 개 보고. 그러고 나면 힘이 쭉 빠지는데 또 시간은 흘러서 당연하다는 듯 저녁 먹으러 나가. 야근 준비지. 그러다가 한 11시 넘으면 '내일 합시다!' 하고 다 같이 퇴근한다? 이게 사람 사는 건지, 아니면 뭔지 싶다."

"드라마에서나 볼 법한 그게 뭔데?"

"왜 결재서류 보고하는데 윗사람이 그 서류 허공에 던지면서 '똑바로 못해?' 이런 말 하잖아."

"실제로 그러냐? 난 우리 회사에서도 그런 건 아직 못 봤는데?"

"워낙 큰 단위의 돈이 왔다 갔다 하니까 그런 것도 있고 성과 위주로

진급이 결정 나니까 윗사람들도 민감할 대로 민감해져 있는 거지. 상욕하면서 결재판 던져 버리면 그 스트레스는 말도 못 해."

"고생이 많네."

"고생은 뭘. 이제는 그냥 그러려니 하고 사는 거지. 그래서 사실 나는 만족스러운 삶은 살지 못하는 것 같아. 솔직히 돈 빼고는. 근데 그게 전부가 아닌 건 너도 잘 알잖아. 돈 많이 줘도 사람이 죽겠는데 말이지. 그렇다고 네가 고민하는 안주도 아니지. 요즘은 밥 먹고 일만 하니까."

쉬지 않고 자기 일상 이야기를 꺼내 놓은 고성이 한숨을 내쉬며 허탈한 웃음을 지어 보였다.

"파이어 지나갑니다!"

대학생 정도로 보이는 식당 종업원이 숯불이 담긴 화로를 가져와 테이블 중간 자리에 올려놓았다. 종업원은 그 위에 고기 불판을 얹고 한 차례 초벌이 된 큼직한 고깃덩어리를 올려놓았다. 칼집이 군데군데 나 있어 아직 익혀지지 않은 붉은 속살이 눈에 들어왔다.

"그런데 내가 물어본 그 안주라는 건 끊임없이 자기 계발하고 세상적으로 더 나아지고 하는 그런 게 아니야."

"그럼 어떤 측면을 말한 건데?"

"뭐랄까…."

민준은 잠시 고민했다. 숯불이 셌는지 고기가 금방 잘 구워졌다. 이제 곧 속까지 잘 익어 바로 먹어도 될 상태가 될 것이다.

"자아실현이야."

"자아실현?"

"자아실현 측면에서 말하는 거야. 어느 인생의 단편이 아니라, 인생 전체에 대해서 말하는 거야. 한 사람의 인생에 대해서."

직접 말해 놓고도 이런 말을 했다는 게 새삼 놀라웠다. 돌이켜보면 만족한다고 생각한 근거들은 하나같이 모두 세속적이고 가히 계산적인 근거들뿐이었다. 고성이 안주가 아니라고 단언한 근거와도 다름없는 맥락이었다. 내가 내 삶에 만족하고 있는가라는 질문에 대한 대답에서 자아실현과 관련된 답은 전혀 포함되어 있지 않았다.

"자아실현이라…."

집게를 들고 불판 위의 고기를 만지작거리던 고성이 혼잣말하듯 중얼거렸다.

"맞아. 그거야. 사실 나도 그거에 대해서 제대로 생각해 본 적이 없었던 것 같거든. 근데 아까 회사 후배가 와서 이야기하는데 그 이야기가 나왔어. 자아실현을 하기 위해 회사를 그만둔다는 이야기. 솔직히 아까는 단순하게만 생각했어. 그래서 마냥 좋구나 싶었어. 그 후배 마음도 이해가 가고. 그러면서도 나 스스로에 대해서는 생각 못 해 봤지. 그거 넌 했다고 생각해? 아님 그걸 위해서 지금 이 자리에 있다고 생각하냐?"

고성은 말없이 고기만 바라보고 있었다. 고기 밑자락에서 흰 연기가 올라왔다.

"야. 고기 타겠다. 뭘 그렇게 생각하냐?"

민준은 고성의 손에서 집게를 뺏고 서둘러 고기를 뒤집었다. 고기가 타기 직전까지 구워져 있었다. 다 익은 고기는 타지 않게 불판 변두리로 내놓았다. 그리고 12번 테이블에는 침묵이 자리 잡았다. 아무런 말도 이어지지 않았다.

"소주 한 병 시킬까?"
"그러자. 술이 빠졌었네. 여기요! 처음처럼 한 병 주세요."

술과 고기 그리고 오랜만에 만난 친구. 그야말로 흥겨운 자리가 아닐 수 없었다. 식당은 꽤나 시끄러웠다. 뭐가 그렇게 신났는지 다들 큰 소리로 웃고 떠들며 맛있게 자기 앞에 놓인 음식을 먹고 있었다. 세상 근심 모두 다 털어놓고 이 순간만큼은 실컷 즐기겠다는 각오를 하고 온 사람들만 모여 있는 것 같았다. 이리저리 바삐 움직이는 종업원들 덕에 식당 내부는 한껏 들떠 보였다. 하지만 민준과 고성 사이에는 침묵이 흐르고 있었다. 고성은 무언가 골똘히 생각하는 듯했다. 민준은 괜한 이야기를 꺼냈나 싶어 눈치가 보였다.

시끄러운 식당에서 둘은 마치 다른 공간에 있는 듯했다. 덕분에 주변 사람들의 이야기가 더 크게 들렸다. 여러 사람들의 목소리가 한데 모여 들린 탓이겠지만 민준은 이런 사람들의 목소리가 정글 속 원주민들이 들고 다니는 창 같다고 생각했다. 그 날카로운 창 여러 개가 동시에 자신에게 날라 오고 있었다. '말에는 힘이 있다'는 이야기를 들은 적이 있는데, 처음 들었을 때는 말에 담긴 메시지가 가진 힘을 생각했었다. 하지만 지금은 말이, 보다 정확하게 말하자면 말소리가, 공기 중에서 이동하는 보이지 않는 힘을 생각하게 되었다. 이런 힘을 방어하고 싶었다.

종업원이 소주 한 병을 가져왔다. 테이블 옆에 달린 주문표에 건성으로 줄을 하나 긋고 분주히 다른 테이블로 주문을 받으러 갔다.

"뭐하냐. 최고성, 한 잔 받아! 어제도 회식했으니까 오늘은 조금만 마셔라."

"미안. 생각 좀 하느라고. 여하튼 오랜만에 보니 엄청 반갑다. 한 잔해."

넋이 나가 있던 고성이 눈을 크게 뜨며 말했다. 절친한 친구 둘은 서로의 잔에 소주를 채웠다. 잔에 채워진 소주는 물처럼 맑고 청롱 했다.

한없이 순수해 보이는 그 액체가 사실은 술이라니. 눈에 보이는 것으로 사리를 판단하는 것은 너무도 쉽게 그 한계에 부딪힌다.

“자주 좀 보자.”
“맞아. 바빠도 연락 자주 하자고.”
“캬. 술이 쓴 것 같으면서도 달다.”

민준은 오랜만에 맛보는 소주 맛이 이렇게 썼나 생각하며 얼굴을 찡그렸다. 반면 고성은 물 마시듯 소주잔을 비웠다. 맥주 한 잔도 잘 못 마시던 고성이었는데 사회생활하면서 많이 변했구나 싶었다. 민준은 잘 익은 고기를 골라 쌈장을 묻혀 입안에 넣었다. 오물오물 씹다 보니 소주의 쓴 기운과 돼지고기의 느끼한 육즙 그리고 쌈장의 매콤한 맛이 훌륭하게 어우러졌다. 이보다 맛있는 조합이 있을 수 없었다. 역시 삼겹살엔 소주가 제맛이다.

“자아실현이라는 그거 말이야.”
“응.”
“그거. 네가 보기엔 가능하다고 생각하냐?”
“불가능한 건 아니지 않을까?”
“나 중소기업 다니다가 대학원 갔을 때. 왜 그랬는지 모르지?”
“네가 하고 싶은 거 하려고 그런 거 아냐? 난 멋있다고 생각했는데.”
“그래. 내가 하고 싶은 거긴 했지. 비하인드 스토리는 모르지?”

"무슨 말이야? 비하인드 스토리라니."

고성은 자신의 잔에 소주를 따랐다. 그리고는 민준의 잔도 채워 주었다.

"그때 만나던 애 기억나냐? 소희라고."
"기억나지. 소희."
"걔네 집 잘살던 거 알지?"
"아버지가 기업 임원이라고 했던 것 같긴 하다."
"그때 소희 때문에 대학원 간 거였어."
"그랬어? 너 대학원 가라든? 근데 너 그만둘 때 즈음 헤어진 거 아닌가."

고성은 고개를 설레설레 저었다. 얼굴빛이 어두워지고 쓸쓸한 기운이 서리는 것 같았다.

"소희 그 계집애가 회사 들어가고는 좀 변하더라고."
"변하다니. 그땐 그냥 권태기라 하지 않았냐?"
"그건 그냥 걔 욕하기 싫어서 했던 말이지."
"바람이라도 났었다는 거야?"
"금융권 들어갔잖아. 애가 돈맛을 좀 보더니 지 남자 친구가 무능력하게 보인 게지."

“무능력이라니. 너도 능력 인정받고 잘 나갈 때인데.”

“그럼 뭐 하냐, 결국엔 돈이지. 그리고 그 집 수준이 워낙 우리 집이랑 다르다 보니 말이지.”

“아니 그럼, 다른 거 아니고 소희 때문에 대학원 간 거야?”

“너도 알겠지만 나 그 회사 맘에 들었거든. 근데 우선은 업그레이드를 좀 해야겠다 싶어서 소희 보란 듯이 대학원 들어간 거지.”

“그 전에 이미 헤어진 거지?”

“내가 자기보다 더 능력 있는 사람이면 좋겠다고 하는데 만감이 교차하더라.”

“그 말은….”

“그때는 나쁜 년이라고 생각했는데….”

“….”

“아니더라. 그게 세상 사는 지혜더라.”

“그게 무슨 지혜냐. 말이라고 가져다 붙이면 다 되냐?”

“생각해 봐. 내 능력이 지 능력보다 못하다는 거잖아. 여대 중에 가장 좋은데 나왔고 상경계열인데 금융권에 들어갔으니 나 같은 공돌이는 눈에 안 찬 거지. 다시 생각하니 열 받네.”

“학생 때는 너 좋다고 난리더니 그렇게 사람이 변하나?”

“4학년 때였던가. 지도교수님이랑 같이 정부 연구개발 프로젝트 제안서 작업해서 수주에 성공했을 때 소희가 제일 기뻐해 줬었어. 그때 내가 나중에 걔랑 결혼해야겠다 다짐했었거든.”

“그래 나도 기억나. 네가 그 이야기 했었다.”

"근데 졸업하고 나니까 그때의 소희는 없더라. 어느 날 갑자기 자본주의로 무장한 한 여자애가 와서 나보고 무능력하다고 말하고 있는 거야. 어이가 없지?"

"…."

"그래서 나도 경영대학원 간 거야."

"그랬구나."

"그땐 보란 듯이 성공하려고 한 건데. 지금 와서 보니 정말 성공이란 게 애초에 뭔지도 모르겠고 말이지."

워낙 똑똑한 고성이라 대학원 진학은 어렵지 않았다. 하지만 공학도가 선택하기엔 다소 험한 길이었다. 새로운 분야에서 공부를 한다는 것이 쉽지 않았지만 고성은 오기로 버텼다. 그리고 그 분야의 사람들과 인맥을 쌓기 위해 여러 사회활동을 했다. 마침내 석사학위를 취득했고 동시에 지금 다니고 있는 회사의 입사 제의를 받아들였다. 지금의 회사는 예전 회사에 비해 파격적인 처우를 고성에게 약속했다. 그게 알고 있는 전부였다. 오늘 들은 이야기들은 민준으로서는 처음 듣는 이야기였다. 다른 사람의 이야기를 듣고 있다는 착각까지 불러일으켰다.

"소희는 그래서 어떻게 지낸대? 소식은 듣냐?"

"글쎄다. 내 소식 들었으면 땅을 치고 후회할 테고, 아니라면 어디선가 능력 좋은 남자 만나서 잘 살고 있겠지."

고성은 웃으며 이야기했다. 그러나 그 의미는 알 수 없었다. 고깃집 실내의 쾌쾌한 공기의 그것과도 비슷했다. 허연 안개 같지만 사실은 기름기 섞인 음식물 입자 따위가 그 정체였듯이.

"회사 힘들다고 이야기하면 네가 종종 이야기했었지? 진정 원하는 길을 가는 게 어떻겠냐고 말이야."
"그랬었지."
"제대로 대답 한 적이 없을 거야. 아마 지금 이 길이 내가 원하는 길이 아니라서 그런 걸 수도…."

고성이 마지막까지 쥐어 짜낸 용기의 결과였다. 하지만 크게 놀랄 것은 없었다. 예상은 했었던 바였다. 단지 그 대답을 가감 없이 던지는 친한 친구의 모습에 뭐라 대꾸할 엄두가 나지 않았다. 고성은 담담했다. 새삼스럽지 않다는 듯, 마치 다 알고 있었다는 듯, 민준의 생각과 마찬가지로 이미 예상해 왔다는 듯이 말이다.

"너니까 솔직하게 이야기하는데, 정말 여기 있으면 돈과 명예? 그런 게 다 따라오는 같아. 그게 나한텐 치명적인 독이고. 근데 또 소희 때문에 오기로 이렇게 오지 않았다면 아마 예전 직장에서 나름 만족하며 지냈을지도 모르겠어. 예전부터 하고 싶었던 그쪽 분야 일들이 많이 있는데, 그런 것들도 다 건드려 보지 않았을까 생각이 들고. 유치하긴 한데 어릴 때부터 내 꿈이 아인슈타인 같은 천재 과학자였거든. 근데 이젠 그쪽으로 갈 엄두도 안 나지."

"어째서? 꿈이었다며."

"그쪽으로 간다고 하면 지금 내 주변 사람들이 가만히 있겠냐. 특히 여자 친구가 뭐라고 하겠어? 양가 부모님 인사도 다 끝냈고 회사니 학교니 다 알고 계시는데. 그리고 아마 너를 뺀 모든 주변 사람들이 다 '복에 겨워서 그런다'고 할걸? 지금 회사에서 나오는 돈이 얼만데 그거 다 버리고 가냐고."

"그렇긴 해도…."

"냉정하게 봐. 현실에서 누가 자기가 하고 싶은 걸 다 충족시키며 살 수 있겠냐는 거야."

"결국 자아실현을 못 한다. 그거야?"

"말은 좋지만, 적어도 우리나라 현실에서는 불가능하다는 거지. 내가 하고 싶은 거 한다고 회사 때려치우고 나와서 프로젝트를 진행한다고 치자. 그런 프로젝트를 진행할 돈이 어디서 나며, 나 같은 사람하고 누가 결혼을 할 것이며, 설령 결혼을 했다고 해도 처자식 먹여 살릴 돈이 어디서 나오겠어. 물론 몇 개 프로젝트가 잘 돼서 내가 하고 싶었던 것도 하고 돈도 벌고 그걸로 유명세 타서 명예도 얻고 하면 더 이상 바랄 게 없겠지. 그렇지만 그렇게 실제로 할 수 있는 사람들이 얼마나 있을까."

"너 말에도 일리가 있어. 그렇지만 꼭 돈과 명예가 있어야 살 수 있는 건 아니잖아. 물론 돈이야 아예 없으면 안 되겠지만 너 실력에 그까짓 돈 못 벌겠냐?"

"너 말이 맞아. 하지만 만일 실패하면, 만일 모든 게 예전보다 안 좋아진다면, 그럼에도 내가 원하는 걸 고수해야 하는 것일까? 그때 가서는 후회하지 않을까?"

민준은 침묵을 지켰다. 답을 몰라서가 아니었다. 단지 자신의 입으로 답을 내놓기가 싫었다. 가 보지 않은 길 저만치에 있을 미지의 세상에 대한 두려움에 우선은 침묵하고 싶었다.

"외국 애들이나 고등학교 나와서 부모한테서 독립하고 자기 하고 싶은 일 하면서 맘 편하게 사는 거지. 사실 그것도 북미나 유럽 쪽 애들이나 그런 거지 과연 우리나라나 일본, 중국 뭐 이런 데서 그게 가능할 거라 생각해? 자원이 부족하니까 인적자원으로 먹고사는 우리나라에서 맘 편하게 '나 하고 싶은 거 하고 살겠소'라고 말하기엔 너무 이기적인 게 아닌가 싶다. 키워 주신 부모님께도 죄송한 거고."

틀린 이야기가 하나도 없었다. 처한 현실이 바로 그랬다. 하지만 다시 '안주'라는 키워드를 생각해 봤다.

"다 동의하고 이해해. 하지만 한 번 들어 봐. 나도 내가 옳다고는 안 할게. 그냥 한번 생각만 해 보자."

"그래. 편하게 말해."

"너 말은 이해하겠는데 그거야말로 너 스스로의 인생에 대해서 안주하는 거 아니냐? 공부도 열심히 하고 남들 못 가는 대학원에 가서 정말 좋은 회사에 들어간 거는 알겠어. 그리고 거기서 쉴 틈 없이 일하면서 누구보다 크게 성장해 나가는 것도 알겠어. 하지만 인생의 자아실현이라는 측면이 충족되지 않으면 그거야말로 안주 아니냐 이거지. 인생 목표가 세상이 요구하는 것을 충족시키는 데만 쓰이고 나 개인을 위해서는 하나도 도움이 안 된다면 말이야."

"좀 억울하다."

"뭐가."

"나도 너 말에 다 동의해. 그리고 이해도 돼. 하지만 그걸 알면서도 어쩔 수가 없는 내 현실을 생각하니까 억울하네."

목이 타는 것 같아 민준은 잔에 있던 소주를 들이켰다. 슬슬 술이 달게 느껴졌다. 고작 소주 몇 잔에 취기를 느끼기 시작했다.

"나도 억울해. 자아실현의 '자' 자도 못하고 있는 것 같다. 그래서 너처럼 나도 억울하다."

"너 항공사 갔다고 부러워하는 애들이 얼마나 많았는데 이제 와서 그딴 소리야?"

"웃기네. 너 대기업 경력직으로 갔다고 부러워하는 애들이 얼마나 많았는데 너야말로 그딴 소리냐 그럼."

둘은 어이없는 웃음을 지었다. 고성이 손을 들어 손바닥을 펴 보였다. 민준은 오래된 습관인 양 자신의 손을 들어 하이파이브를 했다. '짝'

하는 소리가 크게 났다. 둘은 손을 마주 잡았다가 악수하는 자세로 손을 고쳐 잡았다. 민준의 손을 꽉 쥐어 잡고 고성이 말했다.

"난 모르겠고. 너 그래서 자아실현 할 거냐?"

"아직 잘 모르겠어. 너는?"

"자아실현 하려면 당장 저 차 팔아야 돼. 이제 겨우 첫 달 할부금 냈는데."

"그래서 안 하겠다?"

"나 요즘 새 차 냄새 맡는 재미로 산다니까. 근데 민준아. 너는 자아실현 해 봤으면 좋겠다."

"난 못해도 넌 꼭 해라 이런 거냐."

"그래서 나도 거기서 용기 얻어서 자아실현 할 수 있을 수도 있잖아?"

취기에 젖은 눅눅한 생각이 민준의 머리를 맴돌았다. 이곳 식당에 있는 사람들 중 자아실현이라는 걸 심각하게 생각해 본 사람들이 얼마나 있을까. 이 사람들은 과연 자아실현을 위해 살아가고 있는 것일까. 아니면 고성처럼 한 번쯤 이런 생각을 해 봤지만 답이 없다고 결론 내리고 그냥 어쩔 수 없이 하루하루를 살아가고 있는 것일까. 원래 인생이 그런 건가. 교수님 말씀하셨듯이 그게 인생인가.

확실한 건 누구나 꿈을 가지고 살아가고 있다는 것이다. 다만 그걸 알면서도 포기한 채 살아가는 사람이 있는가 하면, 소민처럼 자아실현이 무엇인지도 모르고 살다가 어느 순간 자신이 하고자 하는 것을 깨닫고 급히 선회하는 사람들도 있을 것이다.

난 어느 쪽일까.

지겹도록 민준을 괴롭히던 중학교 1학년 시절 수학 시간이 떠올랐다. x와 y가 등장하고 나자 정신세계에 분열이 일어난 것처럼 무슨 말인지 알아들을 수가 없었다. 아무리 봐도 수학이 어려웠다. 도저히 답을 알 수 없었다. 하지만 3학년이 되자 실력이 궤도에 올라 우수한 성적을 받을 수 있었다. 어떻게 문제를 해결하는지 터득했기 때문이었다.

수학은 그랬었는데, 지금 내가 살아가고 있는 이 인생은 어떨까. 그런 시기가 올까, 해결 방법을 터득하는 그런 시기가.

수학에는 모범답안이 있었다. 답이 한가지였다. 그래서 그 답을 구하는 과정을 학습하면 모든 게 해결되었다. 물론 인생에 있어서도 제시된 답안은 있다. 하지만 그 답안이 애초에 각 개인의 고유성을 충분히 고려했는가라는 질문에 대한 답은 '아니오'였다. 답안에 우리 각 사람의 이름은 없었다. 그저 오늘날의 사람들이 살아 볼 수 있는 단편적인 예시가 주어져 있을 뿐이었다. 수학과는 다르게 각자의 고유한 답이 필요했다. 하지만 우리는 제시된 몇 개의 답안에 무섭도록 집착하며 살아가고 있었다. 그 답안이 아니면 마치 큰일이라도 나는 것처럼 말이다.

"일단은 술잔 비우고 생각하자."

고성의 말에 정신이 확 들었다. 오랜만에 취한 느낌이 나쁘지 않았다. 답이고 뭐고 일단 오늘은 좀 마셔야겠다는 흥분감이 올라왔다. 기분이 썩 좋지도, 그렇다고 나쁘지도 않았다. 그런데 이상하게도 자꾸만 중학교 1학년 때 수학 선생님의 얼굴이 떠올랐다.

다시 뵙는다면 묻고 싶었다.

선생님. 자아실현은 하셨나요?

훼방

고성은 술에 많이 취하지 않았다. 그러나 음주운전을 할 수는 없는 노릇이기에 대리기사를 불러 귀가했다.

"천천히 가도 되니까 액셀 세게 밟지 마시고 부드럽게 운전해 주세요, 네? 알겠죠, 기사님?"

고성은 출발 전부터 차에 대한 애정을 대리기사에게 어필하느라 정신이 없었다. 자아실현이라는 간단하고도 무게감 있는 주제에 대한 결론은 결국 나오지 않았다. 하지만 그것에 대해 이야기를 나누고 각자의 생각을 공유했다는 사실 자체가 중요했다. 헛헛한 이 세상에서 앞으로 나아가야 할 바를 건설적으로 탐구하는 것이 바로 우리라는 추상적이고도 막연한 믿음도 생겼다. 그 믿음은 오래된 우정을 이전보다 돈독하게 했다.

고성의 차가 주차장을 빠져나가는 모습을 보며 민준은 오랜만에 일기를 써 보고 싶다는 생각을 했다. 머릿속의 생각은 있다가도 없어지고 또 그 반대로 없다가도 금세 생겨나곤 했다. 때문에 지금의 상태를 정리하기 위해서는 떠오르는 생각들을 모조리 적어 버리는 것이 좋을 듯 싶었다. 술에 조금 취하긴 했어도 글을 써 내려가는 데 지장을 줄 정도는 아니었다.

회사에서 전화가 걸려 온 시간은 오피스텔 입구에 거의 다 도착했을 때였다. 쉬는 날 회사에서 전화가 온다는 것만큼 직장인들에게 있어 끔찍한 일은 없다. 그것도 늦은 시간에. 이유가 무엇이든 간에 건조하기 짝이 없는 사무실 전화번호 또는 업무를 위해 저장해 놓은 부서명이 둔탁한 진동음과 함께 핸드폰에 표시되는 그 순간에는 정말 여러 가지 생각이 머리를 스치고 지나간다.

제일 먼저 떠올린 것은 노비자 상황이다. 술기운이 확 달아나는 것 같았다.

'이내드 승객이 혹시 지금 목적지공항에서 비행기를 타고 돌아오는 중? 에이 설마….'

핸드폰 화면의 슬라이드 버튼을 누른 채 오른쪽으로 조심스럽게 밀었다. 통화 시간을 알리는 00:00 숫자가 표시됐다. 숫자가 00:01로 바뀌자 핸드폰을 귀에 가져다 대고 최대한 입에 힘을 주어 조심스럽게 말했다.

"네, 박민준입니다."

취기가 있긴 했지만 명확한 발음으로 전화를 받았다. 회사에서 전화가 왔는데 혀가 구부러진 소리를 낼 수도 없었다.

"박민준 씨? 저 탑승 수속 운영그룹 김혜선이에요."
"안녕하세요, 과장님."
"이 시간에 전화 걸어서 미안해요."
"아닙니다. 지금 회사이신가 보네요."
"제가 오늘 야간 근무라…. 다름 아니고 혹시 내일 일정 있어요?"

일단 노비자는 아닌 것이 확실했다. 짐작건대 내일 근무 인원에 변동이 생겼으니 일정이 없으면 출근을 하라는 이야기를 할 낌새였다. 김혜선 과장은 일일 업무 배정표를 작성하고 있었을 것이다. 민준은 급히 핑곗거리를 생각했다.

"내일 말씀이십니까?"

“네. 원래 오프죠?”

“그렇죠. 제가 내일 일정이….”

생각할 시간을 벌기 위해 김 과장의 질문을 재차 확인했다. 하지만 타당한 핑곗거리가 떠오르지 않았다. 거짓말은 영 적성에 맞지 않는다.

“특별한 일은 없는 것 같은데요. 혹시 무슨 일이시죠?”

“오늘 태풍 때문에 일본 쪽 인바운드랑 아웃바운드 항공편 대부분이 결항됐어요. 근데 그게 다 내일 오전으로 모조리 추가 편성되었다지 뭐예요. 윗선에서 특별 지시가 내려왔다나 뭐라나. 아무튼 그래서 인원이 좀 부족한 상황입니다. 민준 씨 만약 내일 중요한 일정 없으면 출근하는 걸로 좀 부탁해도 될까요?”

부탁이라고 했지만 이건 명령이었다.

이웃 나라 일본은 짧은 비행시간과 비교적 저렴한 가격 때문에 출도착 모두 손님이 많은 편이었다. 하지만 지난 대지진 이후로 승객이 급감했고 회사는 심각한 경영난을 겪었다. 최근에 들어서야 가까스로 승객이 조금씩 증가하고 있는 추세다. 몇 년째 고유가와 고환율로 자금난에 허덕이는 회사 입장에서는 큰 호재일 수밖에 없었다. 그러니 태풍으로 결항된 일본 항공편 승객들을 위해 취해지는 조치에 경영층의 관심이 쏠려 있는 것이 당연했다. 전 세계적으로 저가 항공사들이 판을 치고 있는 마당에 결항이나 지연이 발생할 경우 보다 더 빠르고 신속하게 대처해야 했다. 가격은 높더라도 서비스 측면에서는 늘 우위를 선점해야 한다는 전략이었다. 이 통화는 회사가 민준에게 보내는 '긴급출동' 호출이나 다름없었다.

"알겠습니다. 몇 시까지 출근해야 하죠?"

"고마워요. 그러면 출근은 5시 30분까지. 브리핑 없이 이코노미 카운터로 오시면 돼요. 평소보다 조금 일러요. 내일 근무 코드는 오전으로 변경될 거예요. 퇴근은 일단 오후 3시 30분으로 나올 건데요, 상황이 상황인 만큼 아마 그 이상 근무해야 할 수도 있어요. 만약 그렇게 되면 연장 근무로 처리되니까 걱정하지 마시고요. 대신 원하는 날짜에 내일 쉬려던 스케줄을 재요청해 주세요. 그러면 그 날짜에 맞춰서 휴무일을 재조정해 드리는 걸로 할게요. 특이 케이스라 아마 또 공지가 나갈 거라고 하더라고요. 편명이랑 기타 자세한 내용은 내일 자 업무 배정표 확인하시면 될 거구요. 정말 고마워요. 민준 씨."

업무지시가 쉴 새 없이 전달되었다. 그래서인지 벌써부터 피로가 느껴졌다. 하지만 익숙한 내용이었다.

"아닙니다. 늦은 시간에 사람들한테 연락하시느라 정말 힘드시겠어요. 혹시 제가 뭐 도와드릴 일이라도…."

"도와줄 건 없어요. 제가 근무일 때 이런 일이 일어나다니 재수가 없는 거죠. 원래 저녁 시간에는 좀 한가해져야 하는데…. 그래도 민준 씨처럼 바로 알겠다고 해 주니 얼마나 고마워요? 신입직원 애들 몇 명은 지금 전화도 안 받아요. 일부러 안 받는 건지 뭔지 모르겠지만."

"별말씀을요. 제가 한 번 연락해 볼까요?"

"됐어요, 어차피 내일 비상상황이라 신입들 올라와도 좀 불안했을 거예요. 그럼 내일 고생 좀 해 주세요."

"고생은요, 과장님이 더 고생이시죠. 그럼 내일 뵙겠습니다."

"들어가요."

전화를 끊자마자 본격적으로 피로감이 몰려왔다. 취기도 다시 올라오는 것 같았다. 하지만 그런 느슨한 기운에 몸을 맡길 여유가 없었다. 핸드폰 시간을 확인했다. 밤 11시를 막 넘긴 시간이었다. 이제 들어가서 씻고 침대에 누우면 대략 12시. 평소와 다른 출근 시간에 맞는 기상 시간을 계산하느라 머리가 바빠졌다. 5시 30분까지 카운터로 올라가려면 공항에 적어도 5시 10분에는 도착해야 한다. 그 시간에는 버스가 없으니 콜택시를 타야 하고 영수증 챙기는 것도 반드시 기억해야 할 것이다. 민준의 집에서 공항까지 택시로 걸리는 시간은 약 20분 정도. 집 문을 열고 나서는 시간은 아무리 늦어도 4시 50분 이전이어야 한다. 그러려면…. 대략 4시에는 일어나야 한다. 휴우.

집에 들어서자마자 핸드폰 알람을 맞췄다. 04:00부터 04:50까지 5분 간격으로 알람을 여러 개 맞추어 놓았다. 핸드폰 알람은 아침에 일어나기 위해 의지하는 유일한 수단이었다. 대충 몸을 씻고 나와 편안한 옷으로 갈아입었다. 워낙 급하게 움직이다 보니 몸에서 약간의 땀이 났다. 에어컨을 틀까 했지만 창문을 열어 놓으면 아직은 시원한 공기가 들어왔기 때문에 대신 부엌과 침실의 창문을 반쯤 열어 놓았다.

집안의 불을 다 끄고 침대에 누웠다. 술을 마신 탓인지 오전에 잠을 충분히 잤는데도 금방 졸음이 밀려왔다. 다행이었다. 새벽 근무를 앞두고 밤에 잠이 오지 않는 것만큼 괴로운 일도 없었으니 말이다.

유독 길었던 오늘 하루가 떠올랐다. 아마 당분간은 오늘을 잊지 못할 것 같았다. 그간 가져왔던 여러 가지 생각에 대해 나름의 일리 있는 규격의 틀이 존재하고 있다고 믿어 왔다. 직접 경험하거나 또는 주위로부터 보고 들은 여러 가지 의미 있는 사례들은 이런 인지적인 틀의 규격을 지탱하는 근간이자 나아가 그 틀 자체였다. 그러니 오늘의 비범했던 경험들은 앞으로 지각하는 모든 바에 어떻게든 영향을 줄 것임에 틀림없었다.

맞다. 일기를 쓰려고 했었지….

불과 몇 분 만에 바뀌어 버린 근무 일정을 생각하니 괜히 울화통이 터졌다. 원래 여유롭게 일기를 써 보며 마음 상태를 점검해 보는 시간을 가질 계획이었는데. 문득 전화를 안 받았다는 후배들이 누구인지 궁금했다. 내 대신 네가 좀 나가면 안 되겠니? 후배들의 집으로 직접 찾아가 명령과도 같은 부탁을 하고 싶었다.

소민은 잘 집에 들어갔을까. 지금은 무슨 생각을 하고 있을까. 혹시 소민도 내일 근무에 투입되는 걸까. 전화를 받지 않았다는 신입 중에 소민도 포함되어 있었을까. 소민에게 내 속 이야기를 털어놓는다면 소민은 뭐라고 대답할까.

잠이 잘 올 것만 같았는데 생각들이 꼬리에 꼬리를 물고 떠올랐다. 결국 잠을 방해한 탓에 새벽 1시가 훨씬 지나서야 잠에 들었다. 잠에 들기 전까지 창밖에서 들어오는 바람이 간간이 민준의 종아리 끝을 간지럽혔다. 그래서 잠이 들기 싫었는지도 모르겠지만 그런 바람이 싫지 않았다.

독일행 승객

일기예보와 다르게 다음 날은 전국이 맑았다. 올해 들어 최고 기온을 경신한 도시가 여러 곳 있었다. 남쪽에서 북상하던 태풍의 영향력이 매우 약해졌기 때문이라고 했다. 짧았던 하루의 휴일이 지나가고 5일간의 연속 근무가 이어졌다. 전날 잠을 충분히 자지 못한 탓에 근무가 끝나자마자 퇴근하여 끼니도 거른 채 다음날 출근 전까지 잠만 잤다. 그만큼 공항에는 승객이 많았고 그로 인한 업무강도 또한 상당히 높았다.

날씨야 어찌 됐든 승객 대부분은 항공기가 결항된 사실에 불만을 가졌다. 그런 불만들은 공항에서 가장 먼저 만나게 되는 탑승 수속 직원들에게 고스란히 쏟아졌다. 회의에 참석하지 못한 비즈니스맨, 여행 일정이 완전히 바뀌어 버린 단체여행객들, 학교 일정에 차질이 생긴 유학생 그리고 일본을 경유하여 제2의 목적지로 향하는 장거리 여행객들.

누구 하나 할 것 없이 탑승 수속 직원들에게 푸념을 늘어놓았다. 그러다 결국엔 사건이 하나 터지고 말았다. 그것도 큰 사건이.

비행기가 결항돼서 참석하지 못한 미팅이 있는데 어떻게 책임질 거냐며 다짜고짜 수속 직원에게 큰소리로 따져 물었던 승객이 있었다. 평소 같으면 친절하게 승객을 달래려 했겠지만 여느 직원들처럼 너무 지쳤던 나머지 그 직원은 표정관리를 제대로 하지 못했다. 고의인지 아닌지 모를 한숨을 내쉬었고 그 손님은 직원 태도가 왜 그 모양이냐며 트집을 잡기 시작했다. 직원이 성의 있게 자기를 대해 주지 않는다고 여겼는지 그 승객은 약이 오를 대로 올라 결국 고래고래 소리를 질러 댔다고, 현장에 있었던 다른 직원은 말했다. 당시 민준은 막간의 휴식 시간을 보내고 있었던 터라 직접 현장을 보지 못했다.

하지만 문제는 바로 옆 카운터의 다른 남자직원이었다. 상황을 지켜보던 그 직원은 다소 퉁명스러운 톤으로 "손님! 좀 진정하세요"라고 말을 했고, 잔뜩 흥분한 그 손님은 넌 뭔데 참견이냐로 시작해 반말로 온갖 욕설을 늘어놓기에 이르렀다. 그 정도가 상당히 심해 항공사 직원, 여행객 할 것 없이 주변에 있던 모든 사람이 다 그 손님을 쳐다봤다고 했다. 아마 수속을 맡고 있던 직원과 옆 카운터 직원 모두 큰 수치심을 느꼈을 것이다.

그럼에도 불구하고 그들은 참았어야 했다. 회사 분위기나 사회통념을 모두 다 따져 봤을 때 그냥 넘어갔어야 했다. 그저 이상한 손님 한 명이 물을 흐리는구나 하고 무시하는 게 상책이었다. 그 손님을 잘 달래서 보내는 것이 무엇보다도 탁월한 방법이었을 것이다. 하지만 그들은 그렇게 하지 못했다. 결국 화를 이기지 못했고 돌이킬 수 없는 실수를 저지르고 말았다.

“아 진짜. 아저씨. 좋은 말로 할 때 조용히 수속받고 가시죠. 더 험한 꼴 당하기 전에요.”

옆자리 카운터 직원이 손님에게 가까이 다가와 건넨 말이었다. 그 직원의 키가 좀 큰 편이고, 승객은 반대로 작은 편이었다. 때문에 직원이 승객을 위압적으로 대했다고 보일 만한 장면이 펼쳐졌다. 저 발언은 아마 두고두고 직원들 사이에서 회자될 말이었다. 감히 왕 같은 승객에게 저런 말을 했다니. 얼핏 보면 직원들의 영웅 같기도 했다. 그러나 결국엔 제 살을 깎는, 그 누구에게도 도움이 될 수 없는 무모한 언행이었다.

늘 ‘을’의 위치에만 있을 줄 알았던 항공사 직원의 태도가 돌변하자 승객은 소심한 혼잣말로 구시렁대다가 탑승권과 여권을 받고 자리를 떠났다. 그 후로 다시 평화가 찾아온 듯했지만, 아니나 다를까 바로 다음 날 그 고객의 컴플레인이 항공사 홈페이지를 통해 접수되었다. 내용으로 미루어 보건대 아마도 이 두 명의 직원은 상벌위원회에 회부될 가능성이 높아졌다.

고객이 접수한 불만 신고 내용은 생각보다 상세했다. 자신이 카운터에 도착한 시간과 떠난 시간 그리고 수속 직원 두 명의 이름이 정확하게 적혀 있었다. 하지만 상황을 매우 과장되게 꾸며 마치 죄 없는 선량한 시민에게 항공사 직원이 위협을 가한 것처럼 내용이 적혀 있었다. 특히 마지막에 자신을 위협하는 듯 '최후 경고'를 날린 옆자리 직원의 말이 직접 인용되어 있었다. 제대로 대응하지 않으면 외부로 알려 문제를 삼겠다는 말도 소심하게나마 적혀 있었다.

민준을 비롯한 다른 직원들의 기분이 좋을 리 없었다. 물론 끝까지 참지 못하고 손님에게 불경스러운 태도를 보인 '옆자리 직원'이 잘못했다는 의견이 대부분이었다. 그래도 그 직원의 입장을 모두가 너무나도 잘 알기에 선뜻 비난하는 사람도 없었다. 사실 이런 사건은 그 누구에게나 언제고 일어날 수 있는 일이었다. 절대 남의 일이 아니었다. 새벽부터 출근하여 열심히 일했는데 칭찬은커녕 고객 컴플레인이나 받고 결국 징계를 받을 위기에 처한 입장이라니. 백번을 잘해 봐야 한 번 실수하면 모든 게 물거품이 되는 이런 상황이 억울하다는 생각이 충분히 들 수 있었다. 하지만 어디까지나 이 또한 업무의 일부였기에 대부분의 직원들은 크게 동요하지 않았다. 다만 고객을 대하는 태도가 의식적으로 약간 더 친절해졌을 뿐이었다.

이 사건에 대한 이야기는 다른 동료직원을 통해 듣게 되었는데 그 자리에서 함께 이야기를 들었던 다른 직원들은 자연스럽게 이번 사건에 대한 열띤 토론을 벌였다. 손님이 어떻고, 직원 누구가 어떻고, 나는 이전에 어떤 경험이 있었고 등등. 하지만 민준은 이런 이야기들을 듣고 적절한 리액션만 보일 뿐 뭐라 따로 자신의 의견을 말하지 않았다. 몸과 마음이 지쳐있음은 물론 민감한 사안에 함부로 입을 놀렸다가 나중에 무슨 일이 생길지 모른다는 생각에서였다. 다른 직원들은 민준이 자신의 생각을 잘 이야기하지 않는 것을 자연스럽게 받아들이는 분위기였다. 조심스러워 한다는 생각보다는 민준이 그저 딱히 세상 돌아가는 일에 뚜렷한 생각을 가지지 않고 있다고 생각하는 것 같기도 했다. 그럼에도 자신들의 이야기에 동의해 주고 고개를 곧잘 끄덕여주니 민준을 싫어하는 경우는 거의 없었다. 하지만 유별나게 좋아하는 것 같지도 않았다.

소민과 고성을 만나 이야기를 하며 떠오른 여러 가지 생각들이 머릿속에서 그리고 가슴 속에서 점점 희미해져 가는 것을 느낄 수 있었다. 머릿속에서라 함은 단순히 어떤 내용이었는지 확실하게 떠오르지 않는 것을 의미했고, 가슴 속에서라 함은 더 이상 그것이 마음을 불안정하게 만들지 않았다는 뜻이었다. 한마디로 그런 주제에 대해서라면 무념무상의 상태로 쉽게 들어갈 수 있었다. 따라서 더 이상 큰 문젯거리로 여겨지지 않았을뿐더러 그것을 당장 골똘히 생각해 봐야 돌아오는 게 없겠다는 생각까지도 들었다.

어찌 보면 아주 자연스러운 결과였다. 가장 시급한 사안은 공항이라는 거대한 공간에서 스스로를 최대한 잘 보호하는 것이었다. 주어진 바를 성실하게 잘 이행하고 아무런 사고 없이 퇴근할 수 있느냐에 대한 문제가 가장 중요했다.

5일간의 연속 근무 첫날부터 바닥까지 떨어진 체력은 좀처럼 회복될 줄을 몰랐다. 몸이 피곤하자 정신도 서서히 혼미해졌다. 카운터에서 업무를 보다가 문득 컴플레인을 받은 직원들 이야기가 떠오를 때면 스트레스가 가중됐다. 온전히 쉬고 싶다는 생각만 더 간절해졌다. 곧 다가올 오프 일을 손꼽아 기다렸다. 몸이 회복되면 정신도 더 건강해질 것이다.

"많이 좀 피곤하신가 봐요."

동료직원도 아닌 생전 처음 보는 승객으로부터 받은 질문이었다. 독일 프랑크푸르트로 향하는 이 고객은 안쓰러운 표정으로 민준에게 물었다.

"네? 저 말씀이십니까?"
"네. 낯빛이 별로 안 좋아 보이세요."

승객은 고개를 내빼고 카운터 너머의 민준을 바라보고 있었다. 걱정하는 말투와는 다르게 그 승객은 살며시 웃고 있었다. 조롱이라기보다는 일종의 모성애가 느껴지는 인상이었다.

"그렇군요. 사실 좀 피곤한 상태이긴 합니다. 오늘은 근무 끝나고 푹 쉬어야겠네요."

"네. 꼭 푹 쉬세요."

"걱정해 주셔서 감사합니다."

4일째 되는 근무날이라 그런지 피로가 많이 누적되어 있었다. 하루만 더 일하면 쉴 수 있다고 자랑인 듯 말하고 싶었지만 카운터에서 사적인 이야기를 좀처럼 꺼내지 않는 민준은 대화를 마무리하려 했다. 하지만 승객은 그럴 생각이 없어 보였다.

"항공사도 일하는 게 많이 힘들죠?"

"그냥 그렇죠. 그런데 요즘 힘들지 않은 곳이 어디 있겠습니까."

"맞아요. 다들 힘들게 사는 것 같아요."

"그래도 고객님은 여행길에 오르시니 마음은 즐거우시겠어요."

민준이 여권 정보를 확인하며 흠칫흠칫 고개를 들어 말했다. 여권은 꽤 깨끗한 편이었다. 많이 사용하지 않았다는 뜻이다. 아마도 해외여행 경험이 거의 없는 것 같았다.

"그러네요. 오늘 마음만은 정말 즐거워요. 그런데 여행가는 건 어떻게 아셨어요?"

"복장이나…. 들고 가시는 가방에서 풍기는 분위기가 왠지 그래 보이시네요."

"딱 보면 아시나 봐요."

"여기서 일하다 보니 그런 건 잘 보이는 것 같습니다. 혹시 부치실 짐은 없으세요?"

"여기요."

승객이 앞에 들고 있던 캐리어 가방을 컨베이어 벨트 위에 올려놓았다. 무거워하는 표정을 보고 민준은 자리에서 일어나 짐을 함께 들어주려 했다. 하지만 이미 짐을 벨트 위에 올려놓은 뒤였다. 민준은 재빨리 발밑에 있는 페달을 밟아 벨트를 움직였다. 그렇게 하면 짐을 내려놓기가 훨씬 수월했다. 가방 무게는 23kg으로 무료 수하물 허용량 기준을 정확히 맞춘 상태였다.

"부치시는 짐은 한 개인가요?"

"네."

"무게를 정확히 맞추어 오셨네요."

"집에서 무게를 정확히 재 봤죠. 괜히 추가요금 낼까 봐."

"잘하셨네요. 고객님 짐 안에 이 옆 안내판에 적혀 있는 제한 물품들이 있는지 한 번 확인해 주시겠습니까?"

국문과 영문 그리고 한자로 표시된 운송제한 물품 목록이 카운터 옆에 비치되어 있었다. 승객은 꼼꼼히 안내판을 손으로 짚어 가며 살펴보았다.

"없어요. 사실 이것도 집에서 다 검색해 봤죠."
"철저하시네요."

민준이 미소를 지으며 말하니 승객도 같이 미소를 지었다. 스스로도 대견하다는 듯 고개를 끄덕였다. 민준은 단말기에 수하물 개수와 무게 정보를 입력하고 수하물 표를 출력했다. 승객용 표를 떼어 탑승권 뒷면에 붙이고 나머지는 수하물 손잡이에 떨어지지 않도록 단단히 붙였다. 그리고 예비용 바코드 표를 수하물 표 끝부분에서 떼어 가방 옆면에 붙였다. 해외여행을 자주 다니는 사람의 짐에는 그런 바코드 표가 여럿 붙어 있는 게 보통이었지만 이 승객의 가방은 전혀 그런 스티커가 붙어 있지 않았다.

"아저씨. 이 짐, 잘 가겠죠?"
"그럼요. 짐표 잘 붙였으니 잘 도착할 겁니다."
"잘 부탁드려요."
"그럼 가방 한 개, 독일 프랑크푸르트까지 부쳐 드리겠습니다."

민준은 수하물 표에 표시된 'FRA' 글자를 손가락으로 가리키며 승객에게 말했다. 고객의 수하물 표가 잘 부착되었음을 안내하는 하나의 수속 절차였다. FRA는 프랑크푸르트의 도시 코드명이었다.

"감사해요."

"별말씀을요."

승객의 여권을 다시 한번 살펴보았다. 발급연도는 재작년인데 여권을 사용한 흔적이 아예 없었다. 해외여행을 잘 다니지 않거나 첫 해외여행인 모양이었다. LEE/SEUNGMI. 1988년 6월생인 이 승객은 여권 사진 속에서 밝게 미소 짓고 있었다. 눈에 띄는 건 짧은 단발머리를 하고 있었다는 점이다. 지금은 긴 머리를 뒤로 묶었고 앞머리로 이마를 가리고 있었다. 사진은 분명 적어도 2년 전일 텐데 지금 현재 모습이 더 어려 보였다. 여성들이 앞머리를 눈썹 위까지 짧게 자르는 데에는 그만한 이유가 있었다.

이승미 고객의 실제 얼굴과 사진 속 얼굴에는 약간의 표정 차이가 있었다. 하지만 뚜렷한 이목구비와 웃고 있는 밝은 인상은 크게 차이가 없어 보였다. 명랑한 성격일 것 같다는 생각이 들었다. 여느 때처럼 탑승권과 수하물 표 그리고 모니터 화면에 표시된 탑승 수속 상태 표시값들을 마지막으로 점검한 후 민준은 자리에서 일어났다. 승객의 가방은 카운터 옆의 컨베이어 벨트를 지나 수하물 검사실로 향하고 있었다.

"이승미 고객님. 기다려 주셔서 감사합니다. 오늘 인천공항에서 독일 프랑크푸르트로 가는 항공기는 탑승구 107번에서 출발합니다. 탑승 시간은 13시 30분부터입니다. 짐은 총 한 개 위탁하셨고 수하물 검사시 시간이 소요되니 5분 정도 근처에서 기다리셨다가 출국장으로 들어가시면 됩니다. 그리고 저에게 보여 주셨던 이 전체 여정 표는 꼭 수중에 보관하세요. 독일 입국 시에 공항에서 무비자 증빙 서류로 보여 줘야 할 수도 있습니다."

"뭔가 꽤 복잡하네요. 탑승구 107번은 어디에 있죠?"

민준은 손으로 우측 편 끝에 있는 출국장 입구를 가리켰다.

"고객님 저쪽에 2번이라고 크게 쓰여 있는 거 보이세요?"

"사람들 줄 서 있는 저쪽이요?"

"맞습니다. 그쪽으로 들어가신 후에 출국사열을 받게 되는데요. 다 통과하시고 나서 우측으로 걸어가시다 보면 탑승구 표시가 있을 겁니다."

"출국사열이 뭐예요?"

"아…. 쉽게 말씀드리면 여권에 출국도장 찍는 거예요."

"그렇군요. 감사해요. 사실 제가 해외 나가는 게 처음이라서 잘 몰라요."

고객의 얼굴이 어느새 발그스름해져 있었다. 약간의 긴장과 걱정이 함께 서려 있는 표정이 눈에 들어왔다.

"정말이세요? 그런데 혼자 여행 가시는 거예요? 독일까지?"

"말하자면 긴데 살면서 한 번은 이렇게 해 봐야겠다는 생각이 들었어요."

"멋지시네요. 저도 아직 해 본 적은 없는데 혼자 다니는 여행은 어떨지 기대가 되네요."

"그래요? 그럼 제가 다녀와서 어땠는지 알려 드릴게요."

예의상 하는 말이겠지만 기분이 좋아 웃음이 나왔다. 함께 웃고 있는 고객의 어깨너머로 길게 늘어져 있는 탑승 수속 대기 줄이 보였다. 조금 더 이야기를 나눠 보고 싶었으나 그럴 수 없었다. 신속히 이 승객의 수속을 마치고 다음 승객을 맞아야 했다.

"네. 감사합니다. 그럼 고객님 저쪽에서 조금 기다리시다가 출국장으로 들어가시고요. 즐거운 여행 되세요."

"잠깐만요."

"네?"

"다녀와서 어땠는지 알려 주려면 직원분하고 연락이 되어야 하잖아요?"

"아…. 그거야."

당연히 빈말인 줄 알았는데 당황스러웠다. 하지만 굳이 빈말이 아니랄 법도 없었다.

"혹시 펜하고 메모지 같은 거 있으세요?"

"여기 있습니다."

민준은 단말기 상단에 모아 놨던 이면지 메모지와 자신의 펜을 카운터 위로 내밀었다.

"혹시 연락처가?"
"네? 무슨 연락처 말씀하시는 건지?"

이승미 고객은 민준의 왼쪽 가슴에 걸려 있는 이름표를 바라봤다.

"박민준 직원분 연락처요. 제가 지금은 핸드폰 충전이 안 되어 있어서요. 대신 종이에 적어 가려고요."
"아…. 그러시군요. 잠시만요."

당황한 민준이 잠시 머뭇거렸다. 그리고는 바로 승객의 탑승 수속 정보를 조회했다. 승객 정보로 핸드폰 연락처가 적혀 있었다.

"고객님, 혹시 연락처 번호 뒷자리가 3313이신가요?"
"거기 나오나 보죠?"
"네. 제가 여기로 문자 메시지 남겨 드릴게요. 그럼 다녀와서 어땠는지 알려 주시면 되겠네요. 그렇죠?"

의심이나 다른 적대적인 감정이 들었던 것은 아니었지만 무턱대고 연락처를 알려 줄 수는 없었다.

"그렇게 해 주시면 되겠네요. 오늘 친절하게 잘 알려 주셔서 정말 감사해요."

"아닙니다. 고객님. 당연히 할 일인데요."

"그럼 수고하세요. 이따 퇴근해서 푹 쉬시고요."

"감사합니다. 안녕히 가세요."

"다녀와서 봬어요."

이렇게 친절하게 인사를 하며 출국장으로 걸어간 고객도 처음이었지만, 다녀와서 다시 보자는 고객 또한 처음이었다. 아마 컴플레인을 염두에 둔 고객이라면 저렇게 인사를 했을 수도 있을 것이다. 너 어디 다시 두고 보자며 말이다. 그런데 그런 경우는 아니었으니 신기할 따름이었다.

여자 승객이 나에게 전화번호를 물어봤다니. 세상에 이런 일이.

갑작스럽게 일어난 사건에 묘한 쾌감이 느껴졌다. 다음 승객이 카운터로 오는 사이 민준은 재빨리 핸드폰을 가방에서 꺼내어 승미의 연락처를 저장해 놓았다. 문자를 보내야 할지 말지는 판단이 서지 않았다. 그래도 일단은 연락처를 저장해 두는 것이 좋겠다고 생각했다.

"안녕하십니까, 고객님. 오늘 어디까지 가십니까?"

다음 승객의 탑승 수속을 진행하는 동안 뭔가 힘이 솟구쳐 올랐다. 휴무일 아침에 늘 챙겨 먹는 시리얼에는 '호랑이 기운'이 생겨난다는 문구가 적혀 있다. 그동안 먹었던 시리얼이 지금 이 순간 한꺼번에 힘을 발휘하는 모양이었다. 흥겨운 마음으로 계속 수속 업무를 진행했다. 차례대로 승객들이 와서 민준에게 여권과 여정 표를 내밀고 잠시 기다리다가 민준이 건네주는 탑승권을 받고 자리를 떠났다. 그러는 중에도 민준의 머릿속에서는 승미에 대한 생각이 계속 이어지고 있었다.

단순히 혼자 다니는 여행은 이렇다, 저렇다 딱딱하게 할 말만 하고 연락이 끊기는 건 아니겠지? 그러면 정말 아쉬울 것 같은데….

그 흔한 문자 연락을 시도해 본 것도 아직 아니었다. 단지 아는 것은 발랄한 외모를 가진 1988년생의 어떤 여성이 독일로 혼자 여행을 떠난다는 것뿐이었다. 수속 직원으로서의 권한으로 조회해 본 전자항공권 내역에 의하면 출국날짜는 오늘이고 귀국은 그로부터 7일 후였다. 하지만 민준의 상상 속에서는 이미 여러 가지 시나리오가 각자 편한 곳에 자리를 잡고 이야기를 풀어내고 있는 중이었다.

얼굴을 보고 이야기하는 것이 좋겠다고 제안해 올 경우 어디서 만나는 것이 가장 좋을까. 만일 이대로 연락을 하지 않는다면 이 고객은 어떻게 생각할까. 개인적인 일을 벗어나 회사 이미지까지 영향을 미치는 결과로 이어지지는 않을까. 설마 컴플레인을 접수하지는 않겠지. 그래도 연락은 하는 게 나을 것 같긴 한데 고민이네.

한껏 오버스러운 생각들이 생겨나고 없어지기를 반복했다.

"꺄아아아아아악!"

출국장 입구로부터 비명에 가까운 여자 목소리가 들렸다. 자리에서 벌떡 일어나 출국장 입구 쪽으로 고개를 돌렸다. 플래시가 여기저기서 터지고 중고등학생처럼 보이는 여학생들이 우르르 몰려가는 모습이 보였다.

"연예인이 왔나 보네요. 누구지?"

탑승 수속을 받기 위해 민준의 카운터 앞에 서 있던 승객이 말했다. 30대 초반의 젊은 남자 승객이었다. 쓰고 있던 선글라스를 벗고 호기심 가득한 눈빛으로 출국장 입구 쪽을 바라보고 있었다.

공항에서 연예인을 보는 것은 흔한 일이었기 때문에 이제는 더 이상 크게 신기하지도 궁금하지도 않았다. 오히려 신기한 것은 승미가 그 사이에 끼어 있는지 궁금해하는 자신의 모습이었다. 고개를 높이 쳐들고 출국장 입구를 멍하니 바라보았다. 눈이 그렇게 좋은 편이 아닌지라 그 사람이 그 사람 같았다. 그녀가 그쪽에 있다 하더라도 알아볼 수 없을 것 같았다. 기자들인지 일반인들인지 알 수 없는 여러 명의 사람들이 큼직한 검정색 카메라를 들고 사진을 찍고 있었다. 아마도 잘나가는 남자 아이돌 가수거나 배우인 것 같았다.

"따르릉."

인터폰이 울렸다. 여느 때와 같이 민준은 무의식적으로 손을 뻗어 인터폰 수화기를 들었다.

"네, 박민준입니다."
"민준 씨, 지금 뭐 해? 수속하다 말고 연예인 왔다고 바라보고 있는 거야?"
"네? 그게 아니…. 아닙니다. 죄송합니다! 부장님."

가장 끝쪽 단체 승객 카운터에 앉아 있는 듀티매니저 김보영 부장이었다. 평소와 다르게 김 부장의 목소리는 매우 날카로웠다.

"연예인 한두 번 봐? 신입도 아니고…."
"죄송합니다."
"다른 사람도 아니고 민준 씨가 그러면 어떻게 하나. 응?"

"죄송합니다, 부장님. 주의하겠습니다."

앞에 있던 승객은 죄송하다는 말을 연달아 하고 있는 민준을 놀란 표정으로 바라봤다.

"앞에 손님도 계시니까 얼른 수속해 드려요. 그리고 피곤해 보이던데 정신 좀 차리고."

처음보다는 조금 누그러진 말투로 김 부장이 이야기했다. 하지만 이미 얼굴이 화끈거리고 있었다. 스스로가 한심스러웠다.

승미 이후로, 아니 이승미 승객 이후로 잠시 정신을 놓고 있었다는 생각이 들었다. 그동안 몇 명의 고객이 민준을 통해 수속을 받았는지 아예 감이 잡히지 않았다. 혹시나 실수는 하지 않았을까 하는 불안감이 순식간에 민준을 에워쌌다. 일단은 앞에 있는 고객의 수속을 최대한 빨리 마무리했다.

탑승권과 수하물 표를 인도한 후 승객이 등을 돌리자마자 민준은 자리에 주저앉았다. 다른 데서 보지 못하도록 카운터 책상 밑으로 숨듯이 내려앉았다. 눈을 세게 감고 얼굴 근육을 가능한 있는 대로 수축시켰다. 이대로 2~3초간 있다가 눈을 다시 뜨고 얼굴을 원상태로 돌려놓았다. 피가 얼굴로 잔뜩 쏠렸다. 가방에서 물티슈를 꺼내어 얼굴을 닦은 후 양 손바닥을 같이 닦았다.

정신 차리자. 뭐하는 짓이야 이게. 여자 승객 한두 번 보나? 여자 연예인들도 수속해 봤으면서 왜 이리 호들갑이야.

실제로는 별 실수 없이 모든 수속을 정상적으로 처리했다. 하지만 퇴근 후 귀가하여 잠드는 시간까지 불안한 마음을 떨쳐 낼 수 없었다. 잠시나마 정신을 놓고 있던 사이 실수가 발생하지 않았을까 하는 막연한 불안감이었다.

"박민준 씨. 어젠 몰랐는데 오늘 와서 보니 어제 실수가 몇 개 있었더라?"

아침에 가자마자 이런 이야기를 듣는 건 아닐까. 불안해서 잠이 좀처럼 오지 않았다. 무척이나 피곤한데 잠이 잘 오지 않는 상태. 그러나 다음날 일찍 일어나야 하는 상황. 제일 싫어하는 것 중 하나였다.

하루만 더 고생하고 푹 쉬자.

창문을 열어 놓아도 바람 하나 들어오지 않는 밤, 유일하게 민준을 위로하는 생각이었다. 일단 하루라도 온전히 보내고 보자는 생각으로 오지 않는 잠을 재촉했다.

무엇을. 너는

기다리고 기다리던 하루의 오프는 매우 짧았다. 휴무일답게 다짐했던 대로 하루 종일 잠만 잤다. 해가 떠 있을 동안 너무 잠을 많이 자서 밤에 잠이 오지 않으면 어쩌나 하는 걱정을 무색하게 할 만큼 밤에도 충분한 숙면을 취했다.

이후로는 일상적인 나날의 연속이었다. 출근하고, 고되게 일하고, 퇴근하고. 집안 정리하고, 밥 챙겨 먹고, 잠시 앉아 인터넷을 하거나 TV를 좀 보고 나면 어느덧 잠잘 시간이고. 딱히 좋다거나 나쁘다 따질 수 없는 극히 평범한 생활이 이어졌다.

그러던 중 소민이 사직서를 제출했다.

나름 큰 규모의 회사였지만 직원 간 소통이 필요 이상으로 원활하게 이루어지는 조직이었다. 그래서 그녀의 퇴사 소식은 금방 모든 사람에게 알려졌다. 소민은 공식적으로 사직서를 제출하기 전 민준에게 미리 연락을 해 왔다. '드디어' 회사를 떠난다고 말했고 민준은 그녀의 결정을 지지한다며 응원의 말을 전했다. 이틀 후 소민은 근무를 마치고 퇴근하기 직전 운영부서 근태 담당 직원에게 구두로 사직 의사를 밝혔다. 다음날 건조하기 짝이 없는 형식적인 부서장 면담을 거친 후 공식적으로 사직서가 제출되었다. 이후 회사 내에는 소민의 거취에 대해 결국엔 흔한, 하지만 그럴듯하기도 한 소문이 퍼지기 시작했다.

곧 시집을 간다는 소문이 가장 신빙성 있게 직원들 사이에서 공유되었다. 남편이 소위 잘나가는 사업가인데 더 이상 공항 같은 험한 곳에 예비신부를 둘 수 없었다는, 밑도 끝도 없는 소문이 퍼지고 있었다. 공부를 하고 싶어 회사를 그만둔다는 이야기는 민준을 제외한 그 누구에게도 털어놓지 않았던 모양이었다. 성격이 밝고 명랑한 데다 외모까지 괜찮은 편이라 대부분의 직원, 특히나 남자직원들은 그녀가 퇴사한 것을 아쉬워했다. 그중에는 남모르게 그녀를 흠모하던 직원들이 여럿 있었는데 결혼 때문에 퇴사를 한다는 소문은 그들을 생각하지 못한 충격에 빠뜨렸다.

민준 또한 더 이상 회사에서 소민을 보지 못하게 된 것이 무척 아쉬웠다. 그녀의 고민에 대해 이야기를 하며 한층 가까워질 수 있어서 내심 좋았었는데 바로 이별이라니. 그래도 계속 연락을 주고받으며 지내고 싶었다. 연애감정의 절절한 애틋함까지는 아니라 하더라도 종종 소민이 보고 싶었다.

민준은 서서히 연락할 핑곗거리가 없을까 고민하기 시작했다. 그러던 어느 늦은 밤, 저녁 먹은 게 소화가 잘 안 되어 근처 공원으로 산책을 나섰던 민준은 소민에게 연락을 해 보기로 결심했다.

'김소민 씨, 혹시 주무십니까?'

삼 년 두고 고른 새색시가 깨 곰보라더니. 몇 번을 썼다 지웠다 하며 공들여 쓴 첫 문자가 고작 이 모양이었다. 날씨는 그리 덥지 않았지만 얼굴이 화끈거렸다. 하지만 일 분이 채 되지 않아 답신이 도착했다.

'박민준 씨, 몇 신데 벌써 잡니까?'

그리고는 곧바로 하나의 문자가 더 도착했다.

'ㅋㅋㅋ 죄송해요. 선배님 저 안 자요. 잘 지내셨어요?'

소민의 문자를 보며 민준은 자기도 모르게 나오는 만족스러운 미소를 참을 수 없었다. 화끈거리던 얼굴은 어디 가고 기분 좋은 밤공기가 상쾌하게 볼에 와 닿았다. 바로 답장을 했다.

'잘 지냈어요? 소식 궁금해서 연락했어요.'

'저야 뭐 아직 적응 안 돼요. 며칠 안 됐잖아요.'

'처음이라 그런가 보네요. 그런데 왜 공부한다는 말 안 했어요? 회사에 이상한 소문 났어요.'

'무슨 소문이요? 그나저나, 이제 선배님 아니니까 저 오빠라고 부를게요. 괜찮죠?'

'편하게 해요.'

'그럼 오빠도 말 편하게 하세요. :)'

'저는 이게 편해요.'

'에이. 동생이니까 편하게 해 주세요. 소민아~ 하고 부르면서.'

'차차 해 볼게요. 갑자기 어색하게 어떻게 그래요. 아무튼 왜 공부한다는 말 안 했어요?'

'왜요? 그거 꼭 해야 하나? 그냥 안 했어요.'

'요즘 소민 씨 결혼하려고 사직했다는 소문이 돌아서요.'

'ㅋㅋㅋㅋㅋ 아 정말!'

연달아 이어진 문자에 핸드폰이 서서히 열을 받고 있었다. 그만큼 민준의 몰입도도 높아졌다.

'사실은 제가 동기들한테 선배님 같은 사람이랑 결혼하고 싶어서 퇴

사한다고 장난삼아 말했거든요. 그 말이 돌고 도는 거 아니에요?'

의미 없는 말이 분명했다. 그런데 왜 심장이 갑자기 뛰며 얼굴이 뜨거워지는 것일까. 이런 걸로 마음이 요동치면 안 된다. 크게 심호흡을 해야만 했다. 농담 같은 말을 진심으로 받아들이고 고민하는 것만큼 우스꽝스러운 일도 없지 않던가.

'소민 씨 나중에 어쩌려고요.'

되돌아보니 소민의 동기들은 민준에게 인사를 할 때마다 묘한 미소를 짓곤 했다. 크게 신경 쓰지 못했는데 이제야 그 이유를 알 것 같았다.

문자 메시지를 이용한 둘만의 극히 개인적인 이 대화는 거의 실시간으로 신속하게 이루어졌다. 아마 소민도 핸드폰을 계속 손에 쥐고 민준과 대화를 하고 있는 듯했다. 민준은 산책을 마치고 집으로 들어오기까지, 그리고 간단하게 씻고 잠자리에 들기까지 핸드폰을 손에서 놓지 못했다. 답장이 도착하면 또 바로 답장을 보냈다. 누군가와 이렇게 집중해서 긴 시간 문자로 대화를 나눠 본 적이 없었다. 이런 상황이 마냥 유쾌했다. 그렇게 약 한 시간여 동안 둘은 문자 메시지를 통해 잡담과 농담 그리고 서로의 소식을 주고받았다.

'내일은 근무가 어떻게 돼요?'

'새벽 근무예요.'

'그럼 이제 자야겠네요? 저의 매력에 빠져들고 계신 건 알겠지만 지각하면 안 되잖아요.'

민준은 멈칫했다. 소민의 말은 사실이었다. 그녀의 매력에 가파르게 빠져들고 있었다. 그러나 여자로서의, 혹은 이성으로서의 매력에 빠져 연애 초기의 감정을 느끼는 것은 아니었다. 아니, 그런데 또 그런 부분이 아예 없지는 않았다. 하지만 정말 매력 있다고 생각했던 것은 따로 있었다. 내가 가지지 못한 그것을 남에게서 볼 때 생겨나는 막연한 경외감이 그 매력의 효시였다.

'지각하면 큰일 나죠. 그럼 전 먼저 자야겠네요. 소민 씨는 안 자요?'

'자야죠. 백수이긴 해도 이것저것 하느라 오늘 분주했는지 피곤하네요.'

'그럼 푹 쉬어요. 다음에 다시 연락합시다.'

'오빠도 안녕히 주무세요!'

'잘 자요!'

잔뜩 열이 받은 핸드폰을 침대 옆 서랍장에 올려놓고 민준은 침대에 누웠다. 작은 통신기기를 양손으로 쥐고 긴장을 놓지 못했던 터라 어깨가 조금 뻐근했다. 양팔과 다리를 사방으로 쭉 뻗고 기지개를 켰다. 무슨 대단한 일이라도 한 것처럼 보람되다는 기분이 들었다. 소민의 목소리가 귀에 맴돌았다. 달달하고 편안한, 듣기 좋은 그런 목소리였다. 가슴을 뛰게 하는 설렘이 정신을 각성시켰다.

멀찌감치 실눈을 뜨고 바라보면 자신이 마음속 깊이 추구하는 것을 찾아 떠나는, 올차고 멋진 모습이 보였다. 빛은 희미해도 움직임만큼은 또렷하게 눈에 들어왔다. 좀 더 가까이 다가가 눈을 크게 뜨고 바라보면 똑 부러지는 언행으로 타인을 대하는 진솔하고 정갈한 모습이 보였다. 멀리서 본 모습도 좋았지만 가까이서 바라본 모습은 더욱 고귀해 보였다. 그 모습을 보는 것이 아마도 설렘이란 감정으로 다가온 것 같았다.

가장 부러웠던 점이자 마음을 벅차게 만들었던 것은 바로 자기가 원하는 것을 아는 것이었다. 민준은 종종 자신이 뭘 원하는지 잘 모르겠다는 생각을 하곤 했다. 그저 남들이 좋으면 나도 좋고 남들이 싫으면 나도 싫어해야만 남들과의 관계가 잘 형성된다고 생각했다. 그리고 그런 가운데 마음의 평화가 찾아온다고 생각했다.

잠을 청하기 위해 감았던 눈을 떠 보았다. 조금 전보다 명확하게 생각들이 떠오르기 시작했다. 직관적으로 쉽게 사고하지 않고 이성적으로 하나하나 천천히 맞춰 보았다. 지금까지의 시간을 돌아보며 하나의 정리된 생각을 도출해 내기 위해 여러 빛바랜 지난 기억들을 일일이 꺼내 보았다. 그렇게 차츰 모여진 생각들은 작은 톱니바퀴가 되었고, 이러한 톱니바퀴가 여러 개 만들어졌다. 그 바퀴들을 서로 맞물려 돌려

보았다. 이윽고 가장 끝자락에 있던 커다란 톱니바퀴가 서서히 움직이기 시작했다.

자아실현이라는 문제 앞에서 정작 스스로가 답을 제대로 내놓지 못하는 이유는 바로 여기에서부터였다.

일상의 사소한 문제들조차도 스스로가 원하는 것을 생각하고 결정을 내리는 것이 전혀 익숙하지 않았다. 익숙하지 않았다는 것보다는, 아예 생각 자체를 해 보지 않았다고 말하는 것이 더 옳았다. 그러다 보니 남들에게 내가 원하는 바를 당당하게 밝힐 수 없었다. 하루하루를 살아가면서도 내가 하고 싶고 원하는 것이 무엇인지 답을 내놓는 것이 생소할 수밖에 없었다. 당연했고 그 무엇보다 간단했다. 하지만 어찌 된 까닭인지 새로웠다. 그리고 낯설었다.

'답은 멀리 있지 않아, 늘 가까이에 있지!'

얼마 전 별생각 없이 봤던 TV 드라마에서 경찰관 역을 맡은 배우가 했던 말이 떠올랐다. 범죄현장을 수색하는 부하직원들에게 잔뜩 멋을 부리며 말하던 그 경찰관을 보며 생각했었다. 당연한 거 아냐? 하지만 당연하기 때문에, 그리고 의심의 여지가 없기 때문에 사람들은 종종 그것을 미처 깊이 생각하지 못했다. '당연하다'라는 생각 자체가 함정이라는 것을 사람들은 몰랐다. 당연하다고 생각하면 어느 순간부터 당위성을 따져 보지 않게 된다. 결국엔 자신이 왜 그 일을 하는지 혹은 왜 그렇게 생각하는지에 대해서도 아무런 의문이나 의심을 갖지 않는다.

민준은 그간 막연히 당연하다고 생각해 온 이 문제를 보다 깊이 있게 따져 볼 필요가 있다고 생각했다.

'내가 원하는 것'이란 당연히 '나의' 생각이고 '나의' 바람이다. 그렇기 때문에 더 이상 파고들 필요도 없었고 그럴 의지조차도 없었다. 당연히 '나의 것'인데 그것을 굳이 이리저리 살펴 가며 관찰해 볼 필요가 없었다. 하지만 '나'는 '나의 생각'과 '나의 바람'이라는 주제에 대해서 정말 식음을 전폐할 정도까지 고민해 본 적이 있었던가. 그래서 그에 대한 답을 얻어 본 적이 있었던가.

한심스러웠지만 답은 간단했다.

아니요.

한숨이 나왔다. '자아실현'이라는 거창한 표현이 아무래도 식상하고 진부적이라는 생각이 들었다. 이제는 그런 어려운 말이 아닌 '내가 원하는 것이 무엇인가'라는 구체적인 우리말 표현으로 고민해 보기로 했다.

그러면서 일상의 잡다하고 의미 없는 염려들 때문에 마음이 둔해지지 않도록 경계하기로 했다. 고성과 소민을 만난 그 날 이후 이어진 바쁜 일상은 민준의 삶을 거의 송두리째 지배하다시피 했다. 그러다 보니 그 날의 심각했던 고민과 생각들은 어느덧 서서히 희석되었다. 그리곤 이내 자취를 감추었다. 그렇게 며칠을 별생각 없이 지내 왔다.

민준은 침대에서 일어나 책상으로 갔다. 책꽂이에서 A4 종이 한 장을 꺼냈다. 그리고는 큼직한 글씨로 적어 내려갔다.

WHAT DO YOU WANT?

때로는 외국어로 판단하는 것이 모국어를 사용했을 때보다 더 객관적으로 상황을 바라볼 수 있게 한다는 글을 읽은 기억이 났다. 그래서 민준은 큼지막한 대문자 영어를 선택했다. 그리고는 그 종이를 TV 뒤편에 붙여 놓았다. 평소 집에서 쉬는 시간에 가장 많이 주시하게 되는 공간이자 넓지 않은 집안의 정중앙에 속하는 위치였다.

다시 침대로 돌아와 누운 민준은 이불을 돌돌 말아 껴안고 눈을 감았다.

"왓 두유 원트? 음…. 아이 원트…. 음…."

혼잣말로 중얼거려 봤지만, 도저히 문장이 만들어지지 않았다. 대답은 우리말로 하는 게 나을 것 같았다.

영어 공부를 위해 붙여 놓은 문구 같기도 해서 처음에는 적응이 되지 않았다. 하지만 시간이 지나면서 민준은 저 문구를 자기 스스로에게 계속 되뇌는 습관을 들였다. 그러자 그 의미가 점차 더 명확하게 다가오기 시작했다.

무엇을
너는
원하는가
?

이제는 답을 내놓을 차례였다.

사회생활

탑승 수속 브리핑 시간이 되자 같은 카운터 업무조원들이 하나둘씩 모이기 시작했다. 공항 출근 후 거의 바로 이루어지는 브리핑 시간은 늘 향기로웠다. 근무 특성상 여성직원의 수가 절대적으로 많았는데 이들이 아침에 뿌린 향수 냄새가 가장 짙게 그 힘을 발하는 순간이었다. 게다가 얼굴에 바른 화장품 자체의 향도 여느 향수 못지않게 힘껏 그 기세를 공기 중으로 뽐냈다.

만화의 한 장면이었다면 분홍빛이나 주황빛을 띤 연기 같은 물체가 브리핑실을 떠다니며 사람들의 콧속으로 빨려 들어가고 있었을 것이다. 민준은 향수를 사용하지 않았다. 퇴근할 때 페브리즈 같은 탈취제를 유니폼에 쓱 뿌려 줄 뿐이었다. 하지만 브리핑 시간 동안 다른 직원들과 같은 공간에 머물러 있는 것만으로도 향수를 뿌린 것 같은 효과가 충분히 있을 것 같았다.

민준보다 1년 일찍 회사에 들어온 연희 선배가 유럽여행을 다녀왔다며 동료직원들을 위해 작은 선물을 사 가지고 왔다. 연유 크림이 들어가 있는 초콜릿이었다. 브리핑이 시작되기 전 가까운 동료들에게 두어 개씩 나누어 주고 있었다.

저 선배는 어쩜 저렇게 착하지?

연희 선배는 늘 무언가를 남들에게 잘 나누어 주었다. 편의점에서 군것질거리를 사더라도 꼭 다른 사람들 몫까지 함께 사와 나누어 주었다. 해외여행을 다녀오더라도 아주 작은 선물을 챙겨 왔다. 지난번 방콕으로 여행을 다녀온 연희 선배는 말린 망고와 파파야를 잔뜩 사와 브리핑 시간에 다른 직원들에게 나누어 주었다. 파파야를 처음 먹어본 민준은 맛있었다며 연희 선배에게 고맙다는 인사를 했다. 유독 다른 직원들보다 맛있게 먹던 민준의 모습을 본 그녀는 근무가 끝난 후 따로 민준에게 말린 파파야 한 봉지를 더 챙겨 주기도 했다.

항공사 직원이다 보니 해외여행을 다닐 수 있는 기회가 많았다. 그렇다고 해서 해외에 다녀올 때마다 선물을 사 올 수는 없는 노릇이었다. 하지만 연희 선배는 늘 주변 사람들을 위한 선물을 챙겼다. 그런 연희 선배를 민준은 좋게 바라볼 수 있었다. 주변 사람들을 잘 챙기는 연희 선배의 모습을 닮고 싶기도 했다. 하지만 오늘은 초콜릿을 바로 먹지 않았다. 브리핑 직후 수속 카운터로 올라가면 몇 시간 동안 화장실에 갈 수 없었다. 이를 닦을 수 없다는 뜻이다. 그래서 민준은 초콜릿을 가방에 넣어 두었다.

"맛있게 드셔서 다행이네요. 더 있으니 드시고 싶으시면 말씀 주세요."

자신이 가져온 초콜릿을 맛있게 먹는 동료직원들에게 상냥한 미소를 지으며 연희 선배가 말했다. 어쩜 저럴 수 있을까. 만약 천사가 우리 주위에 숨어서 살고 있다면 아마 연희 선배가 가장 유력한 용의자일 것이다. 초콜릿을 먹는 다른 직원들의 모습을 보니 민준도 먹고 싶은 생각이 들었지만, 작년에 호되게 치과 진료를 받은 이후 이런 유혹 정도는 간단히 참아 낼 수 있었다.

"오빠, 우리 정말 오랜만에 같은 근무다?"

민준의 입사 동기인 수정이 옆자리에 앉으며 말했다.

"오랜만이야. 요즘 저녁 근무만 있었나 봐?"
"낮 근무도 있고 저녁도 있고. 오전은 정말 오랜만이야."

수줍은 듯 보였지만 무슨 일을 할 때면 어디든 나타난다고 하여 별명이 홍길동이었던 수정은 신입시절부터 민준과 친했다. 민준이 스스럼 없이 대화를 나누는 몇 안 되는 회사 내 동료였다.

"안 보는 사이에 살 좀 빠졌나 보네? 좀 수척해 보인다."

"잉. 살쪘는데?"

"아닌 것 같은데? 너 또 저녁 안 먹고 다니는 거 아냐 요즘?"

"저번에 위염 걸리고 나서부터는 밥 잘 챙겨 먹어. 너무 먹어서 탈이지 뭐."

"그래. 끼니는 잘 챙겨야지. 근데도 내가 봤을 땐 좀 살이 빠진 것처럼 보이는걸?"

"며칠 전에 발리 다녀왔거든, 거기서 얼굴이 다 타서 그런가 봐."

다시 보니 수정의 얼굴이 좀 많이 그을린 듯했다. 약간 우스꽝스러운 느낌이 들어 웃음이 나려 했지만 애써 참았다. 화제를 빨리 돌리는 게 나을 것 같았다.

"난 잘 모르겠는데…. 아무튼. 오늘 회식 가니?"

"가야지, 안 갈 수 있어? 방법 있으면 좀 알려 줘. 어휴."

"아마 없을걸? 그냥 가야지."

얼마 전 카톡을 통해 알게 된 수속팀 단위 회식이 규모가 커져 여객 단위부서 전체 회식이 되었다. 서로 시간 맞추기도 힘드니 이참에 해 버리자는 식이었다. 이번 회식에는 이례적으로 근무 연수가 많은 선배들이 많이 참석하기로 되어 있었다. 관리자급 직원들이 모두 참석하는 회식에 감히 빠질 수 없는 노릇이었다. 썩 편한 자리는 아니겠지만 동기인 수정이 함께 간다고 하니 마음이 놓였다.

"한 차장님께서 회식 가면 신입들이랑 밑에 애들 잘 챙기라고 하시던데, 오빠도 알지만 나 수줍어서 그런 거 잘 못하잖아."

"왜 이래? 인천공항 홍길동."

"나 그 별명 싫어하는 거 알면서!"

"하하. 알겠어."

"이따가 오빠도 나 좀 도와줘."

"나도 회식 가면 그냥 어른들 옆에 앉아 있는 거 알잖아."

"오늘은 한 차장님이 시켰으니까 괜찮아. 그럼 난 오빠만 믿을게!"

수정이 민준의 어깨를 툭툭 치며 씩 웃어 보였다. 사실 회식이라는 것이 참석하는 사람에 따라, 장소에 따라, 음식 종류에 따라 변수가 많았다. 때문에 미리 무엇을 계획한다는 것이 매우 어려웠다.

한동경 차장이 막내직원들을 잘 챙기라고 했다는 것은 크게 세 가지 의미가 있었다. 첫째는 그 직원들이 자기들끼리만 어울리지 않도록 하는 것이다. 둘째는 그들이 각 팀장을 비롯한 회사 선배들을 직접 찾아가 인사를 하고, 술도 따라 드리면서 시간을 보낼 수 있도록 하라는 것이었다. 마지막으로 그러는 와중에도 술에 취해 바보 같은 실수를 하지 않도록 잘 보살펴야 할 것이다. 결코 쉽지 않은 미션이었다.

신입사원 시절에는 다른 선배가 그런 역할을 맡았던 기억이 났다. 하지만 그 선배는 회사생활이 더럽고 치사해도 이렇게 해야 성공하는 것이라며 오히려 자신이 술에 취해 막내직원들에게 이야기했었다. 그리고 몇 달 후 그 선배는 회사를 그만두었다. 이유는 알 수 없었지만 그 선배가 늘 습관처럼 하던 말이 있었다.

"난 서비스업엔 안 맞아. 제조업 스타일이거든!"

결국 제조업 분야로 이직을 했는지 알 수는 없지만 고객을 일일이 응대하던 그 일이 그 선배로서는 고역이었을 것이라고 다른 사람들은 말했다. 이유야 어찌 됐든 당시에도 그런 선배가 있었고 오늘 회식에서는 수정과 민준이 그 역할을 맡았다.

"8월 12일 브리핑 시작하겠습니다."

오늘의 브리핑을 맡은 윤혜미 대리가 단상에 서서 나지막이 말했다. 민준은 일일 업무 배정표와 펜을 꺼내어 들었다.

"금일 오전 총 4,121명의 승객이 부킹되어 있습니다. 134편부터 시작하겠습니다. 컨피겨(Configure/좌석현황) 6, 10, 128에 부킹(Booking/예약)은 7, 115입니다. 인펀트(Infant/영아) 승객은 11 알파로 사전 배정되어 있으나 피엔알(PNR/예약 정보)상 티씨피(TCP/동행 승객) 기록이 없으니 승객 조우하시면 일행 확인 후 시트 어싸인(Seat Assign/좌석배정) 해 주시기 바랍니다. 단체는 두 팀입니다. 델타와 위스키 그룹인데 아피스(APIS/여행자 정보) 입력하시면서 국가 잘 살펴 주시기 바랍니다. 특히 델타 그룹은 고객 이름으로 봤을 때 다 같은 국적이 아니신 것 같습니다. 그리고 온캐리지(On-Carriage/목적지공항이 최종 목적지가 아닌 경우) 승객이 총 35명인데 티매틱(Timatic/여행허가문서정보) 정보 확인하셔서 쓰루체크(Thru-Check/연결 수속) 가능 여부 확인 부탁드립니다. 저희 수속 시스템상에서도 함께 봐 주시기 바랍니다. 그리고 그 내용은 승객 인포(Info/안내)가 반드시 나가야 합니다. 어제의 경우 쓰루체크가 되긴 하지만 첫 스탑오버(Stopover/체류) 구간에서 커스텀 클리어(Customs Clear/통관)가 되어야 하는 상황인데 인포가 나가지 않았답니다. 다행히 승객이 현지 티에스(TS:Transfer/환승) 카운터에서 문의를 하는 바람에 잘 처리는 됐다는데요. 134편에 오늘 유독 온캐리지 승객이 많으니 꼭 확인 바랍니다. 그다음 172편 말씀드리겠습니다….”

귀로 들리는 내용을 분주하게 자신의 종이에 적는 신입직원들. 그에 비해 가끔씩은 다른 생각을 하며 여유 있게 브리핑 내용을 듣고 있는 민준을 비롯한 다른 직원들. 서로 상반될 수밖에 없었다. 물론 민준도 신입시절에는 저 모든 내용을 받아 적느라 열심이었다. 이런 내용 하나하나가 무척이나 새로웠고 반드시 배워야만 하는 내용이었다. 당시엔 아무것도 모르는 상태로 일단 적어 놓은 후 옆의 선배에게 묻곤 했었다. 선배님 이게 무슨 말인지요? 그러면 선배들은 상세하게 대답해 주었다.

오늘은 수속에 관한 이야기가 브리핑 내용의 주를 이루었다. 하지만 운임에 대한 사항이 대거 포함된 예약, 발권 내용까지 커버되는 날은 정도가 더 심했다. 회사 바깥 사람이 듣는다면 마치 암호문을 낭독하는 수준이었을 것이다. 가끔 지나치다 싶을 정도로 영어로 된 용어가 많이 등장했다. 시간이 지나며 여러 가지 변수에 익숙해진 민준은 브리핑 내용 중 적어 놓아야 할 일부 내용만 간단하게 메모하곤 했다.

"오빠. 저기 봐. 혜인 씨."

조용히 속삭이는 수정의 말에 혜인의 위치를 찾으려 했지만 보이지 않았다. 여직원들의 헤어스타일은 크게 단발 또는 올백머리였는데 뒤에서 보면 누가 누군지 알 수 없을 정도로 비슷했다.

"어디 있는데?"
"저 앞에. 오른쪽에."

고개를 푹 숙인 직원이 보였다. 유난히 빛이 밝은 머리카락 색깔이 단번에 눈에 들어왔다. 그 직원은 고개를 숙인 채로 꾸벅꾸벅 졸고 있었다.

"혹시 졸고 있는 건가?"
"개념이 없는 거지. 어떻게 갓 들어온 신입이 브리핑 때부터 졸고 있어?"
"잠을 잘 못 잤나 보지."
"진짜 마음에 안 들어. 머리 색깔도 너무 밝다고 선배들이 지적했는데 아직 저러고 있네."
"색이 좀 튀긴 하네."

수정이 고개를 설레설레 저었다.

브리핑 시간 내내 혜인은 졸다 일어나다를 반복했다. 다행히 맨 앞줄 우측 끝 모서리에 앉아 있어서 다른 사람들은 잘 보지 못한 것 같았다.

"…이상 브리핑 마치겠습니다. 그리고 전체 공지 한 가지 더 드리겠습니다. 오늘 회식이 있습니다. 사전에 다들 연락받으셨을 줄로 압니다. 장소는 김포공항 옆 먹자골목에 위치한 감자탕집이고요. 시간은 오후 6시부터입니다. 5시에 다 같이 버스를 타고 이동할 건데요, 따로 오실 분들은 시간 맞춰서 와 주시면 감사하겠습니다. 그럼 오늘도 모두 수고해 주시기 바랍니다. 감사합니다."

브리핑이 끝나자 모든 직원들이 분주히 자리를 떴다. 수정과 민준은 사람들이 나가기를 기다렸다가 혜인에게로 다가갔다. 혜인은 졸다 깨어난 눈을 비비며 자리에서 일어나고 있었다. 수정이 먼저 입을 뗐다.

"혜인 씨!"
"아, 아…. 안녕하십니까, 선배님!"

신입사원 교육을 받은 지 얼마 안 된 혜인은 깍듯하게 인사를 했다. 하지만 한참 졸다 일어난 탓에 어설픈 모습이었다.

"잠깐 이야기 좀 할까요?"
"네, 선배님!"
"어제 잠 못 잤어요?"

수정의 날카로운 목소리에 혜인의 표정이 바로 굳어 버렸다.

"아까 보니까 좀 피곤해 보이시더라고요. 그래서 물어보는 거예요."

상냥하게 민준이 말을 보태 봤지만 이미 경직된 표정은 나아질 줄을 몰랐다.

"죄송합니다. 제가 아직 새벽 근무가 적응이 안 돼서…."

"혜인 씨, 지금 신입이에요. 아직 배울 게 많은 시기라고요."
"맞습니다!"
"그런데 브리핑 시간부터 졸면 어떻게 합니까."
"죄송합니다. 정말 죄송합니다!"

수정의 말투가 다시 부드러워졌다. 더 이상 위협감은 느껴지지 않았다. 오히려 평소 수줍어하는 성격이 고스란히 나타나는 목소리였다. 하지만 힘을 잔뜩 주어 말하고 있었고 그 때문에 혜인은 수정을 똑바로 쳐다보지도 못할 정도로 긴장하는 것 같았다. 보다 못한 민준이 끼어들었다.

"처음엔 다 그래요. 그래서 이해는 하는데 공개적인 자리에서 졸고 있으면 다른 선배들도 예쁘게 봐 주시진 않을 것 같아요. 무슨 이야기인지 아시죠?"
"네, 선배님. 죄송합니다."

수정이 민준에게 눈으로 신호를 보내더니 말을 이어 갔다.

"됐어요. 뭐. 아무튼, 브리핑 내용은 다 들었어요?"
"제가 못 들은 건 다른 동기들한테 부탁해서 듣겠습니다."
"브리핑 때 잘 들어야 수속하면서 실수 없이 할 수 있어요. 다음부턴 주의하세요."

여전히 딱딱했지만 배려가 담긴 수정의 말을 듣는 혜인의 눈이 점차 빨개지기 시작했다.

"혹시 우는 거예요?"

"아닙니다!"

"에이. 참. 그럴 필요는 없고요. 그냥 혜인 씨 잘하라고 이야기한 거예요. 울지 말아요."

"아니에요, 선배님. 죄송해요. 제가 사회생활이 처음이라 아직 아무것도 몰라서요. 이렇게 말씀해 주셔서 감사해요. 앞으로 이런 일 없도록 하겠습니다."

눈물이 살짝 맺힌 것 같았지만 씩씩한 말투로 혜인이 말했다. 그 태도에 만족했던지 수정은 언제 그랬냐는 듯 방긋 웃으며 어서 카운터로 올라가자고 말했다. 브리핑룸을 나서며 민준은 연희 선배로부터 받은 초콜릿 하나를 가방에서 꺼내어 혜인에게 주었다.

"카페인 섭취하고 기운 좀 내요."

"아…. 감사합니다, 선배님!"

짐작하건대 수정은 이제부터 혜인을 싫어하지 않을 것이다. 아마 더 각별하게 챙겨 줄지도 모른다.

민준은 카운터로 올라가는 동안 자신의 군대생활을 떠올렸다. 잔뜩 겁을 먹고 입대했던 기억이 아직도 생생했다. 생애 최악의 시간을 떠올리라고 한다면 입대하는 그 날이 떠오를 것이다.

입대 전 민준은 꽤나 솔직한 편이었다. 평소 언행에 거침이 없었다. 지금과는 딴판이었다. 남의 눈치를 보기보다는 단순히 자신이 하고자 하는 것을 해내고야 마는 성격이었다. 그런 민준을 잘 알았던 부모님은 입대를 앞둔 아들이 무척이나 걱정스러웠다.

"군대에서는 일단 상관 말을 잘 들어야 돼. 다른 곳이 아닌 군대니까 그런 거야. 군사집단. 알지? 전쟁을 준비하는 곳이라는 말이야. 그러니 네 생각이랑 달라도 일단 알겠습니다! 하고 따르는 것이 중요하단다. 알겠지?"

훈련소로 향하는 차 안에서 민준의 아버지는 몇 번이고 아들에게 말씀하셨다. 그것이 무엇인지 차마 감이 잘 오지 않던 민준은 알겠으니 걱정하지 마시라고 남자답게 대답했었다.

그리고 여느 대한민국 남성들처럼 군대생활을 거치면서 민준의 성격은 완연하게 바뀌어 버렸다.

훈련소를 지나 자대배치를 받고 나니 상관의 말에 복종하는 것이 전부가 아니었다. 가장 중요한 것은 눈치였다. 눈치가 필요했다. 그것도 아주 많이. 하라는 것을 안 해도 문제가 생겼고, 하라는 것을 한다 해도 문제는 여전히 생겼다. 하고 안 하고의 그런 단순한 차원에서 일들이 해결되는 것이 아니었다. 바깥 사회에서 통용되는 당연한 것들에도 군대 내에서는 제약이 뒤따랐다. 그런 제약들의 근거는 온전히 '최고참' 병장의 재량이었다.

자대배치를 받은 첫날이었다. 옷을 갈아입으라고 해서 아무 생각 없이 체련복으로 옷을 갈아입던 민준은, 작대기 세 개를 달고 나타난 키작은 선임병으로부터 난데없는 구타를 당해야만 했다. 내무실 문을 열고 들어오더니 전투화를 신은 발로 다짜고짜 민준의 허벅지를 찼다. 팬티 차림에 옷을 갈아입던 민준은 내무실 바닥으로 떨어졌다. 갑작스러운 타격으로 바닥에 굴러떨어진 민준의 귀에 들어온 선임병 목소리는 아직도 생생하게 기억에 남아 있다.

"이병 새끼가 침상 바닥에 앉아서 옷을 갈아입어?"

당시엔 무슨 말인지 알아들을 수가 없었다. 하지만 이해가 되고 안 되고는 문제가 아니었다. 잔뜩 겁에 질렸고 공포감이 밀려왔다. 동시에 무언가 잘못되어 감을 느꼈고, 정확한 이유도 모른 채 잘못했다고 몇 번을 소리쳐야 했다. 그 이후 서너 차례의 발길질을 맨살로 받아 내야 했다. '개념 없는 신병 새끼'가 부대 물을 흐린다며 물리적 타격을 가하던 이 선임병은 '앞으로 조심하라, 지켜보겠다, 넌 첫날부터 찍혔으니 앞으로 다른 신병보다 몇 배 더 잘해야 할 거다'라며 자리를 떴다.

알고 보니 일병계급까지는 옷을 갈아입을 때 선 채로 갈아입어야 하는 내무반 고유의 규칙이 존재하고 있었다. 그것을 알 리가 없던 민준은 침상 바닥에 앉아 바지를 갈아입고 있었고 그 모습을 본 한 성격 지저분한 선임병이 민준을 발로 가격했던 것이다. 허벅지가 부어올라 통증이 느껴졌음은 한참 후에야 깨달은 사실이었다. 이 뿐만이 아니었다. 청소 시간에 V자 형태로 빗자루질을 하라고 했는데 V자가 아닌 11자로 빗자루질을 했다고 해서 - 사실 민준이 봤을 때는 V자였지만 당시 선임병의 눈에는 V가 아닌 11로 보였던 모양이다 - 멱살을 잡힌 채로 뺨을 맞은 적이 있는가 하면, TV를 보는데 웃긴 장면이 나와서 약간의, 아주 미세한 미소를 지었다는 이유로 선임병 몇 명이 밤중에 자는 민준을 깨워 화장실로 데려가 머리와 다리, 가슴을 구타한 적도 있었다.

둘 중 하나였다. 이곳의 말도 안 되는 규칙에 억지로라도 순응하고 적응하는가, 아니면 이것을 괴로워하며 정신병 걸린 사람처럼 있다가 의가사제대를 노려보고, 결국 먹히지 않으면 자살시도를 하는가.

결론은 명쾌했다. 어떻게든 견뎌야 했다.

이 해괴한 신세계에서 곧 적응하는 법을, 몇 번의 고된 경험을 통해 배워 익혔다. 이성과 논리보다는 윗사람의 기분과 감정을 잘 살펴야만 내 몸이 편할 수 있었다. 일단은 누구든 자신보다 높은 계급이라면 '난 당신에게 잔뜩 겁을 먹고 있어요'라는 분위기를 풍겨 주어야 했다. 그리고 내 뜻과 의지보다는 상대방이 원하는 바를 파악하기 위해 보이지 않는 안테나를 늘 바짝 세워 두어야 했다. 누군가 부르면 오버하듯 네! 이병! 박! 민! 준! 하고 큰 소리를 지르며 과장된 몸짓으로 뛰어가야 했다. 그리고는 적당히 익살스럽지만 확실하게 예의를 갖춘 목소리로 X 병장님, 부르셨습니까? 하고 말해야 했으며, 사적이든 공적이든 개인적인 의견에 대한 질문을 받을 때는 자신의 의견이 아닌 그 질문을 해온 당사자가 원하는 것이 무엇인지 완벽하게 파악하여 그 방향에 맞는 의견을 내놓아야 했다.

2년이 넘도록 그런 생활을 하고 나니 민준은 완전히 새로운 사람이 되어 있었다. 그 어느 위치에 가더라도 윗사람에게는 군대에서 익혀진 그런 모습이 배어 나왔다. 윗사람이 아니라 하더라도 처음 만난 사람, 혹은 마땅히 예의를 지켜야 하는 사람이라면 어김없이 그런 태도로 일관하게 되었다.

그럼에도 불구하고 자신이 군대에서 느꼈던 일종의 모욕감 또는 경멸감 등의 감정을 기억했기에, 그리고 자신에게 근거 없는 행동을 요구하던 선임병들의 허세 가득한 무모함을 두 눈으로 직접 목격했기에, 민준은 그런 사람들처럼 자신의 모습이 변질되는 것을 추호도 원치 않았다. 어딜 가더라도 조직 구조상 자신보다 하위에 있는 사람들에게는 절대로 그런 모습을 보이기 싫었다.

사회생활이 처음이라 아무것도 모른다는 혜인의 말이 떠올랐다.

글쎄. 차라리 모르는 게 더 낫지 않을까.

각자의 수속 카운터로 자리를 찾아가는 동안 새벽잠을 설쳐 가며 공항에 일찌감치 모습을 드러낸 여행객들의 모습을 볼 수 있었다. 가끔 저 승객들을 적군이라 표현하는 직원들이 있었다. 그도 그럴 것이 이 수많은 여행객들의 수속을 모두 마쳐야만 자신들이 퇴근을 할 수 있기 때문이었다.

하지만 민준은 그렇게 생각하지 않았다. 적군이라기보다는, 선임병 같은 존재였다. 정말 무서운 선임병도 있었고 천사같이 순한 선임병도 있었다. 그저 잘 모시고 보필하여 아무 문제 없이 전역할 수 있도록 최선을 다해야 했다. 전역하기 전까지는 아무리 좋은 선임이라 하더라도 완전히 마음을 놓을 수 없었다.

중대한 결정

회식에는 많은 직원들이 참석했다. 김포공항 근처의 감자탕 식당 2층을 통째로 빌렸는데 상당히 넓은 장소임에도 불구하고 참석한 사람이 많아 자리가 모자랄 지경이었다.

민준과 수정은 입구 쪽 구석에 자리를 잡았다. 적당히 회식을 즐길 수 있는 명당자리였다. 막내직원들은 선배들이 굳이 챙기지 않아도 될 만큼 자신들의 역할을 성실하게 수행했다. 아침의 실수를 만회하기 위해서인지 혜인은 자신의 동기들과 근 기수 동료들을 잘 챙기고 다녔다. 각 팀장 등 주요 관리자 직급 선배직원들을 일일이 찾아다니며 깍듯하게 인사를 하고, 일찌감치 술에 취해 똑같은 말만 반복해 대는 일부 직원들에게도 연신 고개를 끄덕여 가며 비위를 맞추었다. 사회생활을 꽤 오래 한 것 같은 능숙한 모습이었다.

“혜인 씨가 생각보다 알아서 잘하는 것 같네.”

“그러게. 아까 아침에 이야기한 게 잘 먹혔나….”

“덕분에 우리가 좀 편해지겠어.”

“그래도 계속 지켜봐야 해. 언제 취해서 뻗을지 몰라. 계속 술 받아 마시잖아. 부장님들이 술을 워낙 잘 드셔서 아마 계속 따라 주실걸?”

다소곳하게 무릎을 꿇고 앉아 선배직원들로부터 술을 받아 마시는 혜인과 그 동기들의 모습이 곳곳에서 눈에 들어왔다. 처음에는 이런 문화가 익숙하지 않았다. 하지만 일 할 때는 열심히 일하고, 회식 때는 또 열심히 잘 놀아야 인정받는 묵은 통념을 알게 된 이상, 이 또한 금방 적응할 수밖에 없었다. 민준은 회식에서도 크게 나서지 않았다. 그저 남들의 이야기를 듣고, 적절히 반응하고, 술을 주면 곧잘 받아 마실 뿐이었다.

“홍수정 씨. 신입들 교육 잘 시킨 모양인데?”

얼굴이 한껏 붉어진 한동경 차장이 오른손에 소주잔을 들고 수정과 민준이 앉아 있는 테이블로 다가왔다. 입사 동기 둘은 한동안 편하게 있다가 다시금 ‘사회생활’을 시작할 시간이 도래했음을 직관적으로 알아차렸다. 민준은 목례를 하며 한동경 차장의 잔에 소주를 따랐다. 한 차장은 원래 부하직원들과 말을 자주 섞지 않았다. 권위적이진 않았지만 성격이 마냥 부드러운 편도 아니었다. 도리어 차갑고 날카로운 이미지가 강했다. 그만큼 업무 처리도 딱 부러지게 하는 편이었다. 하지만 회식 자리, 특히 술을 마시는 자리에서만큼은 그렇지 않았다. 술잔을 들고 후배며 상사며 할 것 없이 먼저 찾아가 말을 거는 것이 그 만의 술버릇이었다.

"혜인 씨가 알아서 잘하는 것 같습니다."

수정의 목소리는 특히 상관과 이야기할 때 좀 더 수줍게 들렸다. 어쩌면 자기만 알고 있는 포멀리티의 표현인지도 모르는 노릇이었다.

"아침에 보니 혜인 씨 데리고 이야기하고 있던데?"
"보셨어요? 역시 회사엔 비밀이 없네요."

한 차장은 아무 말 없이 잔을 들었다. 이에 수정과 민준도 앞에 있던 소주잔을 들어 한 차장의 잔에 살짝 가져다 대었다.

"난 여러분들이 있어서 너무 듬직해…. 여러분들 말이야, 이제 치고 나가야 하는 시기거든? 그런데 사실 이놈의 회사가 치고 나갈 기회를 제대로 주지를 않아. 여러분들도 느끼고 있을 거야. 그렇지?"
"아닙니다. 저희가 아직 부족한 면이 많습니다."
"박민준 씨!"

살짝 혀가 꼬인 발음으로 한 차장이 민준을 불렀다.

"네. 차장님."
"자넨 그게 문제야."
"네?"
"아이…. 말 길어지기 전에 일단 한 잔씩 드시자고."

한 차장이 먼저 소주를 들이켰다. 수정과 민준이 뒤를 이어 소주잔을 비웠다. 수정은 크으으 소리를 내며 앞에 있는 고기를 집어 먹었다. 고기는 이미 생기를 잃고 말라 가고 있었다. 민준은 옆에 있던 수저통에서 새 젓가락을 집어 한 차장 앞에 가져다 놓았다.

"차장님 안주 드시죠."
"이게…. 이게 마음에 안 든다는 거야."

한 차장은 젓가락을 들어 고기를 집으며 단어 하나하나에 힘을 담아 말했다. 말에 강조를 두려는 것 같았지만 얼핏 보면 취기를 이겨 내려는 시도처럼 보이기도 했다.

"무슨 말씀이신지…."

수정과 민준은 의아한 표정으로 서로를 바라본 뒤 다시 한 차장에게 시선을 돌렸다. 한 차장은 눈을 반쯤 감고 고기 맛을 음미하는 중이었다.

“감자탕 식당에서 왜 고기를 굽느냐고 따졌었는데 맛은 있네.”
“하하…. 네. 고기가 괜찮은 것 같습니다.”
“고기가 문제가 아니란 말이지.”
“네?”

한 차장은 고기를 꿀꺽 삼켰다. 그리고는 절인 양파를 젓가락으로 한 움큼 집어 입에 넣었다.

“왜 그러는 거야?”
“네? 무슨 말씀….”
“왜 민준 씨는 늘 이렇게 예의 바르고, 남들 챙기고, 뭐 일만 생겼다 하면 홍길동보다 더 먼저 와서 지시받아서 하고 있고….”
“아….”
“홍수정 씨는 좀 의외인 자리에 나타나니까 홍길동인데, 박민준 씨는 뭐 쉬는 날이 아니면 여기저기 다 와 있어. 홍민준인가? 홍길동 2탄이야? 1탄이 재밌어서 2탄도 나온 거야? 왜 그러고 살아.”

어이없는 유머였지만 수정은 입을 가리고 억지로 웃음을 참고 있었다.

"난 말이야, 남자는 무엇보다 가슴이 뜨거워야 된다고 생각해. 알겠어? 가슴이 뜨거워야 이 넓은 가슴에 담겨진, 그 뭐냐, 그…. 열정! 그래 그거! 열정을 불태울 수 있는 거라고. 근데 민준 씨는 말이지. 다 좋아. 모든 게 좋아. 나도 그렇고 우리 다른 직원들도 모두 민준 씨 좋아한다 이거지. 그건 좋은데."

한 차장이 소주잔을 다시 들어 올렸다. 잔을 채우라는 뜻이다. 이때 수정이 이번엔 내가 할게 하는 눈빛을 보냈다. 그리고는 소주병을 집어 들어 한 차장의 잔을 채웠다. 후배의 술을 받고 난 한 차장은 느릿느릿, 하지만 정확한 동작으로 소주병을 뺏어 와 수정과 민준의 잔을 가득 채워 주었다. 술에 취해서인지 손이 조금씩 흔들거렸다. 만일 손이 흔들리는 게 술 때문이 아니었다면 정말 속상했을 거라고 민준은 생각했다.

"내가 봤을 때 자네는…. 남을 위해서만 살고 있다. 이거지."
"네?"
"왜 그러냐는 거야."
"그야 조직생활에서는…."
"조직생활에서 그런 게 필요한 건 나도 알지. 누가 몰라?"

난처한 표정으로 민준이 말을 이어 가려는데 한 차장이 말을 가로챘다. 술에 취하긴 했지만 날카로운 눈빛은 그대로 살아 있었다. 아마도 자신이 하고 싶은 말을 가슴 속 깊은 곳에서 하나하나 꺼내고 있는 중인 것 같았다.

“민준 씨 군대 다녀왔지?”

“네. 다녀왔습니다.”

“나도 다녀왔어. 난 중위 제대했어, 알아?”

“멋지시네요, 장교 출신이시라니.”

“민준 씨는?”

“저는 병장 제대했습니다.”

“그래, 그게 문제야, 병 출신들은 하나같이 줏대가 없어. 알아? 물론 병장 제대한 사람들이 훨씬 많겠지 우리나라에는. 근데 막말로 해병대 나온 새끼들 보란 말이야. 걔넨 누가 봐도 남자야. 진짜 남자. 거칠 게 없어. 뭐 하나 한다고 마음먹으면 해내고 마는 새끼들이 그 새끼들이거든? 민준 씨는 육군 나왔나?”

“육군 나왔습니다.”

“아니 왜 육군도 할 만치 다 하고 고생 죽어라 했으면서 그렇게 기가 죽어 사냐고.”

“아…. 그런 건 아니고요.”

“사실 군대가 문제는 아니고. 그냥 말할게, 들어 봐.”

“말씀하십시오.”

“난 민준 씨 보면 다 좋아. 좋은데. 너무 굽히고 들어가는 그런 건 좀 싫어. 물론 내가 윗사람이니까 나한테 굽히고 들어오는 건 내가 편해. 왜? 내 마음대로 해도 민준 씨가 잘 따라올 것을 아니까. 하지만 그러고 나면 자네는? 박민준 씨는 누굴 위해 살아? 상관 위해 사는 거 아니잖아."

한 차장은 얼굴을 잔뜩 찌푸렸다. 평소 위엄 있게 행동하던 직장 상사의 찡그린 얼굴을 보는 것은 이색적인 경험이었다. 아마 사무실에서는 절대 이런 표정을 볼 수 없을 것이다. 그는 소주잔을 냉큼 들더니 가볍게 잔을 비웠다. 그리고는 소주병을 직접 들어 잔을 다시 채웠다. 수정과 민준은 누가 먼저랄 것도 없이 손끝을 한 차장의 잔에 가져다 대었다. 참으로 배려 깊은 주도(酒道)가 아닐 수 없다.

"오늘 술 엄청 들어간다."

"괜찮으십니까? 나가서 컨디션이라도 사 올까요?"

"지금도 봐. 현장검거 한다, 내가 여기서. 볼래? 내가 자네 걱정돼서 마음을 뒤집어 까며 이야기하고 있는데, 민준 씨는 오히려 내 걱정이나 하고 있어. 그게 싫다는 거야. 물론 약간의 쇼도 섞였겠지. 쇼가 필요하긴 해. 그게 사회생활이긴 한데. 그런데 너무 잘해, 이런 걸. 지나쳐."

민준은 허탈한 웃음을 지었다. 시선은 공기 중 어딘가에 머물러 있었다. 어색한 상황임에는 틀림없었지만 싫지만은 않았다. 하마터면 한 차장의 말에 감격할 수도 있을 것 같았다.

"박민준 씨."

"네."

"조금 더 자신을 가져 봐. 그리고 스스로에게 물어보란 말이야."

"왓 두유 원트?"

무의식적으로 뱉어 낸 말에 모두가 놀랐다. 수정은 눈을 똥그랗게 뜨고 민준을 바라봤다. 방금 무슨 말을 한 거냐며 놀라서 물어보는 것 같았다. 가장 많이 놀란 건 민준 스스로였음을 아마 알지 못했을 것이다.

"그러니까…. 제가 원하는 바를 물어보라는 말씀이신 겁니까?"

"그렇지. 왓 두유 원트 맞네. 이 친구 영어도 잘해."

"아니, 그게 아니라…."

"잘 알고 있네. 바로 그거야. 남들 원하는 대로 따라가지 말고 자기 스스로에게도 뭘 원하는지 물어가 보면서 언행을 했으면 좋겠어, 나는."

평소엔 먼저 나서서 속생각을 이야기하는 게 어려웠지만, 이번엔 달랐다. 마치 오랜 시간 작동시키지 않았던 기계의 전원 스위치가 눌러진 것 같은 모습이었다. 커다란 톱니바퀴의 그것과도 같은 그런 모습이었다.

"그런데요. 차장님. 저는 그게 정말 잘 안 되는 것 같습니다. 사실 제가 뭘 원하는지 모르겠습니다. 그저 사람관계가 잘 형성되고 나면 그게 전부인 것 같습니다. 마침 저도 요즘 이런 걸로 고민이 좀 많네요."

한 차장이 민준과 수정을 바라보며 미소를 지었다. 술에 취해 얼굴 근육이 모조리 풀려 버렸는지 회사에서는 한 번도 보지 못했던 온화함이 느껴졌다. 아마도 이것이 바로 사람들이 술을 찾는 이유일 것이다.

"민준 씨가 그렇구만."

"생각이 좀 많네요."

"우리 딸년 이야기를 좀 해 줄게. 들어 봐."

"따님이요?"

"응. 애가 요즘 고1이야. 아주 말을 안 들어. 돈만 달래 허구한 날. 그걸로 아이돌 팬클럽 가입하고 콘서트나 따라다니고. 난리도 아냐. 그래서 나도 부모 된 입장에서 몇 마디 조언을 해야겠다 싶었지. 이제 곧 대학 준비도 해야 하고 하니까. 그래서 내가 하루는 밖에서 엄마 빼고 따로 밥 먹겠냐 물어보니까 엄청 좋아하는 거야. 그래서 내가 학교 끝날 시간 맞춰서 애 데리러 한번 가 봤어."

"따님이 엄청 좋아했겠어요! 귀엽기도 해라."

"그렇지 뭐, 우리 딸이. 그래서 엄마 없이 단둘이 밖에서 만났는데, 생각해 보니 그런 일이 거의 처음인 것 같더라고. 진작 그런 기회를 좀 만들 걸 하는 후회가 되더라. 이제라도 좀 자주 해야지."

"그러세요. 처음에 어색해서 그렇지 딸들은 아빠랑 시간 보내는 걸 정말 좋아해요. 저도 그랬고요."

"그걸 미리 알았어야 했는데…. 아무튼 내가 밥 먹으면서 물어봤어. 얘야. 너 나중에 뭐 하고 싶니? 사실 얘가 어릴 때는 아빠네 회사에서 일하고 싶다고 했거든? 그런데 이번에는 풀이 죽어서 말하더라고. 모르겠다. 사실 요즘에 너무 스트레스받는다. 일단 대학이나 가고 보자는 마음이다. 그런데 어떤 학과를 갈지도 모르겠고, 진로결정을 하긴 해야 하는데 잘 모르겠다. 공부도 너무 어렵고 요즘엔 아무것도 하기 싫다. 뭐 이런 식으로 말을 하더라고. 부모로서 내가 마음이 참 안 좋았어."

"요즘 학생들 스트레스 많이 받는다 하더라고요. 공부도 더 어려워지고 진로결정 할 시간도 별로 안 주어지고 하니깐."

"그래서 내가 그랬지. 나중에 뭐가 하고 싶은지 먼저 생각을 해서 잘 정해 놓으면, 공부를 할 때도 그 목표를 위해서 한다고 생각해야 스트레스를 덜 받지 않겠냐고."

"그렇죠. 그게 중요하죠."

"그래. 나도 내 나름대로는 최선의 대답이라 생각해서 말했던 건데 애는 울상이야. 도대체 뭘 해야 할지 모르겠다는 거야. 공부하기도 바쁜데 뭔 장래희망 타령이냐 이거지. 그래서 가수 쫓아다닐 시간에 나중에 뭐 하고 싶은지 잘 연구해 보면 되지 않겠냐 했더니 그건 자기만의 스트레스 푸는 방법이니까 건드리지 말라대. 뭐 내가 다른 할 말이 있나?"

"요즘 우리나라 학생들 그게 문제예요, 차장님."

한 차장 말에 잘 대꾸해 오던 수정이 식탁을 탁! 치며 말했다.

"뭐가? 스트레스?"

"그것도 그렇고요. 자기가 뭘 하고 싶은지 모른다는 거 말이죠."

“맞아, 시대가 더 좋아지고 있는데 애들은 더 바빠진 느낌이야.”

“애들이 대학 가면 뭔가 있겠지 생각하고 그냥 죽어라 공부만 해요. 자기가 뭘 하고 싶은지, 뭘 잘하는지에 대해서는 크게 신경 못쓰고요. 그러다가 대학 가면 일 이년 헤벌레 좋아서 정신 못 차리고 갑작스럽게 찾아온 자유를 만끽하죠. 그것도 아주 어설프게요. 그러다가 취직 준비할 시기 되면 또 정신없이 스펙 쌓고 학점 메꾸고. 그러다 보면 내가 어디서 일하고 싶은가 그런 건 생각할 겨를도 없어요. 그저 아무 데나 받아 주는 곳에 가서 일하고 있는 거죠. 요즘 같은 취업난에 원하는 직장을 간다는 건 이미 사치라고 생각하거든요.”

수줍음이 한참 덜 느껴지는 목소리로 수정이 말했다. 민준은 아무 말 없이 두 사람의 대화에 귀를 기울였다.

“그게 우리 딸내미 지금 모습인 것 같다.”

“저희 때도 사실 그랬어요. 안 그러는 애들은 가수나 연예인 한다고 날뛰는 애들 밖에 없었던 것 같아요. 대학교 와서도 별다를 바는 없었지만 다행히 저는 오고 싶은 회사에 잘 왔죠. 그래서 별 고민 안 하고 잘 다니는 것 같은데 제 친구들 보면 난리도 아니에요.”

“난리? 친구들이 왜?”

“왜긴 왜야, 그만두고 싶다, 이직하고 싶다, 나의 길을 찾고 싶다 등등 뭐 그런 거지.”

“왜 그러는 거지? 일이 힘들어서?”

“그런 것도 있고, 궁극적으로는 자기 자아를 찾고 싶어 하는 친구들이 많더라고. 정말 하고 싶은 일을 하겠다는 거지. 일종의 꿈 찾아가기라고 해야 할까.”

“아….”

소민이 떠올랐다. 비교적 늦게 꿈을 찾아 떠난 그녀가 이 자리에 있었다면 할 말이 가장 많을 것 같았다.

“내가 우리 딸 이야기를 한 건, 물론 상황은 아주 많이 다르지만 뭔가 비슷한 점이 있을 수도 있겠다 싶어서 해 준 거야. 시사점이 있지 않을까 해서. 민준 씨야 안정된 직장에 잘 형성된 인간관계가 있으니 이제는 뭐 장가만 가면 되겠지. 그런데 장가가면 뭔가 문제인지 알아?”

“글쎄요.”

한 차장은 수정과 민준에게 가까이 오라는 손짓을 하더니 매우 낮은 목소리로 속삭였다.

“그때야말로 이 세상에 ‘나’라는 사람은 없어지는 거야. 모든 의사결정이 가족을 위해서 내려지거든. 한 가정의 가장이란 정말 그 책임감이 하늘을 찌르지.”

의미심장한 표정의 한 차장을 보며 민준은 차라리 그런 상황이 더 좋을지도 모르겠다는 생각이 들었다.

한 차장은 이제 무슨 말인지 알 거라며 민준의 어깨를 툭툭 쳤다. 그리고 자리에서 일어나 다른 직원들이 있는 테이블로 조금씩 비틀거리는 걸음으로 옮겨 갔다.

"차장님 취하셨나 봐. 향후 몇 년간 차장님이랑 할 이야기 오늘 다 한 듯싶어."

"그러게, 평소에 이렇게 차장님이랑 이야기 나눈 적은 한 번도 없었는데."

"취하셔 가지고 별 이야기를 다 하고 가시네."

"나는 어느 정도 건설적이라고 생각했는데. 수정아 너는 별로였나 보네?"

"그런 건 아닌데, 오빠 회사생활 완전 잘하고 있잖아. 직원들 사이에서 평도 좋고, 그런데 뭘 열정을 불태워라 마라 그런 이야기를 하고 가시냐 이거지."

환자 본인이 아니라면 의사의 말은 그저 스쳐 지나가는 건강 상식에 불과하다. 알면 좋지만 몰라도 그만인 그런 이야기처럼.

"내가 뭘 잘하냐. 그냥 하는 거지. 근데 솔직히 난 요즘 그런 거 생각 많이 해."

"뭘? 설마 자아 찾고 이런 거? 오빠도 그만둘 거야?"

"그런 건 아닌데. 내가 어떤 사람인지 좀 알고 싶다는 생각도 하고 있고…. 아무튼 요즘 그래."

"그렇구나, 오빠 같은 사람도 고민이 있구나. 하긴 고민 없는 사람이 어디 있겠어. 내 고민은 결혼이야. 집에서 맨날 결혼하라는데, 난 진정한 사랑이 뭔지 아직 모르겠어. 난 그걸 찾고 싶거든."

"그렇구나. 수정이도 역시 여자네. 나는 아직 그런 것까지는 생각이 안 닿는 것 같아."

"오빠 초식남인가 보다."

"초식남? 그게 뭐야, 베지테리안 그런 건가?"

"하하. 아니. 그런 게 아니고, 뭐라고 설명해야 하나. 그냥 라이프 스타일에 대한 건데. 전통적으로 남자들은 육식동물 스타일이래. 뭐 마초남 그런 거 있잖아. 근데 요즘엔 남자들도 육식스타일이 있는가 하면 초식스타일도 있다는 거지. 그런 사람들을 초식남이라고 부른다더라고. 게이는 아닌데 남자치고는 여성스러운 측면이 꽤 있고 그러다 보니까 연애에 큰 관심을 가지기보다는 자기 자신에 대해서 더 관심이 많고 아무튼 그냥 요즘 그런 말 많이 쓰더라고."

"그런 말이 또 생겼구나."

처음 들어 보는 용어와 얼핏 자신을 가리키는 듯한 해석에 민준은 자존심이 상했다. 용어 자체가 썩 맘에 들지 않았다. 그럼에도 터프한 매력보다는 오히려 섬세하고 사려 깊은 모습에 정감이 가는 걸 부인할 수는 없었다.

회식이 마무리될 시점이 되자 민준과 수정은 후배직원들을 각자 챙기며 술에 과하게 취한 직원이 없는지 살펴보았다. 다행히 무아지경 상태의 후배들은 없었다. 민준은 후배뿐 아니라 다른 선배직원들을 일일이 챙겨 가며, 도움이 필요하지는 않은지, 또 그들이 놓고 가는 물건은 없는지 주위를 살폈다. 그렇게 모두가 자리를 뜨고 나서야 민준은 마지막으로 회식 장소에서 빠져나왔다. 누군가 놓고 간 가방을 한 손에 들고 계단을 통해 1층으로 내려왔다.

하긴 회식 같은 자리에 오면 남들 챙기느라 거의 놀지도 못했던 것 같네. 언제부터 내가 이렇게 변했지? 남들 챙기고 나면 나도 좀 놀고 그래야 정상인데…. 한 차장님 보시기엔 답답해 보일만도 하네. 그렇다고 이런 데 와서 마음 놓고 놀기엔 왠지 불편하잖아. 회식은 어디까지나 업무의 연장선이니까.

생각이 깊어지려던 찰나 가방 주인이 반색하며 민준에게 다가왔다.

"어머, 내 가방! 역시 민준 씨야! 고마워요."

민준은 식당의 종업원이라도 된 듯 들고 있던 가방을 주인에게 돌려주었다. 이제 전체 인원의 대략 절반은 귀가하고 나머지는 2차로 향할 분위기였다. 민준은 회식이 있을 때마다 마지막까지 자리를 지켰다. 업무의 연장이기도 했고 다른 사람들과의 관계를 고려하면 어쩔 수 없는 선택이었다.

물론 그 누구도 이를 강요하지는 않았다. 교대 근무가 일상인 공항 근무자들에게 늦은 시간까지 술자리를 종용할 수 없었기에 자유로운 분위기가 형성되곤 했다.

이날 민준은 1차가 끝나고 집으로 향했다. 입사 후 처음이었다.

그 누구도 민준을 탓하거나 나무라지 않았지만 민준은 매우 그 상황이 어색했다. 그저 What do you want 질문에 집에 가고 싶다고 생각했고 그 어느 때보다 복잡하게 민준을 휩싸는 강한 기운들을 억지로 무시해 보았다. 그리고 소극적이나마 용기를 내어 원하는 바를 실행에 옮겼다.

물론 처음에는 질문에 대한 답이 당연히 2차 따라가야지였다. 아니, 그게 아니라, 너 스스로가 진짜 원하는 것은 뭔데?라고 달래듯 물어봤을 때도 답은 2차 가서 있는 게 마음이 편할 것 같아라는 답이었다. 하지만 마지막으로 단순히, 다른 요소들을 모두 배제한 채, 원하는 것이 무엇인가라고 생각해 봤을 때의 답은 매우 단순하게도 집에 가고 싶다였다.

다른 사람을 생각하기보다는 본인 스스로만 염두에 둔, 그리하여 매우 에고이스트적이면서도 자기근본적인 발상이었다. 회식 자리에서 마음 놓고 노는 것은 여전히 좀 어려웠다. 하지만 자신의 행동이 일탈로 여겨지지 않는 범위 내에서 의지를 발산하는 것, 즉 회식이 끝나고 집으로 향하는 것까지는 해 볼만 하다고 결론 내렸다.

'오빠, 집에 들어가시는 거?'

불안한 마음을 잔뜩 안고 집으로 향하는 민준의 핸드폰에 수정으로부터 문자 메시지가 도착했다. 누군가 자신에 대해서 안 좋은 이야기를 한 것은 아닐까 하는 걱정이 되기 시작했다.

'오늘 몸이 사실 그렇게 좋지 않은 데다가 내일 근무도 있고 또 집에 가려면 한참 걸리니까 더 있으라면 있겠는데 일단 그냥 나왔어. 미안!'

초조하게 수정의 답장을 기다렸다.

'뭐가 미안해. 몸이 피곤했구나? 어서 들어가서 쉬어. 나도 집에 가는 길이야. 오늘 수고했어. 오빠^^.'

별 이야기 없는 수정의 문자에 마음이 놓였다. 한결 마음이 편해졌다.

'너도 수고했어. 조심해서 잘 들어가. 안녕!'

2차 자리를 뒤로하고 귀가하고자 했던 나름의 중대한 결정, 그 자주적인 의사 표현은 사실 민준 외의 그 어느 누구에게도 크게 중요한 일이 아니었다. 하지만 민준은 자신의 결정이 실례되는 일일까 싶어 괜한 눈치가 보였다. 죄라도 지은 것처럼 마음이 불안했다. 다음 회식 때는 반드시 끝까지 자리를 지켜야겠다는 의미 없는 다짐만 연신 반복하고 있었다.

원하는 바를 이행하는 것에는 많은 부수적인 결과가 수반되었다. 살아가며 필요한 과정임에는 공감했지만, 결코 쉽지 않았다. 아마 앞으로 회식에는 예외를 두어야 할 것 같았다.

하지만 예상과 다르게 다음 날도, 그리고 그다음 날도, 며칠이 지나도 민준에게 회식 때 왜 일찍 집에 갔냐며 말을 꺼내는 사람은 없었다. 아마 평소 다져 놓은 좋은 관계 덕분에 다들 속으로만 생각할 뿐 겉으로 말을 꺼내지 않는 것 같았다.

Voice

잘해 봐야 제로, 못하면 사소한 것이라도 마이너스가 되는 공항 지상 업무 특성상 고객의 칭찬 접수는 정말 큰 의미를 갖는다. 근무한 지 오래된 직원들도 좀처럼 받기 힘든 것이 공식적인 루트, 즉 인터넷이나 우편 등으로 접수되는 VOC(Voice of Customers/고객의 소리) 칭찬이었다. 불만 접수야 마음만 먹으면 언제든지 원하는 만큼 받아 볼 수 있다. 하지만 칭찬은 그렇지 않았다. 아무리 신경을 많이 쓰고 친절한 모습을 보이려 애를 써도 고객에겐 그저 '내가 지불한 금액에 상응하는 당연한 서비스'일 뿐이었다. 그래서 회사 VOC의 불만 게시판은 하루에도 몇 건의 글이 올라오는 반면, 칭찬 게시판은 아주 가끔, 정말 특이한 상황이 발생한 경우에만 글이 올라오고 있었다.

그런 고객의 칭찬을 민준이 받게 되었다. 입사 이후 처음이었다.

'LEE/SEUNGMIMS, ICN/FRA, JUL18'

칭찬 접수가 들어왔다는 이야기를 해 주며 근태 담당 직원이 건넨 종이에는 이렇게 적혀 있었다. 이승미 고객. 여성. 여정은 인천에서 프랑크푸르트까지. 날짜는 7월 18일.

"이 손님 기억나?"

"이승미. 프랑크푸르트? 오! 기억나요. 이 고객은 무슨 일이신지…."

"민준 씨도 기억에 남았었나 보네. 칭찬 접수 들어왔어."

"칭찬이요? VOC 말씀이십니까?"

"응. 내용 보니까 민준 씨가 정말 친절하게 잘해 드렸던데."

"해외에 처음 나가는 손님이셨던 것 같습니다."

"맞아. 잘 몰라서 걱정이 많이 됐는데 민준 씨가 하나에서 열까지 다 잘 설명해 줘서 여행 잘 다녀오셨대."

"정말요? 아…."

"축하해, 민준 씨. 이따 오후 브리핑 때 사례소개 될 거니까 그렇게 알고 있어."

"네. 감사합니다."

민준은 사무실 PC를 이용해 승미가 접수한 칭찬 내용을 직접 확인해 봤다. 민준이 친절하게 웃으며 자신의 질문에 하나하나 성실하게 응대해 주었고, 덕분에 편한 마음으로 여행을 다녀올 수 있었다는 내용이 접수되어 있었다. 그렇게 친절하지도 못했는데 이런 일이 생기다니 뿌듯했다. 하지만 또 다른 하나의 생각이 뇌리를 스치고 지나갔다.

맞다. 내가 문자 보내주기로 했었지.

순간 등에서 식은땀이 났다. 이를 어쩌나 싶었지만, 그 약속 시점으로부터 이미 시간은 한참 지난 후였다. 그 날 승미에 대한 생각으로 잠시 정신을 놓았던 기억이 났다. 그래서 업무에 약간의 지장이 있었고 실수를 하지는 않았을까 우려하는 마음이 너무 컸던 나머지 결국 문자를 보내 주기로 했던, 그리하여 혼자 다녀온 여행이 어땠는지 이야기를 듣기로 했었던 고객과의 사적인 약속은 이행하지 못하고 있었다.

핸드폰을 꺼내어 번호를 검색해 보았다. '이승미 승객'이라는 이름으로 연락처가 저장되어 있었다. 지금 당장이라도 문자를 해 볼까 싶었으나 무슨 말을 해야 할지 몰라 일단은 보류하기로 했다.

"자. 박민준 씨에게 축하의 박수 부탁드립니다!"

오후 전체 브리핑에서 민준은 부서 전 직원 앞에서 칭찬 접수에 대한 축하를 받았다. 업무로써 칭찬을 받은 매우 뜻깊은 자리였으나 축하를 받으면서도 이행되지 못한 고객의 마지막 요구가 자꾸만 떠올라 마음이 불편했다. 새벽 근무 스케줄을 마치고 오후 4시경 퇴근을 한 민준은 우선 인사라도 해야겠다는 생각으로 승미에게 문자를 보냈다.

'안녕하십니까. 지난 7월 18일 독일 가실 때 수속 업무 진행해 드렸던 ○○항공 직원입니다. 연락드려 말씀드릴 게 있는데 통화가 가능하신 시간대를 문자 메시지로 알려 주시면 제가 전화 드리겠습니다. 감사합니다. - 박민준 드림'

문자 전송 버튼을 누르고 혹시나 답장이 바로 올 수도 있다는 생각에 공항 1층의 벤치로 향했다. 거기서 다른 여러 사람들 틈에 자리를 잡고 앉았다.

직원이 아닌 손님의 입장에서 바라보는 공항의 모습은 늘 멋지고 세련되어 보였다. 타국에서 우리나라를 찾는 손님들에게 가장 먼저 보여주는 우리나라의 얼굴과도 같은 곳이었기에 늘 깨끗하고 말끔한 모습을 갖추고 있었다. '동북아의 허브'라는 별칭에 맞게 매우 큰 규모로 지어진 국제공항의 건물 그 자체는 매우 현대적이었다.

대부분의 외벽이 투명한 유리로 이루어져 있었다. 계절과 날씨의 변화를 실내에서도 실시간으로 느낄 수 있었다. 자연 채광뿐 아니라 천장도 매우 높아 탁 트인 느낌을 주기에 충분했다. 분주하게 움직이는 다양한 소속의 근무자들은 각자 맡은 바 임무를 부지런히 수행하고 있었다. 누구나 한 번쯤 눈길을 주게 되는 여러 국적의 항공사 승무원들도 각기 아름다운 자태를 뽐내며 발걸음을 재촉하고 있었다. 실시간으로 내용이 업데이트되는 출도착 현황판은 기차나 버스 터미널의 그것보다 훨씬 화려했으며 내용 자체도 복잡했다.

카트에 짐을 한가득 싣고 입국장으로 나오는 사람들은 저마다 자신들을 마중 나온 가족과 친구들을 찾느라 주변을 두리번거리고 있었다. 이들을 마중 나온 사람들은 잔뜩 부푼 마음으로 입국장 주변을 서성였다.

사실 이런 모습들은 그저 일상적인 모습에 불과했다. 생존을 위해 출근하는 일터의 단면일 뿐인 것이다. 하지만 신입사원 시절만 해도 출국장 입구를 지날 때마다 가슴이 뭉클하거나 먹먹한 느낌을 자주 받았다. 사랑하는 가족과 연인 그리고 친구들이 잠시나마 이별해야 하는 장면을 자주 목격할 수 있었고 그런 장면들이 너무도 애틋하게 다가왔다. 얼마나 가슴이 아플까. 다시 만날 것을 알고 있다 해도 사랑하는 이를 출국장에서 떠나보내고 뒤돌아서야 하는 그 마음이. 난데없이 눈시울이 붉어지던 그런 시절이었다. 입국장에서도 마찬가지였다. 입국 승객을 기다리고 있는 마중객들을 보면 사랑하는 누군가를 기다리는 설레는 마음, 그 마음이 얼마나 절실할까 상상하곤 했다.

하지만 공항에서 일하게 된 지 서너 달이 지나지 않아 곧 무덤덤해졌다. 내 손님이 아니라면 일단 관심을 크게 갖지 않는 것이 자연스러운 마음가짐이었다. 설령 우리 회사 손님이라 하더라도 그들의 수속 카운터가 다른 곳이라면 굳이 그들의 일상에 관심을 두지 않았다. 격무에 치이며 생겨난 자연스러운 변화였을 것이다.

그래서 가끔은 이렇게 일반인들 틈에 끼어 공항을 둘러보는 것이 좋았다. 일상에서 한 발 뒤로 물러가 볼 수 있었다. 자신이 근무하고 있는 이 공간에서 이루어지는 많은 것들을 보다 관대한 마음으로 바라볼 수 있는 영험한 기회가 되곤 했다.

그렇게 앉아서 생소한 자리에 온 것마냥 주위를 둘러보며 있은 지 5분 정도 지났을까. 핸드폰 진동이 울렸다.

'민준 씨 거기서 뭐 합니까?'

선배직원 종호였다. 항공사 사무실들이 모여 있는 공항 2층 복도에서 민준을 본 모양이었다. 2층의 복도 한쪽은 1층 입국장을 향해 트여 있었다. 테라스 같은 구조였기 때문에 훤히 내려다볼 수 있었다.

'안녕하세요, 선배님. 저 누구 좀 기다리고 있어요. 아직 안 끝나셨습니까?'
'저는 저녁 근무예요. 거기서 그렇게 사복 입고 앉아 있어도 우리 직원인 거 다 티 나네요.'
'그런가요? 딱 걸렸군요. 역시 매의 눈이십니다.'

공항에서는 어딜 가나 선후배 직원들을 볼 수 있었다. 수많은 손님들이 공항을 가득 채우고 있고, 그들에게서 보는 다양한 모습들이 이따금씩 사람을 감성적으로 만든다 한들 공항은 어디까지나 직장이자 일터였다. 그러니 완전하게 손님의 입장으로, 혹은 외부인의 심정으로 공항을 바라본다는 것은 결코 쉬운 일이 아니었다.

승미의 문자를 기다리며 잠시나마 공항이란 공간을 수수하게 즐기고 있던 민준은 자리에서 일어났다. 아무래도 문자가 바로 올 것 같진 않았다.

민준은 지하철로 내려가는 에스컬레이터를 탔다. 공항 1층의 중앙무대에서는 퓨전 아티스트들의 공연이 한창이었다. 신기한 눈으로 공연을 바라보는 외국인 여행객들 사이를 지나 무빙워크를 타고 지하철 개찰구로 향했다. 해외에 나가 봐도 인천공항만큼 교통이 편리한 곳이 없었다. 물론 서울 시내에서 멀리 떨어져 있긴 하지만 이 정도로 교통이 깔끔한 곳을 어지간해서는 찾기 힘들었다. 늘 가던 길을 지나 오피스텔에 거의 다 도착했을 때 즈음 문자 메시지가 도착했다. 이승미 승객이었다.

'안녕하세요! 지금 로밍 중이라 통화는 조금 그렇고요. 제가 오늘 밤 귀국하고 나면 연락드려도 될까요?'

외국에 나가 있는 모양이었다. 독일을 시작으로 해외여행에 맛을 붙인 것 같았다. 현재 로밍 중인데 밤에 귀국을 한다는 이야기로 미루어 보건대 지금 승미는 가까운 아시아 국가, 그중에서도 일본이나 중국 같은 매우 가까운 곳에 있을 가능성이 높았다.

'이제 곧 비행기 타시는 모양이네요. 그럼 안전하게 잘 귀국하시기 바랍니다. 들어오셔서 연락 주시면 제가 전화 드리겠습니다. 감사합니다.'

칭찬 접수를 해 준 고마운 고객, 하지만 동시에 미안한 고객이었다. 당장 귀국하여 연락이 닿으면 어떻게 해야 할지 고민이 되었다. 일단 승미의 의사를 물어보고 상대가 편한 대로 모든 걸 진행하는 것이 가장 좋겠다는, 평소와 다를 바 없는 결론을 내렸다. 그러던 중 눈에 들어오는 한마디. WHAT DO YOU WANT?

하지만 이번에는 내가 빚을 졌으니 저 질문을 나에게 할 게 아니라 이승미 고객에게 하는 게 맞는 것 아닐까. 어쩔 수 없잖아.

합리적이고 타당한 이유로 책임을 미루고 나니 마음이 편해졌다. 나보다는 남의 원하는 것을 따라가는 것이 그간의 패턴이었다. 시험에서 아는 문제를 만났을 때와 같은 반가움까지 들었다.

'맞아요. 지금 후쿠오카인데 이제 공항으로 가고 있어요. 귀국하면

연락드릴게요!'

예상대로 그녀는 일본에 있었다. 비행기로 약 1시간 20분 정도 떨어져 있는 후쿠오카는 민준도 몇 번 가 본 적이 있는 도시였다. 덕분에 친근감이 느껴졌다. 지금 즈음이면 국내선 터미널에서 국제선 터미널로 셔틀버스를 타고 이동하고 있지 않을까. 승미의 현재 위치를 상상해 보니 작년에 다녀온 여행의 기억이 새록새록 피어올랐다. 공통점이 생겼다고 생각하니 승미가 좀 더 가깝게 느껴졌다. 연락을 너무 늦게 하게 된 점에 대해서는 잘만 설명한다면 그녀도 이해해 줄 것 같았다.

환기를 시키기 위해 창문을 열었다. 낮 동안의 뜨거운 기운이 채 남아 있는 미지근한 바람이 집안으로 들어왔다. 민준은 콧노래를 흥얼거리며 밥을 짓기 시작했다. 문자를 주고받은 후에야 온전히 칭찬을 받은 느낌이 들었다. 밥이 다 될 때까지는 맨손 체조를 했다. 몸을 적당히 움직여 준 탓에 밥맛이 좋았다.

설거지를 하고 집을 나섰다. 적당한 공기의 밤거리를 걷는 것만큼 여유로운 휴식 시간도 없었다. 근처 공원을 큼직하게 한 바퀴 돌았다. 날씨가 좋아 산책 나온 사람들이 많이 있었다. 신도시에 형성된 주거지역이었기 때문에 아이들을 데리고 나온 젊은 부부들이 눈에 많이 띄었다. 민준처럼 혼자서 공원을 걷는 사람도 꽤 많았다. 그들에게는 이어폰에서 흘러나오는 음악이며 라디오 등 갖가지 소리들이 친구가 되어 주고 있었다.

What do you want?

문득 떠오른 말을 되뇌었다. 글쎄. 지금은 더 이상 바랄 것이 없었다. 그저 기분이 좋고 모든 것이 수월하게 진행되고 있는 것 같았다. 산책을 위해 집을 나섰고 공원을 걷고 있는 이 순간이 즐거웠다. 하지만 이런 마음을 허비하고 싶지 않았다. 그 어느 때보다 생각이 자유롭게 움직이고 있는 이 시간에 못내 아쉬운 부분이 있음을 감응했다.

잠시 걸음을 멈췄다. 자리에 서서 골똘히 생각을 하던 민준은 주머니에서 핸드폰을 꺼내 들었다. 웹브라우저를 작동시켜 공항 출도착 항공편 조회 웹사이트를 검색했다. 그리고는 인천공항과 김포공항을 통해 들어오는 후쿠오카발 항공편을 조회해 보았다. 김포공항에는 항공편이 없었고 인천공항에는 앞으로 약 45분 후 도착 예정인 항공편이 있었다. 민준은 지갑을 꺼내 교통카드가 있는지 확인한 후 가장 가까운 버스 정류장으로 향했다.

고객님 뵈러 한 번 가 볼까.

평소 계획하지 않은 일은 좀처럼 하지 않는 민준이었다. 그래서인지 지금의 상황이 재미있었다. 오래 기다리지 않고 정류장으로 들어온 버스에 올라탄 민준은 자리에 앉아 창문을 열었다. 시원하게 들어오는 바람을 얼굴로 맞으며 어린 시절 추억을 떠올렸다. 지금의 모습은 흡사 어른들 몰래 장난이라도 치러 가는 어린아이 같았다.

어린 시절 살던 아파트 옆에는 아무도 사용하지 않는 큼직한 공터가 있었다. 지금 그 자리에는 아파트 단지가 들어섰지만, 당시만 해도 커다란 돌멩이들과 잡초가 무성한 곳이었다. 민준은 종종 친구들과 함께 그곳으로 불장난을 하러 가곤 했다. 딱히 목적도 이유도 없었던 그런 장난을 위해서 민준과 친구들은 곳곳에서 모은 나뭇조각과 종이들 그리고 그 외의 갖가지 탈 것들을 준비했다. 라이터는 구할 엄두가 나지 않았다. 그랬기에 집에 있던 성냥은 그들의 필수 준비물이었다. 종이에 불을 붙여 나뭇가지에 가져다 대기를 열댓 번 하고 나면 작게나마 불이 옮겨붙었다. 그렇게 불이 옮겨붙은 나뭇가지를 여러 개 모으면 캠프파이어라도 하는 것 같은 멋진 모양새가 갖추어졌다.

노래를 부르거나 수건돌리기를 하는 것도 아니고 그 위에 음식을 만들어 먹는 것도 아니었지만, 그 자체만으로도 즐거웠던 기억이 아직도 생생했다. 불장난을 하면 잘 때 오줌 싼다는 어른들의 말에 걱정이 되긴 했지만, 이보다 스릴 있고 오감을 자극하는 놀잇감은 없었다. 다만 불이 금세 꺼졌기 때문에 그 불을 유지하려면 끊임없이 탈 것을 구해와야 했고, 결국 탈 것을 충분히 구하지 못해 불이 완전히 꺼지면 그 날의 불장난도 막을 내리곤 했다.

지금 또한 불장난과 다를 것이 없었다. 승미를 만나기 위해 공항에 가고 있긴 하지만 이유도 목적도 없었다. 단지 그런 하나의 일을 해 봄으로써 민준은 직접 답하고 있었다. 하고 싶은 것이 무엇인가라는 질문에 대하여.

밤 시간이라 한산한 고속도로를 20여 분간 달려 공항에 도착했다. 공항 1층 화장실에 잠시 들렀다가 민준은 화들짝 놀랐다. 허름하기 짝이 없는 옷차림새 때문이었다. 산책 복장은 늘 똑같았다. 몇 해 전 한강으로 마라톤 구경을 갔다가 얼떨결에 얻은 참가 선수용 노란 형광색 티셔츠, 몇 년 전 중국에 갔다가 길거리에서 3천 원가량 주고 구입한 짝퉁 아디다스 트레이닝 바지, 그리고 색이 바랠 대로 바래버린 나이키 런닝화가 전부였다. 이 세상 그 어느 복장보다 편했다. 하지만 아무래도 공항에서 입고 다닐 만한 옷은 아니었다.

이 복장으로는 공항을 돌아다녀 봤자 주위의 시선만 끌 뿐이었다. 혹시라도 동료직원을 마주치기라도 한다면 상당히 민망할 것이다. 민준은 급히 직원 로커로 향했다. 늦은 시간이라 로커에는 아무도 없다시피 했다. 휴게실에는 TV를 보다 잠들어 있는 직원이 한 명 있었고, 새벽 근무를 앞뒀는지 수면실에서 자고 있는 직원이 두세 명 있었다. 민준은 조용히 자기 로커로 가서 옷을 갈아입었다.

이게 무슨 난리인가.

하지만 처음 해 보는 장난 같은 이런 행동이 흥미진진하게 느껴졌음은 확실했다. 미소가 입가를 떠날 줄 몰랐다. 옷을 다 갈아입고 나니 낮 시간 탑승 수속 카운터에서 근무하던 자신의 모습이 떠올랐다.

하지만 지금은 일하러 온 것이 아니란 말이지. 장난기 가득한 표정으로 로커에 달린 거울을 바라보았다. 영락없는 초등학생 꼬마의 표정이었다. 유니폼 넥타이를 말끔히 정리한 후 직원 로커를 빠져나왔다. 시간을 보니 승미가 탔을 항공편의 도착 예정 시간까지 약 5분 정도가 남아 있었다.

민준은 직원 출입구를 통해 면세구역으로 들어갔다. 경비가 삼엄한 곳이지만 업무상 목적이 아님을 알 리 없는 보안직원은 여느 항공사 직원을 대하듯 민준을 통과시켰다. 항공사 유니폼에 사원증과 공항 보안허가증을 패용하고 있는 직원을 막을 이유가 없었다.

승미가 내릴 탑승구 쪽으로 가 보고 싶었다. 심장이 좀 더 빨리 뛰기 시작했다. 아마 약간 겁이 난 모양이었다. 업무를 위해서라면 하루에도 몇 번씩 들어갔다 나오는 면세구역이었지만, 이렇게 개인 용도로, 그것도 아무런 이유도 목적도 없는 장난스러운 마음으로 들어가 본 적은 없었다. 낯설다는 것은 곧 두려움이었다. 두려움을 이겨 내면 곧 익숙함으로 바뀔 것이다. 그리고 겁먹었던 마음도 편해질 것이다. 그러나 그 과정이 쉽지 않았다.

후쿠오카발 항공기가 들어오는 탑승구 번호를 예상할 수 없었다. 공항 사정에 따라 실시간으로 바뀌기 때문에 따로 정해진 탑승구가 없었다. 확인해 볼 방도는 있다. 출입국 부서에 문의하면 될 일이다. 그러나 업무의 영역까지 일을 벌이고 싶지는 않았다. 어쩔 수 없이 민준은 계획 일부를 포기했다. 탑승구가 아닌 입국장으로 나가 승미를 만나기로 했다.

민준은 리스크 관리에 있어 철저하고 싶었다. 낯선 대상에 대한 두려움을 이겨 내려는 용기 있는 행보 이면에는 신중하게 설계된 범퍼가 필요했다. 범퍼는 혹시라도 그 움직임에 문제가 생겼을 때 바로 대안을 제시할 수 있는 힘을 지녀야 했다. 그렇지 않으면 그건 용기가 아닌 무모함에 불과했다. 하지만 이번에는 범퍼가 없었다. 못내 아쉬움이 들었다. 그럼에도 불구하고 이런 식의 계획 포기는 전혀 낯선 것이 아니었다. 몸과 마음엔 이미 익숙한 상황이다.

입국장으로 내려가는 길에 다른 직원들과 눈이 마주칠까 싶어 민준은 핸드폰을 귀에 대고 통화를 하는 척 혼자 중얼거리며 걸어갔다. 좌우로 시선을 돌려가며 걸음을 재촉했다. 후쿠오카발 항공기의 도착 현황을 보니 이미 착륙한 상태였다. 승미가 짐을 따로 맡겼다면 조금 더 시간이 걸릴 것이고 아니라면 공항이 한산했기 때문에 금방 입국장으로 나올 것이다. 시간이 임박해지자 생각이 급해졌다.

막상 오긴 왔는데 만나면 뭐라고 하지. 일단 고맙다고 말을 하자. 특별히 잘해 드린 것도 없는데, 그리고 VOC에 칭찬 글 쓰기도 번거로웠을 텐데 그렇게까지 해 줘서 정말 고맙다고. 그런 다음엔. 아차. 내가 지금 여기 있는 이유부터 이야기해야 할까? 근무 중이었는데 마침 좀 전에 끝났다고 할까? 아냐. 원래 근무는 아까 끝났는데 만났다가 가려고 지금까지 기다렸다고 할까. 아니면 뭐라고 이야기하지? 맞다. 문자 못 보낸 이유도 이야기해야겠구나.

마중객들이 모여 있는 입국장까지 다다랐을 때 핸드폰 진동이 울렸다. 한참 생각에 빠져 있으면서도 여전히 어색한 통화 중 연기를 이어가던 민준은 화들짝 놀랐다. 승미의 전화였다.

주변을 슬쩍 돌아본 민준은 통화 버튼을 터치한 후 아무 일 없다는 듯 말했다.

"여보세요?"

누가 들어도 사무적이며 꽤나 여유 있는 목소리. 방금 전까지의 행동과 생각들은 전혀 알아챌 수 없는 자연스러운 목소리였다.

"박민준 씨 핸드폰 맞나요?"
"네. 맞습니다. 이승미 고객님이시죠?"

"맞아요. 방금 한국 도착했어요. 지금 혹시 공항이세요?"

마침 안내 방송이 나오기 시작했다. 입국장에서는 불법 영업 택시에 대한 안내 방송을 수시로 내보내곤 했는데 민준은 그 방송 소리를 아주 약간의 시간 차를 두고 핸드폰 너머로도 들을 수 있었다. 승미도 아마 똑같이 그 방송 소리를 양쪽으로 듣고 있을 터였다.

"아직 근무 중이세요?"

승미가 먼저 민준의 위치를 알아챈 듯 물어보았다.

"아…. 그렇죠. 지금 제가 근무 중입니다. 저녁 시간 근무네요."
"그러시구나. 그럼 언제 퇴근하세요? 저는 곧 나갈 듯해요. 짐 부친 것도 없으니 바로 나가겠죠?"
"이제 곧 퇴근합니다. 제가 고객님 있는 쪽으로 잠시 가 볼까 하는데요."
"어머! 그러세요? 잘됐다. 그럼 제가 짐 찾고 나가서 다시 전화 드릴게요."
"네. 저도 고객님 나오시는 방향으로 가고 있겠습니다."

승미의 말대로 차라리 잘됐다. 아무런 사전 연락 없이 승미를 찾아 나섰다면 퍽이나 당황했을 것이다. 근무 중에 생각이 나서 와 봤다고 둘러댈 수는 있겠지만, 가족이나 친구도 아닌 항공사 수속 직원이라면 의아하게 여겼을 것이다.

밝고 명랑했던 승미의 얼굴이 떠올랐다. 그러자 몸에 약간의 긴장감이 느껴졌다. 민준은 급히 화장실로 향했다. 비누로 깨끗하게 손을 씻고 거울에 비친 자신의 모습을 점검했다. 집에서 샤워를 한 후에 나온 터라 머리가 붕 떠 있었다. 산책을 하며 바람을 많이 맞은 탓도 있었다. 하지만 자연스러우면서도 나름 삐쭉삐쭉 튀어나온 머리카락이 일부러 연출한 듯 보이기도 했다. 의도치 않게 평소보다 세련되어 보이는 스스로를 보며 민준은 기분이 한층 좋아졌다. TV 광고에 나오는 모델들처럼 손바닥으로 얼굴을 톡톡 두드렸다. 그리고는 소리가 크게 나지 않을 정도로 박수를 한 번 쳤다. 양손 깍지를 끼고 힘을 잔뜩 줘 보았다. 손가락 마디마디에서 기분 좋은 시원함이 느껴졌다.

새로운 일을 맞이하는 것이 이렇게 신날 줄이야.

앞으로 이렇게 즐겁고 새로운 일을 직접 만들어 나갈 수 있을 것이란 믿음이 생겼다. What do you want 질문이 힘을 보태 줄 것이다.

주머니 속에서 핸드폰 진동이 울렸다. 전화를 받는 대신 빠른 걸음으로 화장실 밖을 향해 나갔다. 그리고 저 멀리서 전화를 걸고 있는 승미의 모습을 어렵지 않게 찾을 수 있었다.

유체이탈

"뭐예요. 그래서 결국 문자 하는 걸 까먹었다는 거예요? 하하하. 너무 웃겨요."

큰 소리로 웃으며 어이가 없다는 듯이 승미가 말했다. 밤 11시가 넘은 시간임에도 공항 1층에 위치한 24시간 맥도날드에는 사람이 많이 있었다. 호탕한 웃음소리에 환승객으로 보이는 외국인들이 흠칫 민준과 승미를 쳐다봤다.

"정말 죄송합니다. 고객님 가시고 나서 제가 정신만 잘 차리고 있었어도 됐는데. 저희 업무가 보기보다 좀 상세한 편입니다. 민감한 부분도 여럿 있고요."

"사실 저도 잘 모르는 사람한테 연락처 달라고 해 본 건 처음이었어요. 하지만 혼자 여행 다녀 본 적이 없다고 하시니 제 첫 해외여행 이야기를 같이 나눠 볼까 하는 마음이 들었어요. 그런 제 제안이 엄청난 실례가 될 뻔했네요."

"실례라뇨. 제가 부족한 탓입니다."

민준은 머쓱한 웃음을 지어 보였다. 앞에 놓인 아이스크림이 조금씩 녹는 것 같아 파묻혀 있던 스푼을 꺼내 입으로 가져갔다. 달달하고 부드러운 우유 향이 입안에 퍼졌다.

"그나저나 더 맛있는 걸 사 드려야 하는데 지금 가장 드시고 싶은 게 아이스크림이라고 하시니까 어쩔 수 없네요."

"일본에서 아이스크림 먹고 싶었는데 너무 비싸서 못 먹었지 뭐예요. 자그마치 삼백오십 엔이었어요."

"비싸네요. 어서 드세요."

"혼자 다니는 게 익숙하지 않아서 그런지 여행 내내 너무 외로웠어요. 묵언 수행하는 줄 알았다니깐요. 그래서 잠깐 앉아 있다가 가자고 말씀드린 거예요."

"저도 근무하면서 지루했는데 잘됐죠. 일본은 며칠 동안 계셨어요?"

"5일이요. 길진 않았는데 제가 일본어는 아예 하지를 못해서 그 누구와도 대화를 할 수 없더라고요."

"독일여행 때는 괜찮으셨나 보죠?"

"그땐 워낙 저 스스로도 여유가 없다 보니까 크게 외롭거나 하지는 않았어요. 그저 길 잃을까 봐 늘 긴장하고 있었거든요. 게다가 그쪽에서는 저한테 말 걸어오는 사람들도 꽤 많았어요."

"독일 사람들은 좀 보수적이라고 들었는데 고객님 가셨을 땐 그렇지 않았나 보네요?"

"근데 보면 남자들만 와서 말 걸어오고…. 좀 수상쩍었어요. 근데요. 죄송한데 저희 호칭 좀 바꾸면 안 될까요?"

장난기 섞인 눈웃음을 지으며 승미가 말했다. 아무래도 '고객'이라는 칭호가 부담스러웠던 모양이었다. 민준의 말투가 워낙 사무적인 탓도 있었을 것이다.

"저로서는 어디까지나 회사 고객님이시니까…."

"그런가? 그래도 젊은 사람들끼리는 편하게 해도 되잖아요. 친구처럼. 사적인 관계라고 하기는 좀 표현이 그렇지만 공적인 관계는 아닌. 뭐, 그런 거요."

발랄하지만 부드러운 억양의 말투가 설득력 있게 들려왔다. 정작 고객님이란 호칭을 사용하는 건 민준이었지만, 얼핏 봐서는 승미가 솜씨 좋은 영업사원이고 민준은 그 영업사원의 말에 설득당하는 클라이언트의 모양새였다.

"원하신다면야…."

"저번 독일은 나름 의미 있는 여행이었어요. 그런데 민준 씨께서 그렇게 고객님, 고객님, 하면서 저에게 잘 안내해 주셔서 너무 감사했답니다. 또 제가 물어보는 거 귀찮은 내색 하나 안 하시면서 잘 도와주셨고요."

"당연히 해야 할 일인데요."

"그래도요. 그래서 감사한 마음에 회사 홈페이지 가서 글 남겼던 거예요. 근데 지금은 민준 씨랑 조금 더 친해지면서 제 여행 다녀온 이야기도 하고, 또 이런저런 이야기도 해 보고 싶고 하네요. 괜찮으시죠?"

"그럼요. 고객…. 아니, 승미 씨."

"너무 어색해하시네요. 혹시 제가 싫으신 건 아니죠? 하하."

유니폼을 입으니 자기도 모르게 말끝마다 '고객님'이란 말이 나왔다. 이놈의 직업병.

"전혀요. 제가 말씀을 좀 편하게 드리는 게 낫겠네요."

"네. 그렇게 해 주세요."

밝게 웃는 모습이 보는 이로 하여금 기분을 좋게 만들었다. 이전에 봤을 때 인상 깊었던 모습, 즉 모성애와 장난기가 적절하게 섞인 바로 그 표정이었다.

"그나저나 나이가 어떻게 되세요?"

"몇 살 같아 보이나요?"

"독일 가던 날 보니까 민준 씨만 혼자 남자여서 유독 튀더라고요. 근데 보아하니 나이도 별로 많지 않으신 것 같았고요. 많아 봐야 나랑 동갑?"

"고객님 86년생이시죠?"

"아니, 숙녀 나이를 그렇게…."

"아! 죄송해요. 여권에 나와 있던 게 기억이 났어요."

"농담이에요. 민준 씨는 그럼 저한테 오빠세요?"

"글쎄요. 고객님과 동갑인 게 편하실까요?"

"그러면 친구 하면 되니까요."

"그렇게 할게요, 그럼. 저도 86년생 하죠, 뭐."

"그럼 저 말 편하게 합니다?"

"네?"

"민준아. 반가워!"

무턱대고 한 손을 내밀며 반말로 이름을 부르는 승미를 보고 있자니 마음이 편해졌다. 웃는 얼굴에 침 못 뱉는다고 민준도 아이스크림 스푼을 내려놓고 그녀에게 손을 내밀어 가벼운 악수를 했다.

"오늘 친구 하나 사귀어 가네요."

"제가 말 놨는데 민준 씨가 말 안 놓으면 제가 나쁜 사람 되잖아요."

억지로 표정을 구겨 가며 승미가 말했다.

"그래. 저 근데 이런 거 정말 잘 못 하는데…."
"친구 사귀는 거?"
"그것도 그렇고. 갑자기 말 놓는 거요. 아니. 말 놓는 거."
"그게 뭐가 어렵니, 한번 해 보면 금방 돼."
"하긴 만난 지 얼마 안 됐으니까 쉽게 시도해 볼 수 있을 것 같기도 하네요. 아니, 같기도 하네."
"진짜 잘 못 하네? 노력해 봐. 알겠지?"
"그래."

이렇게 말하기 좋아하는 사람이 어떻게 혼자 여행을 다녔을까. 둘은 아이스크림을 먹으며 서로가 어디에 사는지, 현재 무슨 일을 하고 있는지에 대해 이야기를 나눴다.

"그래서 나 같은 경우엔 탑승 수속이 주 업무야."
"사실 난 그 용어 자체도 잘 몰랐어. 흔히 티켓팅이라고 하던가 아님 수속 밟는다고 말하곤 했는데 그렇게 세분화되는구나?"
"티켓팅이란 말이 굳이 따져 보면 발권, 즉 돈 내고 비행기 표 사는 행위로 볼 수 있어. 그런데 언제부터인지는 모르겠지만 사람들이 그 말을 여기저기 가져다 쓰더라고. 뜻만 통하면 되니까 굳이 정정할 필요는 없지. 하지만 회사에서는 예약, 발권, 수속이 각각 다른 업무로 구분돼."

"현직자는 역시 다르네."

"그냥 내가 하는 일이니까."

"일반 사람들은 그런 거 잘 모르지 않아? 혹시 또 모르지, 나만 몰랐을지도. 처음 독일 가는 거 준비하면서 머리가 터지는 줄 알았다니깐."

"여행 계획 세우느라고?"

"그것도 그렇지만 항공권 끊을 때 하나도 못 알아듣겠는 거야. 예약을 하고 발권을 해야 하는데 그 차이가 뭔지도 모르겠고, 이티켓은 이메일로 줄까? 아님 직접 찾아갈래? 이런 이야기 하는데 사실 이티켓은 또 뭔가 싶었거든. 그 뜻을 알아야 나도 의사결정을 할 거 아냐? 아마 네가 오늘 이야기해 준 것처럼 알려 줬다면 더 수월했을 텐데."

"나도 회사 들어와서야 다 배운 거지, 그 전에는 막연하게 대충 알고 있었던 것 같아. 비행기 타고 해외 갈 일이 그렇게 자주 있는 일은 아니니까."

"일하면서 꽤나 머리 아프겠다."

"이젠 익숙해서 괜찮아."

남들보다 실적 면에서 크게 나은 편이 아니라 항공사 일이 적성에는 잘 맞지 않는다고 이야기 할까 싶었다. 하지만 굳이 부족한 면까지 밝혀 말하기는 싫었다.

"회계사 일은 그럼 완전히 그만둔 거야?"

"지금으로써는."

"그러기 쉽지 않잖아. 왜 그랬어? 혹시 실례가 안 된다면 물어봐도 돼?"

"돈도 잘 벌고 사회적으로도 어느 정도는 대접받는 위치였던 것 같아. 하지만 이야기했듯이 너무 앞만 보고 급하게 달려왔어. 나 스스로를 볼 기회가 없었던 것 같았지. 말했잖아. 내 밑으로도 사람들 많았는데 내가 계속 나이로는 막내였다고."

"능력 있는 거지."

"주변 사람들도 하나같이 다 그렇게 이야기해. 그런데 난 동의하지 못하겠더라."

연신 밝았던 승미의 표정이 사뭇 진지해졌다. 구름같이 산 중턱에 끼는 안개처럼 차분한 기운이 얼굴에 서렸다.

"내 입으로 이런 말 하기가 정말 뭐하지만, 중2부터 고3 때까지 전교 1등을 놓친 적이 없었어. 돌아보면 정말 자랑스러운 일이지. 똑똑한 애들만 모여 있는 서울이었다면 불가능했을 수도 있겠지만, 내 자신에게 부끄럽지 않도록 열심히 공부만 했어. 그래서 대학도 정말 수월하게 내신 성적만 가지고 수시로 합격했고. 나 다니던 고등학교에 큼지막한 플래카드도 걸렸었어. 알지? 입시학원마냥."

"동네 자랑이었겠네. 대단하다 정말."

"울 엄마가 무척 좋아했어. 동네 아줌마들이 나만 보면 부러워했거든. 서울 올라와서 대학생활 하면서도 별다를 건 없었어. 다른 애들은 여기저기 놀러 다니는데 난 도서관에서만 쭉 살았던 것 같아. 노는 데에는 크게 관심이 없었지. 그저 공부 외에는 취미가 없었던 것 같아."

"진짜 모범생이었구나"

"그랬었지…."

웃으며 이야기했지만, 입가의 번진 미소가 어슴푸레 느껴지는 쓸쓸함을 상쇄하진 못했다.

"그러다가 회계사 최종 합격한 선배들 현수막 걸어 주는 걸 봤어. 그게 내 인생을 바꿨지. 나도 저기에 이름을 올려 보고 싶다는 생각이 들었거든. 다른 이유는 없었어. 그냥 내 전공이랑도 맞고 공부에는 나름 자신이 있으니까 도전해 보고 싶었어. 사실 그게 전부였어. 회계사 공부를 시작한 이유는. 그런데 그게 문제였던 것 같아 지금 돌아보면."

"왜? 이유가 불충분했던 거야?"

"말하자면 긴데…. 나 계속 이야기해도 돼?"

벽에 걸려 있던 시계로 슬그머니 시선을 돌리며 승미가 말했다. 한참 이야기에 집중했던 터라 민준은 승미가 시간에 구애받지 않길 원했다.

"조금 늦긴 했지만 이야기를 들어 보고 싶은걸."

"고마워. 그럼 맘 편히 말한다?"

"응."

"1학년 끝나자마자 고시반에 들어갔어. 원래 1, 2학년은 안 받아 주는데 1학년 때 내가 우리 학과 과탑이었거든. 그래서 교수님이 고시반장한테 특별히 부탁해서 들어갈 수 있었어. 그때부터는 정말 졸업할 때까지 밥 먹고 공부만 한 것 같아. 그 흔한 연애 한 번 못 해 보고, 남들 다 가는 MT도 신입생 OT 이후로는 가 본 적 없었어. 여자애들 좋아하는 쇼핑으로 치면 학교에서 가까운 동대문 시장 가서 트레이닝복이나 사 오는 게 전부였다니깐."

"진짜 대단하다. 나로서는 상상도 못 할 일이네. 대학을 고시준비생으로 살았구나. 완전히."

"그래도 고시반에서 나름 제일 인기 많았다? 오빠들이 맨날 밥 사주고 간식 사 주고 하다가 친해지면 꼭 한 학기에 한두 명은 고백하고 그랬어."

"연애를 해 본 적이 없다고 했으니, 당연히 그 선배들은 차였겠네?"

"응. 워낙 사람들이 내 스타일이 아니었을 수도 있고, 괜찮았다 해도 내가 남자에 관심이 없었던 것 같아 그때는."

"불쌍하다. 그분들."

"불쌍하긴. 금방 다른 여자 친구 생기더라. 그렇게 지내다 보니 거의 당연하다시피 난 공인회계사 최종 합격자 명단에 이름을 올렸고 고시반에서 그토록 내가 꿈꿔 왔던 현수막도 만들어 줬어. '회계여신'이라고 써 주고 그랬는데 그땐."

승미는 과거를 회상하듯 잠시 눈을 지그시 감았다. 이목구비가 뚜렷한 얼굴이 한눈에 들어왔다. 화장이라도 조금 짙게 한다면 매우 도시적인 분위기를 풍길 것 같았다. 승미에게 매력을 느꼈다는 남자 선배들의 마음을 십분 이해할 수 있었다.

"오늘 처음 만났지만 내가 아는 사람 중에 가장 엘리트인 것 같아."

민준은 엄지손가락을 치켜세웠다. 승미는 대수롭지 않은 표정을 지으려 노력하는 것 같았지만, 눈동자를 좌우로 한 번씩 이유 없이 돌려보더니 얼굴이 금방 불그스름해졌다.

"그렇게 아는 사람이 적어?"
"많진 않지만 정말 내가 아는 최고의 모범생인 것 같아."
"하하. 그래? 고마워. 하지만…. 문제는 그때부터였어."

승미는 먹다 남아 액체 상태로 녹아 버린 아이스크림을 스푼으로 몇 차례 긁는가 싶더니 스푼을 내려놓았다. 그리고는 등받이에 몸을 깊게 기대며 한숨을 내쉬었다.

"졸업하자마자 우리나라에서 가장 큰 회계 법인에 들어갔어. 그때도 그냥 당연히 가야 한다고 생각해서 별다른 생각 못 하고 갔어. 그리고 한 1년은 정말 정신없었지. 야근에, 주말 근무에, 또 우리 클라이언트들이 서울에만 있는 게 아니니까 수시로 출장 다니고. 그러다가 정신을 차린 거야. 내가 지금 뭐하는 건가. 이러려고 평생을 공부만 하며 살았나? 회계사 공부라는 것이 해 볼 만하다 해서 시작하긴 했는데 지금 이렇게 사는 것이 과연 내가 그동안 공부를 해 온 이유였던가. 이런 생각이 들었던 거지. 우울증까지 왔어. 결국엔."

"우울증?"

승미의 말이 점점 빨라지고 있었다. 가장 최근의 사건인 만큼 쏟아내고 있는 말 속에 담긴 감정의 농도 또한 더 짙어지고 있었다.

"남자애들은 군대 간다고 쳐도, 여자애들은 원래 나랑 비슷한 시기에 졸업해서 직장생활 할 거라 생각했는데 그게 아니더라고. 우리 과 애들 보면 적어도 한두 번은 휴학하고, 어학연수 다녀오고 배낭여행도 다니면서 말 그대로 신나는 대학생활을 했더라. 하지만 나는 그런 경험이라고는 전무했어. 내가 선택한 길이니까 누굴 탓하겠느냐마는. 난 공부만 죽어라 했고 그게 전부였지 뭐야. 하지만 그땐 그게 전부라고 생각했었기 때문에 차마 내 자신을 들여다볼 여유가 없었어. 그저 앞만 바라봤던 거지. 회계사 합격이라는 당시의 목적만 바라봤어."

"그래도 네가 선택한 길도 나름의 보상이 있잖아. 남들이 가지 못하는 길을 가는 너를 오히려 네 친구들은 부러워하지 않을까?"

사실 민준도 대학생활의 여유라든지 또는 낭만이라고 느껴질 만한 그렇다 할 경험은 딱히 해 보지 못했다. 승미의 마음을 일부는 이해할 수 있을 것 같았다. 하지만 미래를 위한 준비에는 각자 길이 다를 수 있다고도 생각했다.

"그럴 수도 있겠지. 회계사 합격했다고 했을 때 같은 전공 애들은 물론이고 다른 과 애들도 정말 많이 부러워했었어. 고시반 사람들이야 말할 필요도 없었고. 그런데 그러면 뭐하니? 직장생활 일이 년 더 일찍 해서 남들보다 돈 좀 조금 더 버는 거. 딱 그뿐인 거야. 내 이름 올라간 현수막은 아주 잠시 학교에 걸렸다가 어느 순간 흔적도 없이 사라지는 거고. 그다음은 말 그대로 현실이었어."

"현실…."

"응. 내가 돈 벌려고 처음부터 공부했던 거라면 목표를 달성했다고 볼 수 있겠지. 계속 이 업계에서 열심히 살다 보면 내가 보기에 돈은 적당히, 아니 적당량 이상으로 따라올 것 같았으니까. 하지만 내가 여자라서 그런 건지, 아니면 원체 공부 외에는 목적 없이 살아서 그런 건지 모르겠지만, 돈은 내 목표가 아니었어."

누가 본다면 가진 자의 풍요였고, 승미 입장에선 그 풍요 속의 빈곤이었다. 어디에 포커스를 맞추느냐에 따라 의견이 극명하게 나뉠 노릇이었다.

"워낙 바쁘니까 돈 쓸 시간이 없어서 통장 잔고가 빵빵해지긴 했지만 그걸로 어쩌라고, 삶이 즐겁지가 않은데. 연애나 자기 하고 싶은 거 하면서 젊음을 불태우던 친구들은 당장 손에 쥔 게 없는 것 같으면서도 나름대로의 인생을 즐기는데 과연 나는 뭐 하고 있나 싶었다니까. 어디 가서 이런 이야기 하면 당연히 욕먹지. 나도 알아. 요즘 경기도 안 좋은데 복에 겨운 소리 하고 있다고 하겠지."

"에이…. 아니야."

"하지만 나는 정말 심각했어. 그러다가 우울증 증세까지 와서 말수도 적어지고 시도 때도 없이 눈물을 흘리는가 하면, 혼자 집에 들어가서 잠자려고 누우면 모든 게 귀찮으니 확 죽어 버릴까 하는 생각까지 들곤 했다니깐."

"마음의 병이라는 게 정말 무섭지. 겉으로 드러나지 않으니 남들이 잘 알아주지 못하는 측면도 있고. 이야기 들어 보니 많이 힘들었겠구나."

"처음 만난 사람한테 내가 별 이야기를 다 한다. 너 어디 가서 이런 이야기 하면 안 된다? 비밀 보장해 줘야 해. 알겠지? 창피하단 말이야."

"내가 어디 가서 이런 이야기를 하겠어. 그런 건 걱정 안 해도 돼. 그리고 그게 뭐가 창피하니."

저 앞에 희미하게 보이는 그 무언가를 쟁취하기 위해 죽어라 공부를 했고, 결국 그에 걸맞은 보상을 받았지만 이내 인생의 권태를 느꼈던 승미의 모습. 민준은 동시대를 살아가는 동반자의 입장에서 이질감과 동질감을 동시에 느꼈다.

"삶의 낙이 없었던 모양이네."

"응. 완전히 맥이 풀렸던 것 같아. 그래서 주말에 집에 내려가서 엄마한테 이런 이야기를 다 하면서 나 우울하다고, 속상하다고 했다? 이야기하는데 눈물도 나오고 해서 몇 차례 펑펑 울기도 했어. 그랬는데 글쎄 울 엄만 뭐라 하는 줄 알아?"

"뭐라 하셨는데?"

"이제 시집갈 때가 돼서 그런다는 거야. 아오! 기가 막혀서 정말!"

민준과 승미는 너나 할 것 없이 허탈한 웃음을 지었다.

"아직 어린데, 벌써?"

"너야 남자니까 아직 아니겠지만, 나는 여자니까 슬슬 준비해야 한다고 생각은 해. 그런데 짧지만 그간 지나온 내 삶이 억울해서 하소연을 하고 있는데 고작 한다는 소리가 결혼이냐고. 기가 막히지 않니? 날 제일 잘 이해해 줄 것 같았던 엄마한테 그런 이야기를 들으니까 더 어이가 없었어."

승미가 자신을 동갑내기 친구로 생각하고 있다는 사실을 상기시켰다. 민준 또한 어느새 그녀를 동갑내기로 생각하고 있는 것 같았다. 아무래도 여자의 정신연령이 남자보다 높다는 데에는 이견이 없을 것 같았다.

"그래서 어떻게 했어?"

"어떻게 하긴 뭘 어떻게 해. 엄마한테 고래고래 소리 지르고는 다시 서울 올라왔지. 하긴 나도 이해는 해. 살면서 남자 친구 한 번 사귀어 본 적이 없었으니까 엄마가 그렇게 이야기를 해 줄 수도 있겠다 싶었어. 하지만 남자한테서 내 인생의 의미를 찾기는 싫었어. 결혼은 결혼이고 나는 나잖아?"

"그러게 의외네. 남자 친구 한 번 안 사귀어 봤다는 게."

"하긴 요즘 그런 애들이 거의 없지?"

"아냐. 남자 친구 없을 수도 있지, 뭐"

"아 참, 넌 여자 친구 있어?"

"아니…."

"다행이다. 여기 동지가 있네!"

승미는 이후로도 자신의 이야기를 이어 갔다. 우울 증세는 나아질 줄을 몰랐고 오히려 나날이 악화되어 위장염에도 걸렸다고 했다. 결국 회사에 휴가를 요청했는데 회사에서는 바쁜 시기에 휴가를 내는 것을 끝내 탐탁스레 여기지 않았다. 본인의 사정을 이야기해도 별로 크게 신경을 쓰지 않는 분위기였다. 사람을 사람으로 보지 않는 것 같은 느낌을 받은 승미는 결국 미련 없이 사표를 내고 회사를 그만두기에 이르렀다. 이때 즈음 부모님께 상의를 드렸는데 예상대로 승미의 결정을 절대로 허락하지 않으셨다. 그도 그럴 것이 승승장구하던 딸이 '그까짓 인생 고민' 때문에 모든 것을 포기하지 않길 바라셨기 때문이었다. 전화비만 한 달에 10만 원이 넘게 나올 정도로 긴 시간에 걸쳐 통화를 하며 부모님을 설득하려 했지만 실패했다. 승미는 결국 부모님 동의 없이 회사를 그만두었다고 했다. 마음이 무거웠지만 더 이상 그렇게 지낼 수 없었다고 승미는 답답했던 심정을 토로했다. 독일로 떠나던 날 핸드폰에 배터리가 없다고 이야기했던 이유도 끈질기게 딸을 설득하려던 어머니의 전화를 피하고자 핸드폰을 꺼 두었기 때문이라고 뒤늦게 고백했다.

"그럼 회사 그만둔 지 얼마 안 된 거네?"
"응. 정확히 독일여행 가기 1주일 전이었어."
"그랬구나."

사실 민준은 고등학교 이후로 부모님의 뜻을 거슬러 어떤 일도 해 본 적이 없었다. 곁길로 간 적이 없었던 민준의 인생에 크게 개입할 필요가 없다고 느끼셨던 탓도 있겠지만, 민준 역시 부모님께서 싫어할 만한 일 같으면 아예 시도할 생각을 하지 않았다. 아마 승미도 그런 스타일의 딸이었을 것이다. 그런 딸의 갑작스러운 결정에 반기를 든다는 건 어찌 보면 당연한 처사였다.

"근데 그 날 공항에서 봤을 때는 하나도 우울해 보이지 않았는데?"
"맞아. 사실 여행 준비하면서 너무 신났더랬어. 마침내 공항에 왔는데 얼마나 기분이 좋던지. 나도 몰랐어. 그렇게 금방 증세가 호전될 줄은. 그날 네가 나한테 기분 좋겠다고 했었지?"
"그랬었나?"

"에이, 기억 안 나? 나보고 여행가니까 기분 좋겠다고 했었잖아. 하긴, 손님이 워낙 많으니 기억 안 날 수도 있겠다."

"기억나는 것 같아. 그날 표정이 정말 밝았던 것 같아."

"그렇지? 나 그때 정말 기분 좋았거든. 내 생애 첫 해외여행이라. 공부 이외에 다른 것을 그렇게 재밌게 준비해 본 적은 처음이었어. 엄마아빠도 이런 날 이해해 줬더라면 더 좋았겠지만 끝내 아쉽긴 했지. 그런데 독일에 가서 있는데 이메일로 엄마아빠가 쓴 편지가 도착했어. 알고 보니 동생이 도와드렸던 건데 내가 전화로 연락이 안 되니까 이메일로 연락하셨더라고. 그토록 반대하시더니 이메일로는 미안하다 네 마음을 이해 못 해 줘서, 하지만 정말 네가 원한다면 회사 그만두고라도 잠시 쉬면서 잘 생각해 보길 바란다. 그래서 진정으로 행복한 길을 찾아가는 게 엄마아빠한테 더 효도하는 거다. 이렇게 말해 주셨어."

"우와…. 정말?"

"응! 대박이지? 완전 의외였지만 또 한편으로는 너무 감동이었어, 나한테는. 마지막에 믿는다. 우리 딸! 하는데 게스트하우스에서 펑펑 울었지 뭐야."

당시가 생생하게 떠올랐는지 승미의 눈에 눈물이 맺혔다. 자녀가 행복하길 바라는 마음은 그 어느 부모나 매한가지일 것이었다. 하지만 각자가 추구하는 행복에 도달하기 위한 방법에는 차이가 있었을 것이기에 그 간극을 좁혀 나가는 것이 쉬운 일이 아니었다.

“벌써 시간이 이렇게 됐네?”

승미가 시계를 쳐다보며 이야기했다. 시간은 정확히 12시를 지나고 있었다. 민준은 다음날 새벽 근무였다. 아니, 정확히 말하면 그 당일 자 새벽 근무였다. 지금 바로 누워서 잔다고 하더라도 5시간도 못 자고 일어나야 했다. 하지만 승미만 괜찮다면 이야기를 계속 들을 수 있을 것 같았다. 가슴을 열고 털어놓는 이런 이야기들은 말 그대로 특별했고 무엇보다도 뜨거웠다. 정제되지 않은 솔직한 이야기. 지금이 아니면 그런 뜨거운 이야기를 들을 기회가 다신 오지 않을 것 같았다.

“많이 늦었네. 집에는 어떻게 가? 버스나 지하철은 이제 다 끊겼을 텐데?”

“주차장에 차 가져다 놨어. 경차라서 할인되더라고.”

“그랬구나. 다행이다.”

“너는? 일찍 들어가야 하는 거 아냐? 나야 백수지만 너는 내일도 일하는 거 아니니?”

“상관없을 것 같아. 그래도 걱정해 줘서 고맙네.”

“그럼 조금만 더 있다가 들어가자.”

“그럴까.”

“사실 난 일본에서 관광보다는 쉬는 느낌으로 있다가 와서 그런지 하나도 피곤하지가 않아. 그렇지만 너는 하루 종일 근무했을 거 아니니. 그래서 좀 걱정이 된 건데, 네가 괜찮다고 네 입으로 말했다? 그치?”

"그럼. 괜찮다니까."

다른 날보다 피곤한 상태로 근무하게 될 것은 분명했다. 하지만 조금이나마 더 승미의 이야기를 듣고 싶었고 그렇게 자신의 이야기를 솔직하게 털어놓는 승미에게 고마움을 느꼈다. 누군가 나에게 마음을 열어놓고 있음을 알게 된다는 것은 생각 이상으로 기분 좋은 일이었다.

"그런데 왜 이번엔 관광 안 했어? 볼 게 없었나? 난 일본 갔을 때 여기저기 돌아다니느라 바빴었는데."

"사실 독일 갔을 때는 관광 위주로 시간을 보냈어. 한국에서 가져간 관광 안내 책자를 손에서 놓지 않을 정도로 계속 어딘가 찾아다녔지. 그게 나쁜 건 아닌데 그러다 보니 혼자 생각하며 여유 있게 시간을 보내기가 힘들더라고. 그래서 이번 일본여행에서는 그러지 말아야겠다 싶었어. 일부러 기차 타고 다니는 시간도 일정에 넣어 보려고 갈 때는 오사카로, 올 때는 후쿠오카로 비행기 표도 예매했어."

"여전히 철두철미하구나. 그러면 고객님, 혼자 다니는 여행이 어땠는지 이야기 좀 해 주시겠어요?"

"맞다. 그 이야기 해 주려고 했던 거였지."

민준은 고개를 끄덕였다. 이제 곧 새로운 라운드가 시작될 찰나였다. 잔뜩 기대되는 순간이었다. 하지만 승미는 오히려 한층 더 차분해졌다. 혹시 또 무슨 안 좋은 일이 있었던 게 아닌가 걱정이 되었다.

"글쎄…. 솔직히 이야기하면 정말 뭐 특별한 일은 없었던 것 같아. 내가 혼자 여행을 떠났던 건 순전히 그동안 앞만 보고 달려온 내 자신에게 부여하는 일종의 보상이랄까, 그런 의미였는데 딱히 무언가를 얻는다거나 하는 결론은 못 내렸던 것 같아. 적어도 나는 그랬어. 왜 영화나 드라마 같은데 보면 '여행을 하며 자기 자신을 찾아간다'는 그런 말들 하잖아? 사실 그게 어떤 건지는 나도 아직 잘 모르겠어."

"그냥 무의미했던 시간이었다는 거야? 그렇진 않았을 텐데."

"그건 아니지만…. 한 가지 재밌는 생각이 들긴 했어."

"그게 뭔데?"

"오사카에서 사람 많고 잘 알려진 곳으로만 구경 다니다가 아무런 생각 없이 인적이 드문 작은 골목길로 들어가 봤어. 작은 가정집들이 오밀조밀 모여 있어서 참 예뻤어. 사진도 찍고 지나가는 사람이 있으면 목례로 짧은 인사도 하면서 나만의 관광을 즐겼었지."

승미의 이야기를 들으니 오사카 시내 변두리 주택가의 좁은 골목길이 머릿속에 그려지는 것 같았다.

"근데 저 멀리서 꼬마 아이들이 놀고 있는 모습이 보이더라고. 그래서 방해 안 되게 조금 멀찌감치 서서 그 아이들 노는 모습을 지켜봤어. 너무 귀엽더라. 한참 보고 있었는데 문득 이런 생각이 들었어."

"무슨 생각?"

"여기 이렇게 낯선 곳에 와 있는 나의 모습이 어찌 보면 너무나 신기한 일이다. 불과 비행기로 한 시간 반 거리에 있는 이곳. 정말 낯설고 모든 게 새롭기만 한 곳인데, 이곳에 내가 이렇게 서서 동네 아이들 노는 모습을 바라보며 있다니. 뭐 대충 이런 느낌. 좀 엉뚱하지? 별생각 아닌데 말이야."

민준은 말없이 고개를 끄덕였다. 때론 나라는 사람의 존재 자체가 신비롭게 여겨질 때가 있었다. 물리적인 형태로 존재하는 이 모습 안에, 신의 영역을 넘나드는 영과 혼의 모습이 존재했고, 그 각각이 지닌 차원 또는 관점의 불일치가 만들어 내는 놀랍도록 신비로운 조화가 늘 존재했다. 아마 그런 이야기를 하려는 것 같았다.

"그러면서 또 이런 생각이 들었어. 낯선 환경 속을 거닐고 있는 그 시간, 나는 오사카의 한 골목길에서 아이들이 뛰노는 모습을 보고 있었잖아? 인자한 미소를 입가에 지으면서? 그런데 그와 동시에 이곳 한국에서는, 또 다른 내가 여전히 회계사 일을 하고 있는 것 같았어. 실제로 나는 일본에 있었지만 내 머릿속에서나마 나, 이승미라는 사람은 서울에 그대로 여전히 남아 있었던 거지. 하지만 그것 또한 나였어. 그래서 나는 그 사람의 말과 행동 그리고 생각을 훤히 들여다볼 수 있었어. 내가, 아니 그 이승미라는 사람이 속해 있는 여러 가지 환경도 다 볼 수 있었어. 내가 아닌 다른 사람의 관점에서 날 바라볼 수 있었다는 거야. 무슨 말인지 이해가 돼?"

"유체이탈이야?"

"유체이탈? 그게 그렇게 볼 수도 있을까? 그렇게 해서 이해가 된다면 그렇게 봐도 되겠다."

"무슨 말인지 알 것 같지만 그러면서도 어려운걸?"

"굳이 이해하려 하지 않아도 돼. 하지만 그러다 보니 그동안 내가 살아온 모습이 좀 더 잘 보였어. 내 작은 몸 안에서는 내 스스로가 잘 안 보이잖아. 그러다 보니 과연 내가 어떤 사람인지 나 스스로도 잘 몰랐는데 이번에는 아니었어. 나 스스로를 좀 더 잘 볼 수 있는 시간을 가지고 왔던 것 같아."

"아…. 그게 그렇게 되는구나."

"너도 해 볼 수 있을 거야. 하지만 그러려면 현실에서 잠시 벗어나 있어야 할 것 같다는 생각이야. 내가 그랬듯이. 독일여행 때는 그런 생각을 할 여유가 없었어. 독일 다녀와서도 혼자 일주일 동안 강원도 산골마을에 가서 지내다 왔거든. 그때도 이런 건 잘 몰랐어. 그저 산 공기 마시는 즐거움에 푹 빠져 있었지. 이 이야기도 나중에 기회 되면 해줄게. 산속에서 사는 게 얼마나 좋은지 몰라. 하지만 이번 일본여행에서는, 뭐랄까, 마음의 여유가 좀 생겼다고 해야 할까? 마음이 좀 비워진 느낌이었어. 한국에서 열심히 바둥거렸던 내 모습을 그렇게 보고 나서는."

궁금했다. 한 개인이 자기 자신의 모습을 철저하게 객관적으로 바라보기가 얼마나 힘들던가. 회식이 끝나고 집에 가고 싶어 하는 자신의 의지를 확인하는 데에도 몇 번의 과정을 거쳐야만 했던 기억이 떠올랐다. 온전한 하나의 개인으로 존재하지 못하고, 세상이 오랜 시간 가르쳐 준 다양한 가치들에 여러 번 물이 들어 있었다. 그래서 본디 고유한 색이 무엇이었는가를 관찰해 내기가 결코 쉽지 않았다.

"그래서 그런 네 모습을 보고는 무슨 결론을 내렸어?"

"결론? 글쎄. 그런 건 없어 아직. 다만 나라는 사람에 대해서 조금씩 더 알아 가는 중인 것 같아. 왜, 사람과 사람이 만나면 시간을 두고 서로에 대해 차차 알아 가게 되잖니? 지금 그 과정을 겪는 게 아닐까 싶어."

"이승미라는 사람이 이승미라는 자기 자신을 만났다. 그리고 서서히 조금씩 더 알아 가게 되고 있다. 그 말인가?"

"빙고."

승미는 눈이 감길 정도로 밝게 웃어 보였다.

보통 새벽 근무를 앞둔 날은 특별한 경우를 제외하고 무슨 일이 있어도 10시 30분에서 11시 사이에 잠에 들곤 했다. 하지만 오늘은 계획하지 않았던 일탈에 몸을 맡긴 채, 마치 삶의 마지막이라도 되는 양 그 순간을 즐기고 있었다. 일상과 다른 지금의 모습이 야기한 불안한 기운에 귀가를 서둘러야 한다는 생각이 간혹 들긴 했다. 그래도 현재가 안겨다 주는 즐거움이 더 컸다.

날이 좋은 어느 날, 처음 봐서 낯설지만 아름답고 정겨운 길을 걸어가는 기분이었다. 다음 골목을 지나면 무엇이 나올지 알 수 없었지만 외롭거나 두려운 마음은 별로 없었다. 다부진 마음으로 길가의 여러 가지를 구경했다. 자극적이지 않아도 눈과 귀 그리고 마음을 즐겁게 해 줄 수 있는 것들이 곳곳에 자리 잡고 있었다. 모르거나 궁금한 것이 있으면 부담 없이 지나가던 마을 주민에게 이것저것 물어볼 수도 있었다. 자늑자늑한 발걸음은 이런 즐거운 나들이를 웬만해선 멈출 생각이 없었다.

오전 1시가 조금 넘어 민준과 승미는 맥도날드에서 빠져나왔다. 공항은 매우 조용했다. 영화 〈바닐라 스카이〉의 텅 빈 도시를 걷는 주인공의 모습이 떠올랐다. 새벽 비행기에 탑승하기 위해 미리 공항에 도착한 여행객들, 환승구역에서 나와 몇 시간 동안 허락된 낯선 곳에서의 자유를 만끽하다 공항으로 돌아온 여행객들, 새벽에 도착하는 여행객들을 다시 내륙으로 인도하기 위해 대기하는 운전기사들. 이들은 공항 곳곳에 위치한 벤치 등에 자리를 잡고 오지 않는 잠을 억지로 청하고 있거나, 재방송이 나오는 공용 TV를 바라보고 있었다.

다음 만남을 기약하고 승미는 공항 1층 입구를 통해 주차장으로 향했다. 장기 주차장에 차를 세워 놓은 그녀는 일본에 가기 전 차 안에 두고 내린 토스트가 다 상했을 거라며 걱정했다. 악취를 내뿜고 있을 상한 토스트가 일상으로의 회귀를 상징하는 아이템일 수도 있을 것이다. 일상에는 우리의 손을 필요로 하는 많은 것들이 늘 기다리고 있었다. 민준에겐 더 무거운 일상이 기다리는 중이었다. 대중교통 수단이 모두 끊겨 버린 시간이라 택시라도 타고 집으로 갈까 했지만 그래 봐야 오래 잠을 잘 수 있는 것도 아니었다. 택시비도 아깝다는 생각이 들었다. 민준은 다시 직원 로커로 향했다. 형광색 티셔츠와 파란 트레이닝복으로 옷을 갈아입은 후 로커 옆에 있는 화장실로 가서 간단히 세수와 양치를 했다. 민준은 거울에 비친 자신의 모습을 유심히 들여다보았다.

내 안의 모습을 타인의 관점에서 살펴본다는 것. 어떤 기분일까.

갑자기 하품이 나왔다. 눈물이 살짝 고였다. 피곤함이 가져다주는 기분 좋은 나른함과 즐거운 시간을 보냈다는 만족감이 함께 찾아왔다. What do you want 질문에 잘 대답하고, 적절히 대응한 자신이 거듭 대견스러웠다.

다시 로커로 향하는 길 복도에서 1층 입국장의 모습이 훤하게 내려다보였다. 낮에 문자 메시지를 보낸 종호 선배가 떠올랐다. 아마 그도 이 위치에 서 있었을 것이다.

민준과 같은 회사 유니폼을 입은 채 공항 이곳저곳을 둘러다 보는 한 남자직원의 모습이 보였다. 180cm가 채 안 되는 적당한 키에 다소 마른 체격, 올렸는지 내렸는지 애매해 보이지만 깔끔해 보이는 헤어스타일, 그리고 선한 인상이 눈에 띄는 그 직원은 공항의 여러 모습을 스스로 재조명하는 시간을 갖고 있었다. 매일같이 근무하는 이곳이 사실은 이렇게 멋진 곳이었구나 생각하며 자부심을 느끼는 중이었다.

안경을 쓰지 않아 보이지 않을 거라 생각했던 그 직원 왼쪽 가슴의 이름표가 선명하게 눈에 들어왔다. 거기엔 매우 익숙한, 민준이 잘 아는 사람의 이름이 적혀 있었다.

벤치마킹

"더위가 한풀 꺾였습니다."

세상 그 어떤 말보다 가장 듣고 싶은 말이었다. 연일 폭염 특보가 이어지고 열사병으로 소중한 생명을 잃는 사람까지 생겨났다. 극성수기 기간에는 미처 몰랐는데 여행객이 점차 줄어들고 근무에 여유가 생겨나면서부터 찜통 같은 더위가 피부로 느껴지기 시작했다.

출퇴근길. 바깥 공기를 쐴 수 있는 시간은 고작 지하철역과 오피스텔 사이의 15분 남짓한 거리를 이동하는 동안이다. 새벽 시간은 그나마 시원한 기운이 돌았고 퇴근할 때도 대부분 피로에 찌들어 있어서인지 크게 더위를 느끼지 못했다. 하지만 근무에 여유가 생기면서 달라졌다. 바람을 쐬러 잠시 지하 구내식당 옆 정원으로 산책을 나가기도 하고, 점심시간을 이용해 다른 직원들과 함께 근처 바닷가에 위치한 칼국숫집에 다녀오기도 했다. 그러다 보니 자연스럽게 8월 중순 여름의 농익은 더위를 느낄 수 있는 기회가 더 잦아졌다.

공항 내부에만 있다 보면 그렇게 시원한 공간은 아니었지만 온도가 늘 일정했기 때문에 바깥의 기온 변화를 크게 느낄 수 없었다. 수속 카운터 내부도 예나 지금이나 공항의 실내보다 온도가 더 높았기 때문에 그저 카운터 안에서라도 시원했으면 하는 바람이 있었을 뿐, 바깥 온도에 크게 좌지우지되는 상황은 아니었다. USB로 전원을 공급받는 미니 선풍기를 카운터에서 사용하는 직원들이 몇 명 있었다. 민준은 그 좁은 공간에 선풍기를 놓으면 업무가 더 복잡해질 것 같아 굳이 그 방법을 선택하지 않았다. 대신 남들이 보지 못하게 유니폼의 일부인 구두를 벗었다 신었다 하고, 틈틈이 무릎 위까지 바지를 걷어 올려 바람이 통할 수 있도록 했다. 나름의 생존법이었다.

매년 그렇지만 여름 성수기 피크 기간은 정말 다시 떠올리기 싫을 정도로 바빴다. 아무리 전 직원이 몸과 마음을 바쳐 수속에 박차를 가해도 탑승객이 만들어 낸 거대한 대기 줄은 쉽게 줄어들지 않았다. 예약률 100%+@. 모든 항공편의 예약이 완료된 상황이었고 오버부킹으로 인한 다양한 상황이 발생하곤 했다. 특별기라도 추가되는 날이면 대기 승객까지 가세해 공항이 더 북적거렸다. 이미 진행 중이라고는 들었지만 현재의 인천공항과 같은, 혹은 그보다 더 큰 규모의 터미널 추가 건

립이 시급하다는 생각이 들 정도로 공항은 여행객들로 가득 찼다.

휴가철 공항을 찾는 사람들은 대부분 해외로 자주 여행을 다니지 않는 여행객들이었다. 해외여행이 처음인 경우도 비일비재했다. 그러다 보니 여행서류를 제대로 챙기지 못한 경우가 평소보다 많았다. 이를 일일이 체크하는 과정은 귀찮다 못해 고통스럽기까지 했다. 대부분이 가족 단위였기 때문에 두세 가족이 함께 뭉친 일행을 맞기라도 하면 한 번에 열댓 개 이상의 여권과 비자를 세밀하게 검토해야 했다.

또한 이들은 당연히 함께 좌석을 배정받고 싶어 했다. 소중한 여행의 추억을 비행기에서부터 함께하고자 하는 마음만은 충분히 이해가 되었다. 하지만 그게 늘 가능한 일은 아니었다. 때문에 좌석배정을 두고 손님과 실랑이를 벌이는 경우가 생기면 정말 마음이 편치 않았다.

민준은 상황을 한눈에 파악하고 민첩하게 일을 처리하는 성격이 못 되었다. 오히려 맞닥뜨린 상황을 세심하게 살피고 차근차근 해결해 나가는 것이 민준의 타고난 천성이었다. 업무에 지장을 줄 정도는 아니라고 스스로를 위로했지만 과연 그럴지는 늘 의문이었다. 그럼에도 그런 꼼꼼함 덕에 아무런 실수 없이 성수기 기간을 보낼 수 있었다. 스스로가 생각하는 작은 성과이자 보람이었다. 하지만 그 누구도 민준의 업무 성과를 인정해 주지 않을 것이다. 남들은 정확하면서도 더욱 신속하게 일을 잘 처리했을 테니 말이다.

승미와 만난 다음 날의 근무는 예상보다 수월했다. 오래된 친구마냥 긴 시간 수다를 떨며 에너지를 충분히 소모했던 탓일까, 직원 로커의 익숙하면서도 낯선 잠자리에서 짧은 시간이나마 숙면을 취할 수 있었다. 이후 민준은 루틴한 일상에 조금이라도 변화를 주는 것이 매우 즐거운 일이 될 수도 있다는 지극히 평범한 사실을 깨닫게 되었다.

이전까지는 삶 속 대부분의 것들이 철저한 계획을 통해서 진행되어야 한다고, 그래야 그것이 가장 합리적인 것이라고 믿어 왔다. 때문에 여러 예기치 못한 변수에 대한 충분한 고려가 선행되어야만 실행 가능한 계획을 세울 수 있다고 믿었다. 그렇게 수립된 계획에 근거하여 생각이 행동으로 옮겨질 때 비로소 최선의 결과가 도출된다고 생각했고 그래야만 마음의 평화도 함께 찾아온다고 생각했다.

하지만 반대로 그렇게 하지 않았을 때, 즉 여러 요인들 중 '자신의 의지'를 제외한 모든 것을 미련 없이 버렸을 때에도, 즉흥적으로 발생된 언행의 결과들이 꽤 괜찮은 편에 속할 수 있다는 사실을 알게 되었다. 비록 그것들이 사전에 잘 계획된 것이 아니었더라도 말이다.

승미를 만난 일뿐만 아니라, 아주 작은 일들에서도 이런 변화를 시도해 봤다. 늘 정해져 있던 지갑 속 카드 위치의 재선정에서부터 카톡 메시지에 답변하는 말의 내용에 이르기까지 아주 자잘한 변화들이 삶 속에서 일어났다.

그런 변화를 일으키는 생각의 토대는 스스로에게 묻는 질문에 대한 답이었다. 이런 일들이 타인에게도 느껴졌는지는 알 길이 없었다. 다만 최근에 들어서 표정이 밝아졌다는 이야기를 종종 듣곤 했다. 연애를 하냐는 질문도 며칠 새 두어 번 받아 보았다. 차분하고 한결같던 민준에게서 한껏 밝은 모습을 본다는 것은 주변인들에게도 즐거운 일이었을 것이다. 그러다 보니 더 이상 민준은 삶에 안주하고 있다는 느낌을 받지 않았다. 커리어 측면에서야 달라진 게 없었지만 조금이나마 자신에게 솔직해져 가는 스스로를 발견할 수 있었다.

하지만 이것을 '만족'이라고 볼 수 있을까라는 질문에는 쉽게 답하기 어려웠다. 다만 늘 먹던 같은 밥상에 처음 보지만 맛있는 반찬이 올라온 느낌이었다. 그 반찬을 앞으로도 계속 맛보고 싶은 바람이 생겼을 뿐 밥상 전체가 바뀌었다거나 하는 그런 대단한 것은 아직 아니었다.

사회적 맥락의 상호작용, 즉 가깝거나 혹은 잘 몰랐던 주변 사람들과의 대화가 삶을 변화시키는 촉매제 역할을 해 왔다는 생각이 든 것은 최근 부쩍 늘어난 소민과의 문자 대화를 통해서였다. 가끔은 자신과 너무 다른 성격과 가치관을 보며 크게 상충되는 것 같다는 생각이 들기도 했다. 하지만 그녀와 문자로 대화를 나눌 때마다 이전에 몰랐던 것을 배워 간다는 느낌을 받게 되었고, 그녀의 생각이 더 일리 있게 여겨지는 상황도 자주 맞닥뜨리게 되었다. 아마 이전 같았으면 '잘 맞지 않는 사람'으로 단정 짓고 아무도 모르게 슬금슬금 피했을 것이다. 하지만 이제는 그렇지 않았다. 오히려 그런 다른 모습들에 대해 더 탐구했다. 그리고 자신과 비교하거나 대조해 봤다.

그러다 보니 무의식적으로 소민을 으레 따라 하는 경우가 생겨나기 시작했다. 따라 한다는 것이 조금은 자존심이 상하는 것 같아 '벤치마킹'이라고 민준은 생각했다. 나름 고민하여 얻은 What do you want에 대한 답이 있는데 그것을 실천으로 옮겨야 할 연결고리가 떠오르지 않는 상황이 종종 생겼다. 그럴 때는 대신 소민이었다면 어떻게 했을까 하고 고민해 봤다. 그 고민을 따라온 답이 '옳다'라고 결론지어지면 맹목적이더라도 그 길을 따르려고 했다.

민준은 고성에게도 더 자주 연락을 시도했다. 물론 잠자는 시간 외에는 늘 일에 매달려 사는 고성이었기 때문에 연락이 쉽게 닿지는 않았다. 하지만 민준이 문자를 남겨 놓으면 고성이 자투리 시간을 이용해 전화를 하는 방식으로 소통의 끈을 이어 갔다. 이래도 저래도 서로 시간이 맞지 않으면 약간의 시간 차가 있더라도 문자 메시지로나마 대화를 이어 나갔다. 문자 메시지 한 번에 길고 복잡한 내용이 오가는 경우도 있었다.

하지만 고성으로부터는 딱히 그렇다 할 벤치마킹의 소재가 없었다. 아마 이야기의 대부분이 일과 관련되었기 때문이 아닐까 싶었다. 최근 회사의 중요한 TF팀에 합류하게 된 고성은 뒤늦게 영어 공부를 하느라

고생이 많다며 자신의 고민을 털어놨다. 공대생 시절 원서 전공서적으로 공부하던 것이 제일 고역이었다던 고성은, 해외 파트너사와 수시로 컨퍼런스 콜을 진행하는 것이 '인생 제2의 위기'라고 했다. 고성은 원어민 과외 선생을 구해 부족한 영어 실력을 주말 동안 보강했다.

민준은 고성에게 최근 자신에게 일어난 변화들, 사실 변화라고 말하기엔 너무나 초라했지만 그런 소소한 일들에 대해 자주 이야기를 꺼냈다. 고성은 잘 지내는 것 같아 부럽다며 말하곤 했지만, 그 변화들에 대해 자세하게 이야기하지는 않았다. 가볍게 이야기할 주제는 아니라고 여겼던 모양이다.

민준은 한 차장과도 이야기를 더 나누어 보고 싶었다. 하지만 술자리가 아닌 그 외의 자리에선 워낙 차갑고 쌀쌀맞은 한 차장이었다. 그런 캐릭터라는 것은 한참 전부터 알고 있었지만 술자리에서 민준에게 했던 말도 제대로 기억하고 있지 못하는 것 같아 내심 섭섭한 마음이 들기도 했다. 이전에 해 주신 말씀에 대해 감사하다는 이야기를 했을 때에도 한 차장은 어리둥절한 표정을 지으며 건성으로 알겠다고 말할 뿐 다른 이야기는 하지 않았다.

민준은 이 외에도 시간이 날 때마다 오랫동안 보지 못한 여러 지인들에게 연락을 시도했다. 오랜만에 연락을 받은 대부분의 사람들이 보인 반응은 거의 다 비슷했다.

결혼하니?

하기야 혼기가 찬 30대 초반의 총각이 오랜만에 지인에게 연락을 하는 이유가 청첩장을 건넬 목적일 가능성이 가장 높긴 했다. 하지만 그건 아직 민준과는 상관없는 이야기였다.

인생의 여러 단편들을 함께 공유했던 형과 누나, 동갑내기 친구들 그리고 동생들에게 전화를 걸어 보기도 하고 문자 메시지를 보내기도 했다. 특별한 목적은 없었다. 가까운 사람들끼리 나눌 법한, 하지만 지극히 개인적일 수 있는 삶에 대한 이야기들을 함께 나누고 싶었을 뿐이었다.

시간이나 거리 등 여건이 허락하면 직접 만나는 경우도 몇 번 있었다. 만남이 성사되면 처음에는 그저 반가운 마음에 여러 가지 표면적인 이야기를 주고받았다. 그간 무얼 하고 지냈으며 하는 일은 어떠하며 결혼은 언제 할 것이냐 등등 인생에 대한 각양각색의 이야기가 오고 갔다. 그러다가 그간 흘러간 세월 간의 괴리가 점차 좁혀질 때 즈음 민준이 '꿈'에 대해, 궁극적으로 무얼 하고 싶으냐는 질문을 꺼내면 대화의 분위기가 한없이 가벼워지곤 했다. 마치 꺼내면 안 되는 이야기, 혹은 꺼내 봐야 소용없는 이야기인 것처럼 그들은 반응했다.

일을 하고 싶어서 하는 사람이 어디 있냐. 그냥 돈 벌려고 하는 거지.

꿈은 은퇴하고 나서나 건드려 봐야 하지 않겠냐. 하루하루가 벼랑 끝이니 지금은 회사 안 잘리고 평범하게 사는 게 내 꿈이다….

모두 맞는 말이었다. 그런 현실적인 꿈을 안 꾸는 게 오히려 이상한 세상이었다. 언제 무너져 내릴지 모르는 불안정한 일상에서 손을 떼기가 쉽지 않았다.

그런가 하면 심각하게 마음속 이야기를 꺼내 놓으며 고민을 토로하는 이들도 있었다. 그들은 자기 인생의 방향키를 움켜쥐고 손아귀 힘을 잃지 않으려 애를 쓰고 있었다. 그 힘은 매우 강력했다. 그 방향이 어떠한가에 대한 판단은, 본인을 제외한 그 누구도 감히 범접할 수 없는 것이기에 가히 신성하다고 볼 수 있었다. 그들 인생의 유일한 주인은 그들 스스로였기 때문이다.

민준의 질문에 적잖게 당황하는 경우도 있었다. 딱히 자신이 생각하는, 혹은 생각해 온 답이 없었기 때문이었을 것이다. 그저 주어진 삶을 수동적으로 살아가고 이 세상이 자신에게 안겨 준 정체성을 하나의 모범답안이라고 여길 뿐, 단 한 번도 그 모범답안의 당위성에 대해서는 심각하게 고민해 보지 않았던 이들이었다. 민준은 이들에게 가장 큰 동질감을 느꼈고 그러는 자신의 모습이 한탄스럽기도 했다.

타인들과의 이런 빈번한 만남과 교류는 생각을 보다 다채롭게 만들어 주는 데 크게 일조했다. 다양한 생각들과 입장에 대한 수용성 또한 키워 볼 수 있었다.

고성은 이런 모습을 가능케 해 준 근래의 가장 첫 번째 인물이었다. 민준은 자신이 안다고 생각했던 고성의 모습뿐 아니라 고성 스스로가 밝히는 겉모습 이면의 새로운 면모들도 여실히 목격하였다. 그러면서 친구를 더 잘 이해하고 가깝게 다가갈 수 있었다. 고성의 마음을 보다 잘 읽고 그의 입장에서 생각해 볼 수 있는 진정한 의미의 공감을 경험할 수 있었다. 이런 과정은 다른 사람들을 만나면서도 마찬가지였다. 상대방이 자신의 속마음을 더 광범위하게 털어놓을수록 민준은 그 너머에 있는 고유한 자아를 조금 더 명확하게 그려 볼 수 있었다.

사실 이전에도 타인과 공감하는 데에는 어려움이 없다고 생각했다. 하지만 이것은 타인에 대한 진정한 이해에서 비롯된 것이 아니었다. 그저 비위를 맞추는 것일 뿐 진정한 공감은 아니었다. 여기에는 민준이 스스로 원하는 바를 배제시킨 채 사고하고 행동하는 그릇된 습관이 크게 작용했었다. 하지만 이제는 스스로가 주체가 되어 있는 여러 미세한 변화의 흐름에 자기 자신을 조심스레 맡기고 있었다. 그 흐름이 눈에 띄지 않을 정도로 굼뜬 면이 있었지만 '진정성'이라는 이전에 없던 것이 더해지고 있었기에 민준은 의미가 있다고 생각했다.

그간의 삶은 마치 밑그림이었고 이제야 뒤늦은 색채 작업을 준비하는 것 같았다. 다양한 색깔의 물감을 팔레트에 짜내며 하루하루가 지나갔다.

붓에 물을 적시고 물감을 적당히 묻힌 다음 도화지 위로 가져가 보는 생각만으로도 이미 매 순간이 보람찼다. 어떤 그림을 그려 나가야 할지 막연했지만 기대가 컸다.

노택

노택*이 발생했다.

처음이었다. 발생할 뻔했던 적은 여러 번 있었다. 하지만 실제로 발생한 것은 처음이었다.

그 손님은 여권을 내놓기도 전에 짐부터 올려놓고 있었다. 펑퍼짐한 검은색 정장 바지에 갈색과 아이보리색이 뒤섞인 골프 티셔츠를 입고 나타난 이 손님. 인상부터가 범상치 않았다. 나이는 그리 많아 보이지 않았지만 검붉은 피부 빛, 이마와 미간 그리고 입가에 깊게 파인 주름살이, 젊어서부터 꽤나 고생했을 법한 인상이었다. 좀처럼 웃는 얼굴이

* 노택(No-Tag): 기내로 반입되지 않는 위탁 수하물이 수하물 표 없이 운반 시스템으로 반입된 상황으로 탑승객 및 목적지 정보가 없는 무주 수하물이 발생된 경우를 일컫는다.

나올 것 같지 않은 날렵한 눈매 역시 보는 사람으로 하여금 아무 이유 없이 긴장하게 만드는 마력을 지니고 있었다.

짐을 올려놓는 내내 땀을 뻘뻘 흘리던 그 손님에게 '여권을 먼저 주시라'고 이야기해 봐야 소용이 없었다. 크기가 각기 다른 누런 색 종이 박스들이 컨베이어 벨트 위에 차곡차곡 쌓아지고 있었다. 벨트 끄트머리에만 간당간당하게 짐이 쌓여지고 있었지만 민준은 일부러 벨트를 이동시키지 않았다. 짐은 그만 올려놓고 자신을 봐 달라는 암묵적 의사 표시였다. 하지만 이 승객은 끝내 벨트 위로 발을 딛고 직접 올라와 나머지 짐을 올려놓았다. 턱밑으로 흐르는 땀을 닦으며 첫마디를 건넸다.

"휴. 이거 초과요금 얼마나 나오려나?"

혼잣말인지 아니면 상대에게 던지는 질문인지 알 수 없는 애매한 말투. 수속 직원과 나눈 첫마디치고는 상당히 까칠한 억양이었다. 누가 뭐라 하든지 자긴 할 만큼 했으니 더 이상 귀찮게 하지 말라는 으름장을 놓는 것 같기도 했다. 그래도 초과요금이 발생되는 걸 사전에 알고 있었다는 사실로도 직원 입장에서는 다행으로 여길 만했다.

위탁하는 수하물, 즉 흔히 우리가 말하는 부치는 짐은 한 번에 한 개씩만 컨베이어 벨트 위에 올려놓아야 한다. 그래야만 수하물 검사를 각 짐 단위로 할 수 있었기 때문이다. 하지만 이 고객은 여러 개의 박스를 층층이 쌓아 놓고 기세당당하게 카운터 앞에 서 있었다. 민준은 우선 목적지와 발권 내역에 맞는 무료 수하물 허용량을 확인해야 하니 여권을 달라고 공손히 말했다. 하지만 손님은 버럭 짜증부터 냈다.

"이번에도 배보다 배꼽이 크면 이 망할 놈의 항공사 비행기 다신 안 탈 거야!"

옆 카운터에 앉아 있던 윤혜미 대리는 흘끔흘끔 민준의 카운터를 바라보며 손님 눈치를 보고 있었다. 결국 승객은 민준과 10여 분이 넘도록 실랑이를 벌였다. 초과요금이 너무 비싸다는 것이다. 그래도 규정은 규정인지라 초과 수하물 요금을 깎아 줄 수는 없었다. 결국 초과요금을 내기로 간신히 합의 아닌 합의를 보았지만 진짜 문제는 지금부터였다.

항공권과 여권 그리고 겹겹이 붙여 놓은 여러 장의 수하물 표를 손님에게 건네주며 수하물의 개수를 확인하는데 손님이 화들짝 놀라며 말했다.

"어라. 난 박스 여덟 개 가져왔는데?"
"네? 그렇습니까? 그런데요, 손님. 아까 짐 일곱 개냐고 여쭤 보니까 그렇다고 하지 않으셨나요?"
"내가 언제? 내가 내 짐 몇 개인지도 모르겠어? 이 사람 뭐하자는 거야!"

줄곧 반말과 존댓말을 섞어 가며 말하던 이 고객은 이제 완전한 반말로 목소리를 높였다. 대기 줄과 옆 카운터에 서 있던 손님들은 물론 다른 동료직원들도 깜짝 놀라 민준의 카운터를 바라봤다.

"그런 말씀이 아니라, 저도 아까 짐을 확실히 세어 봤고…."
"뭐라는 거야? 내가 가져온 박스는 총 여덟 개라고!"

소리를 높이는 수준을 넘어 절규하듯 자신의 짐 개수를 외쳐 대는 고객 앞에서 민준은 평정심을 지키려 애를 썼다. 가슴이 두근두근 뛰었지만 침착해야 했다. 고객의 페이스에 말려 들어가면 모든 게 흐트러질 것이다.

생각하자. 지금 가장 중요한 문제는 고객의 고압적 태도가 아닌, 수속 과정상에 발생된 문제를 확인하는 것이다.

"알겠습니다. 그런데 아까 중간에 끼인 박스 두 개가 하나로 묶인 거냐고 제가 여쭤 봤을 때 그렇다고 말씀하시지 않으셨나요? 그거 포함해서 총 여덟 개라는 말씀이신가요, 혹시?"
"언제? 아…. 그때…."

살짝 누그러지는 고객의 말투에 안도감을 느꼈다. 천만다행이다. 승객이 벨트 위에 올려놓은 짐들 중에는 박스 두 개가 테이프로 서로 묶여 있던 짐이 있었다. 그 모습을 민준은 기억할 수 있었다. 확실히 일을 처리하고자 승객의 확인을 받기도 했다. 만일 그 박스 두 개가 각각의 짐으로 운반될 것이라면 총 여덟 개가 맞지만, 그 짐은 서로 같이 붙어 있는 것이 분명했다. 누런색 비닐 테이프가 분명, 함께 밀착되어 있던 두 개의 박스 틈을 가로질러 붙여져 있었다. 그 테이프는 서로 다른 두 개의 박스를 하나로 만드는 역할을 하고 있음이 분명했다.

개수 파악을 위해 층층이 쌓여 있던 박스들을 다시 모두 내려놓으라고 한다면 노발대발 성을 낼 것이 분명했다. 그래서 직접 '이 박스 두 개는 서로 묶여 있는 것입니까?' 하고 물어봤던 기억을 민준은 분명 가지고 있었다. 고객은 '네'라고 짧고 확실하게 대답했다. 하지만 기억은 어디까지나 주관적일 뿐이다.

"내가 묶여 있다고 했다고? 언제?"

누그러질 것 같던 말투는 어디 가고 다시 민준의 눈을 똑바로 쳐다보며 그가 말했다. 너무나도 당당하게 말하는 승객을 보며 하마터면 어이가 없다는 생각에 헛웃음까지 나올 뻔했다. 그렇다. 이런 때가 정말 말 그대로 미치고 팔짝 뛰는 상황이다. 구두 확인은 어디까지나 한계를 지니고 있었다. 일단 자신에게 넘어온 서류나 짐, 그 밖의 모든 사항에 대해서는 승객의 말이 아닌 수속 직원의 자체적인 판단이 가장 우선시되어야 했다. 그 판단 영역에 대한 책임이 고스란히 직원에게 있기 때문이다. 민준 역시 늘 그렇게 생각해 왔지만 이렇게 어이없이 당할 줄은 꿈에도, 정말 그 어떤 경우에서라도 생각하지 못했다.

"고객님, 그러면 그 박스 두 개는 각각 따로 분리되어 있던 거라는 말씀이시죠?"

"뭐가 이렇게 복잡해? 몰라. 아무튼 박스 여덟 개가 맞아. 뭐야? 짐표 안 붙인 거 아냐?"

이미 목소리가 커질 대로 커진 고집불통 승객 앞에서 가슴이 계속 콩닥거렸다. 다시 한번 차분히 기억을 가다듬어 보았다.

층층이 쌓인 박스들이 있었고, 총 일곱 개의 수하물 표를 각 박스에 붙였다. 물론 하나로 묶여 있는 두 개의 박스도 감안하였다. 늘 그랬듯 승객에게 목적지 시드니와 위탁 수하물 개수가 총 일곱 개임을 확인차 통보했다. 승객은 '어, 시드니, 짐 일곱 개, 오케이.'라고 말했다. 적어도 민준의 기억 속에서는 그랬다. 그 상태로 컨베이어 벨트를 움직일 경우 박스들이 쌓여진 채로 한꺼번에 운반되기 때문에, 벨트를 움직이는 대신 민준은 카운터 뒤편의 중앙 컨베이어 벨트로 이 승객의 수하물들, 즉 박스들을 하나하나 직접 들어 올려놓았다.

아뿔싸.

기억을 더듬어 보니 두 개의 박스가 함께 묶여 있는 큼지막한 박스는 찾아볼 수 없었다. 모두 일반적인 모습의 단일 박스들이었다. 박스 두 개가 함께 묶여져 있다고 판단했던 '전'과, 각각의 박스를 들어 옮기며 두 개의 박스가 테이프로 묶여 있는 것을 보지 못한 '후'의 상황이 서로 불일치했다.

깨달음은 늘 늦게 찾아온다. 왜 그때 그걸 생각하지 못했을까.

뒷목이 뻐근해짐, 눈두덩이 갑자기 무거워짐, 그리고 목이 타오름을 동시에 느꼈다.

짐의 개수는 총 여덟 개가 맞았다. 수속 단말기 모니터상에 표시된 짐의 개수는 총 일곱 개. 그러므로 노택이 발생한 것이었다. 수하물 표를 달지 않은 박스 하나가 공항의 국제선 수하물 관리 시스템 내로 반입된 것이었다. 처음에는 승객이 착각을 하고 있는 것이라고 굳게 믿었지만, 다시 한번 돌려 본 기억 속 가상의 CCTV 화면에 의하면 짐은 총 여덟 개가 맞았다.

온몸에 힘이 빠졌지만 이제 상황 수습을 위해 다시 정신을 차려야 했다. 조금 누그러들긴 했지만 여전히 씩씩대고 있는 승객에게 잠시만 기다려 달라고 양해를 구한 뒤 민준은 플로어 매니저에게 즉각 이 사실을 보고했다. 변명은 일체 생략한 채 항공기 편명과 승객 이름 및 좌석

번호 그리고 노택 수하물의 생김새를 보고하였다. 최대한 빨리 해결을 보지 않으면 일이 더 커질 수도 있는 상황이다.

매니저는 곧 수하물 업무를 맡고 있는 조업부서에 연락을 할 것이다. 약간의 시간이 흐르고 나면, 긍정적인 희망을 담아 예상컨대 표가 없는 수하물이 접수되었다는 소식이 들려올 것이다. 그나마 바로 알아차렸길 망정이지 비행기가 이륙한 이후 이 사실을 알았다면 아무런 조치도 취하지 못한 채 경위서 작성을 서둘러야 했을 것이다.

“고객님, 죄송합니다. 일단 제가 보고드렸고요. 수하물 관리부서에도 연락이 바로 닿을 겁니다. 그러면 아마 금방 고객님 짐을 찾을 수 있을 것 같습니다.”

“그럼 내 짐은 잘 도착할 수 있다는 이야기인가?”

“지금으로써 최선은…. 항공기 이륙 전 저희가 그 짐을 다시 찾아서 짐표를 붙여 드린 후에 직접 항공기에 실릴 수 있도록 하는 것입니다. 하지만 시간 안에 짐이 비행기에 못 실린다면….”

“못 실리면?”

“만일 그렇게 된다 해도 시드니로 가는 그다음 항공편으로 바로 짐을 부쳐드릴 수 있을 겁니다. 그렇게 되면 시드니 공항에서 기다리시지 않아도 머무시는 곳까지 배달될 수 있도록 조치해 드리겠습니다. 정말 죄송합니다.”

참담했다. 물론 승객도 책임에서 자유롭지 못하다고 볼 수 있었다. 그러나 이런 생각들이 모두 무슨 소용이겠는가. 고객은 이미 오리발을 내밀었다. 그리고 항공사는 고객의 입장에서 일을 처리할 수밖에 없다. 기억 속에서나 존재하는 고객의 대답이 이 순간 효력을 가질 리 없었다.

"만약 내 짐 잃어버리면 어떻게 되는 거야? 항공사가 다 배상해 주는 거야? 거기 어떤 물건이 들어가 있는지 알기나 해?"

"최선을 다해서 찾아보겠습니다. 일단은 출국장 들어가 계시고요. 어떻게 처리되고 있는지 확인해서 탑승구 직원을 통해서 알려 드리도록 하겠습니다."

민준은 온갖 죄스러운 표정을 지어 가며 고객에게 말했다. 하지만 별 소용 없어 보였다.

"아니. 당신이 와서 알려 줘."

"네?"

"자네 이름이 뭐야? 박…민준. 박민준 씨가 이따가 탑승구에 와서 나한테 어떻게 되었는지 책임지고 알려 달라고."

"고객님, 저는 탑승 수속 직원이라서 제가 그쪽까지…."

"알겠는데, 지금 이거 당신이 수속하다가 생긴 일이니까 직접 알려 달라는 말이야. 알겠어?"

막무가내였다. 옆자리 윤 대리는 카운터 뒤쪽 캐비닛에서 '탑승 수속 마감' 안내판을 꺼내어 자신의 카운터에 올려놓았다. 그리고는 인터폰을 들어 플로어 매니저에게 현재의 상황을 손님이 듣지 못하도록 조용히 보고했다. 잠시 후 고객을 설득하고자 차근차근 설명을 하고 있는 민준에게 인터폰 통화를 마친 윤 대리가 조용히 다가왔다. 어색한 미소로 승객에게 양해를 구하더니 귓속말로 말했다.

"민준 씨, 그냥 손님이 시키는 대로 다 하시래요. 최근에 컴플레인 접수한 이력이 있는 분이시라네요."

윤 대리는 다시 한번 어색한 미소를 지으며 다시 자기 자리로 돌아갔다. 민준은 담담한 표정으로 말을 이어 갔다.

"알겠습니다. 고객님 원하시는 대로 제가 직접 보고를 드리겠습니다."
"진작 그럴 것이지. 그럼 비행기 타는 데까지 같이 가자고."
"네? 그게 무슨 말씀이신지."
"자네가 어디 갈 줄 내가 어떻게 알아?"
"저희 예약 정보상에 고객님 연락처가 들어가 있으니 제가 이따가 연락드린 후 찾아뵈면 안 될까요? 탑승구 쪽으로 제가 가겠습니다."
"그래? 그럼 출발이 10시 30분이니까…. 적어도 9시 30분까지는 나한테 전화해 줘, 그때까지 해결할 수 있겠지?"
"네. 그렇게 하겠습니다."

정말 걸려도 단단히 걸렸구나. 억울했지만 어디까지나 자신의 실수로 일어난 일이었다. 다른 생각 말고 그저 고객의 요구를 잘 들어주는 방법 외엔 도리가 없었다. 고객의 컴플레인은 백해무익하다. 심기를 불편하게 만들어 일을 복잡하게 만들고 싶지 않았다. 왜 그 짐들을 다시 한번 확인해 보지 못했을까. 원망이 들었지만, 그 원망의 대상도 결국엔 자기 자신이었다.

노택 고객이 자리를 뜨자 민준은 플로어 매니저에게 인터폰으로 연락을 하여 상황을 보고했다. 매니저는 현재 짐을 추적 중이니 일단 수속 업무를 종료하고 워키토키와 핸드폰을 챙겨 서편 앤틀러로 이동하라고 일러 주었다. 노택 수하물이 집결되는 위치였다. 인천공항의 국제선 출발의 경우 수하물 처리 시간이 매우 짧은 편에 속한다. 따라서 얼마 안 가 수동 인코딩 스테이션, 즉 수하물 표가 판독되지 않는 주인 잃은 수하물들을 따로 관리하는 시스템의 당직자로부터 연락이 올 것이란 예상에 따른 조처였다.

매니저는 짐을 찾았다는 연락이 오면 직접 그 짐을 인도받아 고객을 찾아가라고 했다. 그렇게 하여 승객이 육안으로 짐을 확인하도록 해 준 후, 보는 앞에서 탑승구 직원에게 짐을 양도하라는 것이었다. 그렇게만 된다면 탑승구 직원은 직접 짐을 가지고 활주로로 내려가 항공기에 짐을 실을 수 있도록 조치해 줄 것이다. 어떻게든 정성을 보여 승객의 불만을 최소화할 요량이었다. 지난번 접수된 컴플레인도 수하물에 관련

된 내용이었기 때문에 확실히 조치를 취하는 것이 좋을 것 같다는 결론에서였다.

"내가 유심히 봤는데 손님 짐이 좀 많았어. 일단 잘 해결해 봅시다."

오늘 근무의 매니저인 권학민 차장의 차분한 목소리가 놀랐던 마음을 진정시켜 주었다.

"감사합니다. 차장님. 그럼 가 보겠습니다. 계속 경과 보고드리겠습니다."

카운터 수속 업무를 서둘러 정리하고 공항 상주 직원 통로를 지나 서편 앤틀러로 향하는 동안 조업사의 수하물 관리부서로부터 연락이 왔다. 짐의 생김새와 크기 등을 확인해 달라고 했다. 민준이 기억하던 바를 대략적으로 설명하자 그 짐을 찾은 것 같다고 했다. 휴. 천만다행이었다.

핸드폰에 미리 저장해 둔 노택 승객의 연락처로 바로 전화를 했는데 면세점 쇼핑 중이었는지 전화를 받지 않았다. 민준은 일단 수하물 작업장으로 가서 수하물을 인도받았다. 여기저기에 테이프가 덕지덕지 붙어 있는 모습을 보아하니 다시 봐도 착각할 만했다. 종이 박스 겉면의 재질이 약하다고 생각한 승객이 이곳저곳에 테이프를 붙여 놓은 모양이었다. 정성이 지극했다. 이놈의 테이프만 아니었어도 아무런 문제가 없었을 것이다. 끝내 아쉬움이 남았다. 하지만 이미 엎질러진 물이었다. 이제라도 상황이 정리되어 가고 있으니 다행이었다.

미리 출력해 가져간 수하물 표를 그 자리에서 붙여 바로 시드니행 항공기로 투입될 수 있도록 조치할 수도 있었다. 하지만 권 차장의 지시대로 민준은 그 짐을 직접 들고 3층 면세구역으로 올라갔다.

빈 카트를 가져와 짐을 올려놓았다. 이제 승객을 만나러 갈 차례다. 하지만 승객은 계속 연락이 닿지 않았다. 시간을 보니 9시가 조금 되지 않은 시간이었다. 애초에 승객이 공항에 워낙 일찍 나왔던 터라 여유가 있었다. 면세구역 곳곳을 돌아다니며 탑승 시간에 늦은 고객을 찾아다니듯 페이징을 할 것도 아니었다. 일단은 탑승구에 가서 기다려야겠다고 생각했다.

권 차장에게 연락을 하여 모든 상황을 보고했다. 손님을 만나 탑승구 직원에게 짐을 양도한 후 곧바로 카운터로 복귀하겠다고 이야기한 후 다시 한번 죄송하다고, 앞으로 이런 일이 발생하지 않도록 주의하겠다고 몇 번을 힘주어 말했다.

긴장이 약간 풀리고 나니 머리가 복잡해지기 시작했다. 이 사건은 곧 직원들 사이에 널리 알려질 것이 분명했다. 누가 잘못했냐는 이야기에서부터 민준이 어떻게 일을 처리했는지, 그 사이 카운터에는 직원 한 명이 자리를 비우게 되어 어떤 상황이었는지까지도 주변 동료들은 상세히 이야기를 나눌 것이다. 마음이 썩 좋지 않았다.

누더기처럼 비닐 테이프가 덕지덕지 붙여진 박스를 카트에 싣고 탑승구로 이동하는 길에 직원들을 여럿 만났다. 그들은 하나같이 민준의 얼굴과 카트를 번갈아 보며 무슨 일이냐고 물었다. 그때마다 민준은 씁쓸히 말끝을 흐리며 말했다.

"그냥…. 노택…."

동료직원들은 안타까운 표정으로 고개를 끄덕이며 지나갔다. 민준의 어깨를 토닥여 주기도 했다. 하지만 민준은 위로받는다는 기분을 느끼지 못했다. 오히려 짙은 농도의 아드레날린이 몸 곳곳으로 퍼져 나가는 것만 같았다.

근무 시간에는 그러면 안 된다고 생각해 왔지만 한 번 What do you want 질문을 생각해 보았다. 당장 수속 카운터로 돌아가 아무 일 없었다는 듯 업무를 보고 싶었다. 평소 때의 마음으로 돌아가고 싶었다. 하지만 그건 불가능했다. 이미 몸과 마음이 지치고 상해 있었다. 그래서 좀 더 솔직하게, 여기가 일터라는 생각 따위는 버려 보자고 마음먹어 보았다.

그래. 원하는 것은 따로 있었다.

반말은 말할 것도 없고 민준을 무시하며 종 부리듯 하던 그 승객을 빨리 찾아 '당신 짐 여기 있어!'라고 소리 지르며 박스를 던져 주고 싶었다. 민준이 힘껏 던진 박스를 양손과 가슴팍으로 받으며 그 충격에 바닥에 주저앉은 승객이 좌절한 표정을 보여 주길 바랐다. 그리고는 그 얄미운 얼굴에 침을 튀기며 똑똑히 말해 주고 싶었다.

아저씨가 분명 짐은 일곱 개라고 나한테 이야기했다고! 왜 책임을 나한테 떠미는 거야? 응?

상상만으로도 가슴이 벌렁거렸다. 경위서와 불만 접수 그리고 징계의 3종 세트 선물을 받길 원한다면 이렇게 해도 상관이 없었을 것이다. 하지만 도저히 그럴 자신이 없었다. 게다가 자신보다 나이가 한참 많은 사람한테 반말이라니. 그렇게 해서는 안 된다는 생각이 철저하게 민준을 지배했다. 상상뿐이었는데도 죄책감이 들었다. 가슴 떨리는 이런 상상을 하고 나니 자기도 모르게 발걸음이 빨라졌다.

시드니행 항공기의 탑승구에 도착했다. 탑승 시간까지 시간이 많이 남아 있어 주변이 한산했다. 얼굴이 익숙하지 않은 담당 직원 한 명이 도트프린터를 이용하여 서류를 출력하며 분주하게 업무준비를 하고 있었다. 항공기는 이미 탑승구에 도착해 있었다. 보잉사의 777기종이었다. 외관상 도드라지는 특징이 없다는 것이 그 특징이지만 한편으로는 그런 심플함이 다른 기종보다 더 멋들어져 보였다.

카트를 밀고 탑승구 가까이 다가가자 주변 벤치에 길게 누워 있는 낯익은 얼굴의 승객이 보였다. 노택 승객이다. 민준이 공항 반대편 수하물 작업장으로부터 직접 들고 온 누런색 박스의 잘난 주인 되시는 그 승객이다. 눈을 감은 무표정한 얼굴을 보니 인상이 더 고약했다. 차라리 기내에서 승무원들이 하듯 '주무시고 계셔서 짐을 보여 드리지 못했습니다'라고 쓰여 있는 스티커를 떡 하니 붙여 주고 자리를 뜨면 어떨까 싶었다. 괜히 잘 자고 있는 승객을 깨워 왈가불가하고 싶지 않았다.

민준은 카트를 옆에 세워 두고 승객의 맞은편 벤치에 앉았다. 일부러 구두로 바닥을 세게 구르며 인기척을 내보기도 했으나 요지부동이었다.

하긴 아까 땀을 삘삘 흘리더라니.

몸이 지쳐 있는 상황에서 민준과 신경전을 벌이며 승객 또한 극심한 스트레스를 받았을 것이다. 그에겐 이곳 탑승구 앞 벤치가 세상 어느 곳보다 아늑한 안식처가 되어 있는 것 같았다. 벤치 자리 네 개를 다 차지한 채 이 승객은 옆으로 누워 있었다. 90도가 약간 안 되는 각도로 무릎을 구부리고 있었고 한쪽 팔은 머리를, 다른 한쪽 팔은 목 밑을 받치고 있었다. 의자와 겨드랑이 사이로 여권과 민준이 발급해 준 탑승권이 고이 보관되어 있었다. 일어나면 팔이 좀 저릴 것 같았다.

문득 어떤 삶을 살아가고 있는 사람인지 궁금했다. 여권 정보에 의하면 66년생이었으니 40대 후반을 바라보는 나이였고 아마 한 가정의 가장일 듯했다. 행색이 독신 같지는 않았다. 전자비자를 취득해서 입국하는 것으로 보아 여행 또는 상업적 목적으로 호주에 가는 승객일 것인데 분위기상 여행은 아닌 것 같았다. 아마 호주와 한국을 가끔씩 왔다 갔다 하는 사업가일 것 같았다. 민준을 괴롭혔던 저 박스에는 예상컨대 한국에 있는 공장에서 제조한 무언가의 샘플 혹은 그 관련 물품들이 들어 있을 것이다. 그 외에도 승객 신상에 대한 여러 상상을 해 보았다. 직장 상사로서의 모습, 집안 가장으로서의 모습, 그 이전에 한 부부의 아들로서의 모습까지.

이런저런 모습을 떠올리고 나니 서서히 저 고약한 인상의 승객에게 정이 느껴졌다. 그 탓인지 새삼 안타까웠다. 수하물 표 한 개만 더 출력해서 붙였어도 이 승객을 이렇게 미워할 필요가 없었을 텐데. 한순간 실수에 모든 게 뒤틀려 버렸다는 생각이 들어 퍽 마음이 허우룩해졌다.

흔히들 말하는 진리라는 것이 위대한 이유 중 하나는 아마도 불변이라는 점 때문일 것이다. 그 외의 모든 것은 늘 변화무쌍했다. 그중 가장 굴곡이 심한 것은 다름 아닌 사람의 마음이었다.

전화위복

공항에서는 어딜 가나 수시로 안내 방송이 흘러나왔다. 출국장은 그 중에서도 방송이 가장 빈번하게 나오는 곳이었다. 탑승을 시작했다는 방송, 곧 마감이라는 방송, 탑승구가 변경되었다는 방송 그리고 누구누구 손님을 찾는다는 방송 등 다양한 방송이 수시로 사람들의 귀를 바쁘게 만들었다. 워낙 붐비는 데다가 방송이 쉬지 않고 나오다 보니 출국장은 늘 실제보다 더 부산한 느낌이었다.

면세점은 말 그대로 세금 혜택을 받고 쇼핑을 하려는 여행객들로 북적거렸다. 세금 혜택을 받는다 하더라도 워낙에 고가의 물건이 많았다. 그럼에도 사람들은 흔치 않은 기회를 놓치지 않으려는 것처럼 열심히 상점 이곳저곳을 누비고 다녔다.

활주로가 훤히 내보이는 창밖으로는 수시로 비행기가 오르내리는 모습이 보였다. 저렇게 거대한 고철 덩어리가 하늘을 날아다닌다는 것은 언제 봐도 진기한 모습이었다. 사람들은 큼직한 통유리 벽을 통해 탑승구에 대기 중인 비행기 사진을 찍기도 하고, 광활하게 펼쳐진 활주로와 하늘을 고즈넉이 바라보기도 했다.

그 밖에도 노트북이나 태블릿으로 무언가를 보는 사람, 신문이나 책을 읽는 사람 그리고 누군가와 바쁘게 전화 통화를 하는 사람들이 군데군데 있었다. 한국을 떠나기 전 마지막 남은 시간을 사람들은 그렇게 보내고 있었다.

그리고 그중에는 벤치에 길게 드러누워 잠을 자는 사람도 있었다. 그 맞은편에는 그 사람이 잠에서 깨어나길 하릴없이 기다리는 탑승 수속 직원도 있었다.

짧은 시간이나마 민준은 벤치에 앉아 휴식을 취할 수 있었다. 비록 머릿속으로는 승객에 대한 온갖 잡다한 상상들을 하고 있었지만, 몸만큼은 기분 좋은 이완을 맛볼 수 있었다.

"띠링 띠링 띠리리리링."

승객으로부터 핸드폰 벨 소리가 울렸다. 민준은 반사적으로 자리에서 일어나 카트가 있는 쪽으로 급히 걸어갔다. 주머니를 더듬거리며 반쯤 눈을 뜬 승객은 누운 채로 핸드폰을 꺼내 귀에 가져다 댔다.

"으음…. 여보세요?"

민준도 핸드폰을 꺼내 시간을 확인해 보았다. 9시 16분이었다. 10시 30분 출발 비행기이니 10시부터 탑승이 시작될 것이다. 민준이야 일을 다 처리한 후에 다시 수속 카운터로 내려가면 끝이지만 이 승객은 아마 상당 시간을 더 기다려야 할 것이다.

"으응. 뭘 또 전화를 했어.
지금 게이트 앞에서 기다리고 있어. 조금 있으면 탈 거야.
응. 조금 일찍 나왔네.
아까 짐 부치는 것 때문에 자리는 어딘지 확인 못 했는데 창가 쪽일 거야, 아마도.
그래. 알겠어.
도착하면 전화할게.
응. 그래. 끊을게."

상대가 누구일까 궁금했다. 하지만 딱히 떠오르는 대상은 없었다. 아내이거나 혹은 자녀일 것 같았다. 민준을 몰아대던 쩌렁쩌렁한 목소리의 음색은 그대로였지만 톤은 상당히 진정되어 있었다. 도리어 자상한 목소리였다.

누운 채로 통화를 마친 승객은 팔다리를 힘껏 뻗으며 기지개를 켰다. 자기네 집 안방인 줄 아는가 보네 하는 비아냥거림이 들린다 해도 변명의 여지가 없는, 끔찍이도 편안한 모습이었다.

승객이 곧 자리에서 일어날 것 같아 보여 민준은 서둘러 탑승구 앞 직원에게 다가갔다. 게이트백, 즉 탑승구에서 직접 비행기로 옮겨야 할 수하물이 있다고 사전에 언질을 주기 위함이었다. 민준이 데스크로 다가가 먼저 인사를 건넸다.

"안녕하세요. 탑승 수속팀 박민준이라고 합니다."

분주히 업무준비를 하느라 누가 다가오는지도 모르고 있던 탑승구 담당 직원은 민준의 목소리를 듣고 화들짝 놀라 자리에서 일어났다.

"안녕하십니까, 선배님! 신입사원 이찬웅입니다!"

가장 최근에 입사한 후배직원이었다. 몇 번 본 적은 있었지만 이름을 알게 된 것은 오늘이 처음이었다. 신입답게 인사 소리가 컸다. 솔선수범해서 남들보다 미리 와서 업무준비를 하고 있는 모양이었다. 게이트백 이야기를 꺼내자 열심히 수첩을 뒤져 보더니 어떻게 하는지 배웠다며 자기에게 맡겨 달라고 했다. 그 모습이 고마워서 잘 부탁한다고 이야기하려는 찰나 데스크에 올려져 있던 워키토키로 무전이 도착했다.

"출발 지연 안내드립니다. 234편. 시드니행. 1시간 지연 예정입니다. 사유는 도착지 기상 상태 악화입니다. 변경된 출발 시간은 11시 30분입니다."

바로 그때 민준의 핸드폰으로 연락이 왔다. 플로어 매니저 권 차장이었다. 항공기가 지연된다고 하니 승객을 잘 보필하라는 지시였다. 호주 현지 기상 문제인 만큼 지연 시간이 길어질 수도 있었다. 때문에 혹시라도 고객의 심기가 불편해져 차후 컴플레인을 접수하지 않도록 각별히 신경 쓰라는 말을 하며 전화를 끊었다. 그리고는 마치 사전에 약속이라도 되었던 것처럼 안내 방송이 나오기 시작했다.

"○○항공에서 항공기 지연 안내 말씀드립니다. 10시 30분 출발 예정인 시드니행 KJ0234편 항공기는 도착지 현지 기상 사정으로 인해 출발이 11시 30분으로 지연되었습니다. 다시 한번 알려드립니다. 시드니로 가는 KJ0234편 항공기는…."

출발 지연이라니. 몰씬몰씬 부담감이 밀려 왔다. 숙면을 취하고 일어난 노택 승객을 어서 비행기에 태워 보내고 싶었지만 좀처럼 쉽게 일이 진행되지 않았다.

정말 오늘 제대로 걸렸구나.

때마침 벤치에 누워 있던 승객이 자리에서 일어났다. 민준의 시선이 승객을 향하고 있었던 탓인지 바로 눈이 마주쳤다. 승객은 한쪽 눈을 한번 치켜뜨고는 민준을 향해 소리쳤다.

"이민준 씨!"

성을 바꿔 말하긴 했지만 승객은 민준의 이름을 기억하고 있었다.

"손님. 일어나셨군요."

일단 민준은 전략을 세웠다. 출발 지연에 대해서는 가능한 언급을 피하기로 했다. 대신 카트에 고이 운반해 온 승객의 짐에만 모든 관심을 집중시키기로 했다. 사람들이 잘 모르는 공항의 수하물 처리 과정과 게이트백 운반 절차 등을 좀 더 장황하게 설명하면 될 것 같았다. 그러면 노택 사건으로 인한 불만이 출발 지연으로 옮겨붙는 것을 막을 수 있을 것이다.

"비행기 지연돼?"

승객이 물었다. 아무리 뛰어난 전략이라 하더라도 상대방이 나보다 앞서 있다면 그 전략은 무용지물이 되고 만다. 오늘은 정말 되는 일이 없는 모양이다.

"그렇습니다. 아니…. 그렇다고 하네요. 시드니 날씨가 안 좋은가 봅니다."

난처한 표정으로 민준이 말했다. 찬웅도 옆에 서서 입을 굳게 다물고 고개를 끄덕였다. 민준에게 힘을 실어 주고 싶은 모양이었다.

"뭐, 별수 없지."

의외였지만 승객은 대수롭지 않게 상황을 받아들였다. 예상치 못한 반응에 의아했다. 어찌했든 지금이라도 어서 관심을 수하물로 집중시켜야 했다.

"고객님, 그리고 여기…."

민준은 양손을 뻗어 카트를 가리켰다. 이제 승객에게 민준이 내세울 수 있는 것이라고는 카트에 얌전히 놓여 있는 누런색 박스뿐이었다.

"이거 찾아온 거야? 그렇지? 내 말이 맞지?"
"네, 맞습니다. 아까 고객님께 더 확실하게 말씀드려서 이런 일이 없도록 해야 했는데, 불편하게 해 드려서 정말 죄송합니다."

민준은 사뭇 진지한 표정으로 고개를 숙였다. 감정노동이란 범주에는 미소 짓고 친절하게 응대하는 모습만 포함된 것이 아니었다. 일어난 상황을 고객과 같은 마음으로 바라보고 있다는 메시지가 필요했다. 그런 메시지를 전하기 위한 엄숙함과 진중함 또한 그 범주에 포함되어 있었다.

"아냐. 내가 아까 너무 뭐라 해서 미안하구먼. 날씨가 더워서 그런지 여유가 없네."

"아…. 아닙니다. 고객님. 미안하시긴요."

"내가 괜히 여기까지 오라고 했나 봐. 아무튼, 고마워요, 이민준 씨. 아니…. 박민준 씨구먼."

너털웃음까지 보이며 말하는 이 승객. 더 이상 미운 감정 따위는 없었다. 미안하다. 고맙다. 승객의 말 사이사이 끼어 있던 이 두 마디의 말로 마음을 불편하게 했던 모든 악감정은 사라졌다. 오히려 그렇게 말해 주니 고마웠다.

민준은 승객을 안내해 탑승구 앞까지 데려가 가져온 박스를 항공기에 직접 운반하는 과정을 보여 주었다. 찬웅은 처음 해 보는 업무임에도 능숙하게 일을 잘 처리했다. 수하물 표에 필요한 사항을 직접 적어 박스에 부착했고, 화물칸에 직접 적재될 것을 고려해 '취급주의' 스티커도 여러 장 붙여 주었다. 그리고는 시스템상의 수속 정보도 모두 정정하였다.

"고객님, 짐 총 여덟 개 시드니까지 부치셨습니다."

몇 시간 전 민준에게서 나와야 했던 그 말이 이제야 찬웅의 입을 통해 승객에게 전달되었다. 이제 모든 것이 정상화되었다.

찬웅은 탑승구 입구에 있는 엘리베이터를 이용해 승객의 짐을 활주로 지상으로 가지고 내려갔다. 밑에서 대기하고 있던 화물 운송 담당 직원은 짐을 전달받아 직접 항공기 화물칸에 실어 주었다. 이 모든 과정을 직접 지켜본 승객의 입가에 미소가 번졌다. 이제야 마음을 놓을 수 있을 것 같았다.

이제 어떻게 해야 할지 고민이 되었다. 권 차장의 말대로 승객을 잘 보필해야 하겠지만 사실 지금 이대로 인사를 하고 출국장을 빠져나와도 크게 문제는 없을 것 같았다. 더 이상은 컴플레인을 접수할 분위기가 아니었다.

이런 고민을 알아챘던 것인지 마음이 풀린 노택 승객, 아니 이제는 더 이상 노택이 아니었지만, 편의상 '오늘의 노택 승객'으로 동료들에게 더 잘 알려진 그 승객은, 전혀 예상치 못한 제안을 민준에게 해 왔다. 음료수라도 한 잔 사 줄 테니 마시고 가라며 민준을 탑승구 인근의 커피숍으로 데려갔던 것이다. 불과 한 시간여 전만 해도 전혀 상상할 수 없었던 일이었다. 박스를 고객에게 던져 버릴 상상을 했던 기억이 떠올라 민준은 시종일관 미안한 마음이 들었다.

커피숍에서 민준은 자신의 상상과 전혀 다른 삶을 살아가고 있는 이 승객의 이야기를 들을 수 있었다. 중소 제조 기업을 운영하고 있는 이 승객은 6년 전 아내와 사별한 후 아이들을 호주로 유학 보냈다고 했다. 기러기 아빠인 셈이었다. 다른 기러기 아빠들과 차이가 있었다면 아이들이 엄마 대신 외할머니, 즉 이 승객의 장모와 함께 지내고 있다는 점이었다. 아이들의 외할머니께서 워낙 자존심이 세신 편이라 처음에는 뒤늦은 해외생활에 스트레스를 많이 받으셨지만, 그간 영어 공부를 무척이나 열심히 하셔서 현지생활에 잘 적응하고 계신다고 했다.

사별한 아내의 어머니와의 관계가 어떤 것일지 민준은 좀처럼 상상할 수 없었다. 그리고 무엇보다 가장으로서의 책임이 꽤나 무거울 것 같았다. 아이들이 많이 보고 싶을 텐데 한국에서 왜 같이 살지 않느냐고 물으니 말없이 웃기만 했다. 궁금했지만 말 못 할 사정이 있는 것 같아 더 이상 물을 수 없었다.

오늘 부친 박스 짐들에는 아이들과 장모님에게 가져다줄 옷가지와 마트에서 산 과자들, 재래시장에서 산 반찬들 그리고 아이들이 보고 싶다고 하던 한국 책들이 몽땅 담겨 있다고 했다. 이야기를 듣고 나니 카운터 앞에서 고래고래 소리를 지르던 승객의 입장이 어느 정도는 이해가 되었다.

다행히 비행기는 정확히 한 시간 동안만 출발이 지연되었다. 호주 현지 기상 조건이 크게 나아지진 않았지만, 비행시간과 기상 예보 등을 감안했을 때 문제가 없으리라는 판단에서였을 거라고 추후 곽 차장은 이야기해 주었다. 승객은 탑승구 담당 직원의 배려로 무사히 탑승을 마쳤다. 민준도 승객이 탑승하러 들어갈 때까지 그 옆을 지켰다. 다 마시지 못해 들고나온 음료수를 한 손에 든 채 공손히 인사를 건넸고 그렇게 노택 상황은 종료되었다.

"선배님, 오늘 정말 스트레스 많이 받으셨겠습니다."

탑승이 완료되고 업무를 마무리하던 찬웅이 말을 건넸다. 선배직원에 대한 격려와 배려의 표현인 것 같으면서도, 어찌 보면 사건의 일부에 자신이 개입할 수 있었다는 치기 어린 허영심이 묻어 나는 말투였다. 아마 찬웅에게도 오늘은 신입직원 시절의 잊지 못할 여러 에피소드 중 하나로 남을 것이다.

"저도 이런 날은 정말 처음이네요. 제 실수죠 뭐. 찬웅 씨가 잘 도와

줘서 고마웠습니다. 고생 많으셨어요."

"아닙니다, 선배님!"

담담한 듯 보였지만 편한 마음으로 이렇게 말할 수 있어서 정말 다행이라고 내심 생각했다. 민준은 다른 직원들에게도 인사를 하고 서둘러 출국장을 빠져나왔다.

오늘은 업무의 상당 시간을 노택 승객 그리고 그 승객의 짐과 함께 보냈다. 다시는 하지 말아야 할 업무상의 실수였지만 오늘의 이런 경험이 나쁘게만 다가오지는 않았다.

민준은 권 차장을 찾아가 승객 핸들링과 관련된 모든 사항을 보고했다. 권 차장은 잘 해결되어 다행이라며 별도의 특이사항이 없으니 잔여 업무를 진행한 후 정상적으로 퇴근하라고 지시했다. 윤 대리도 걱정했었는데 다행이라며 안도하는 얼굴로 민준을 격려했다. 출국장 내 상황을 알 리 없었던 주변 직원들의 걱정이 컸던 모양이었다.

모든 업무가 마무리되고 퇴근을 위해 로커로 돌아왔다. 옷을 갈아입는데 아마도 다시 볼 일이 없을 노택 승객의 얼굴이 계속 떠올랐다. 시드니에 도착해 자녀들을 만나 행복해할 그의 얼굴이 그려졌다. 그 모습을 흡족하게 바라보고 있을 장모님의 모습도 보였다. 아마도 저녁을 함께 먹으며 가족들에게 오늘 있었던 일을 이야기해 줄 것이다.

궁금했다. 그는 오늘 만난 민준을 어떻게 추억하고 있을까.

오늘의 기록

집에 도착하자마자 민준은 컴퓨터를 켰다. 당장 해 보고 싶은 일이 떠올랐기 때문이다. 사실 이 일은 아주 예전부터 생각해 본 적이 있는 일이다. 하지만 잠깐씩 떠올려 보기만 했을 뿐 실천에 옮긴 적은 없었다.

공항을 빠져나와 집까지 오면서, 노택이 발생했던 순간부터 일어났던 모든 일을 차근차근 떠올려 보았다. 돌이켜 보건대 감정 상태가 그렇게 쉽게 오르락내리락했던 적은 정말 오랜만에 있는 일이었다. 마찬가지로 그렇게 상대방을 극심하게 긴장시켰다가 다시 누그러뜨리는 불같은 성격의 승객도 오래간만이었다. 아마 공항에서 근무한 이후 만나 본 가장 특이한 승객이 아니었나 싶었다. 모든 일의 원인이 되었던 노택 사건도 처음 겪는 일이었기에 민준에게는 오늘이 좋든 나쁘든 매우 의미 있는 날이었다.

그래서 민준은 오늘을 '기록'하고자 했다.

부팅이 끝나자 워드프로세서를 실행시켰다. 하얀 백지가 컴퓨터 스크린 위에 나타나고 커서가 깜빡거렸다. 어떤 말이라도 한번 해 보라는 듯 커서는 일정한 간격으로 나타났다 없어지기를 반복하며 민준의 시선을 집중시켰다. 민준은 허벅지에 올려져 있던 왼손과 마우스를 잡았던 오른손을 가지런히 키보드 위에 얹었다. 잠시 곰곰이 생각을 하는가 싶더니 이내 빠른 속도로 키보드를 두드리기 시작했다. 화면에 검은 글자들이 모습을 드러내기 시작했다.

탁탁탁. 탁탁. 탁탁탁탁. 하얗던 화면이 글씨들로 빽빽하게 채워져 갔다. 얼마나 시간이 지났을까. 민준이 한숨을 내쉬며 의자에 등을 기댔다. 양손은 다시 마우스와 허벅지 위로 돌아왔다. 그사이 모니터 화면에는 4쪽 남짓 분량의 글이 완성되어 있었다. 정확히 말해 아직 완성은 아니었으나 일단 마지막 문장에 마침표는 찍었다. 오늘 일어났었던 일을 처음부터 끝까지 상세히 적어 보았던 것이었다.

오고 갔던 대화들은 모두 직접 인용했다. 하나의 연극 대본처럼도 보였고 어떻게 보면 또 수필 같기도 했다. 민준은 1인칭이 아닌 3인칭의 시점에서 자신에게 일어난 일들을 기록했다. 그러다 보니 자신의 이름이 계속 나왔다. 그래서 중간부터는 다른 이름을 사용하기로 했다. 어색하다는 생각이 자꾸 들어 집중력이 흐트러졌기 때문이다. 고민 끝에 나온 이름은 '고성'이었다. '민준'을 모두 '고성'으로 바꾸었다. 가장 편하면서도 자신의 생각을 크게 구애하지 않는 만만한 이름임에 틀림없었다.

이름을 바꾸고 나니 내용이 사뭇 새롭게 느껴졌다. 워낙 급하게 써 내려간 글이라 오타도 많았고 말의 앞뒤가 맞지 않는 부분도 여러 곳 있었다. 하지만 전체적인 흐름은 어느 정도 쉽게 이해할 수 있을 것 같았다.

글로 표현된 자신의 하루를 보고 있자니 내용이 꽤 흥미로웠다. 노택 승객의 반응이 얼마나 화끈했던지 민준을 향해 짐이 여덟 개라며 소리치던 그 순간, 그 일대가 아주 잠시 조용해졌던 기억을 떠올릴 수 있었다. 당황했던 자신의 표정을 타인이 바라보는 입장에서 상상해 보고 글로 적었다. 글 속의 '고성'이라는 인물이 불쌍하다는 생각까지 들어 어이가 없기도 했지만 한편으로는 우습기도 했다. 글 속에서는 민준 자신이 아닌 다른 가상의 인물 '고성'을 관찰하고 있는 입장에서 이야기가 진행되고 있었다. 그래서 보다 객관적이고 사실적이었다. 직접 쓴 글을 읽으면서 그렇게 여러 번 미소 짓게 될 줄은 상상하지 못했다. 내용도 내용이었지만 글을 적어 내려가는 것 자체도 재미있었다.

어느덧 저녁 식사 시간이 다가왔다. 하지만 밥을 지을 시간이 없었다. 오타를 고치고 어색한 문장을 고쳐서 하나의 완성된 글을 만들어

보고 싶었다. 생각보다 시간이 오래 걸렸다. 3인칭이다 보니 민준은 자신의 모습뿐 아니라 다른 사람들의 모습도 훤히 들여다볼 수 있었다. 민준이 짐을 찾고 있는 동안 노택 승객은 어디로 갔었고 또한 그러면서 속으로 무슨 생각을 했었을지 상상해 보았다. 그리고 알게 모르게 민준을 걱정하며 챙기던 윤혜미 대리의 생각 속으로도 들어가 보았다. 하마터면 빼먹을 뻔했던 찬웅의 이야기도 비중 있게 다뤘다. 찬웅이 속으로 했을 생각들을 자신의 신입사원 시절을 떠올리며 마음껏 상상해 봤다. 상상 속에서 보이는 그들의 생각들은 매우 이해하기 쉬웠다. 하지만 그것을 글로 옮기는 것은 좀처럼 쉽게 이루어지지 않았다. 느낌으로는 알고 있지만 정확히 말로 표현할 수 없는 것들이 생각보다 매우 많았다.

시간은 생각보다 빨리 지나갔다. 태양의 붉은 빛과 하늘의 푸른색이 서로 뒤엉켰던 아름다운 초저녁 노을이 어느새 달빛에만 의존하는 시커먼 밤하늘로 변해 있었다.

"Time Flies."

마지막 줄에 이렇게 적고 글을 드디어 마무리 지었다. 끝나지 않을 것만 같았던 고된 하루가 어느새 금방 지나갔다는 의미로 가져다 붙인 말이었다.

현실에서도 시간은 빨리 지나갔다. 부랴부랴 자리에서 일어난 민준은 그제야 온몸이 땀에 젖어 있음을 깨달았다. 그것도 모르고 온 정신을 집중해 글을 쓰고 있었다니 새삼 놀라웠다. 조금 덥기는 했지만 그렇게 땀이 많이 난 줄은 몰랐다. 시계는 11시를 가리키고 있었다. 현관에 붙어 있는 24시간 중국집 광고 전단을 보고 짬뽕 한 그릇을 시켰다. 존재를 잊고 있었던 배고픔이 갑자기 몰려오기 시작했다. 잠시나마 위장기능이 멈춰 버렸던 것일까. 점심 식사 이후 아무것도 먹지 않았는데도 그 전까지는 크게 배고픔을 느끼지 못했다.

뿌듯한 마음을 안고 화장실로 들어가 세수를 했다. 하지만 성에 차지 않아 입고 있던 옷을 모두 벗어 버리고 샤워를 시작했다. 상쾌한 기분을 마음껏 누리는 동안 부쩍 새로운 경험을 자주 하는 최근의 모습들이 하나둘 떠올랐다. 이런 모습들을 글의 소재로 삼아도 괜찮을 것 같았다.

고등학교 시절 문예부에 몸을 담은 적은 있었다. 하지만 당시 담당 선생님은 학생들의 글에 대한 칭찬보다는 냉철한 비판과 고쳐야 할 점을 지적하는데 대부분의 시간을 할애했다. 학생들이 일주일 내내 머리를 쥐어짜 가며 가까스로 완성한 글들은 빨간색 볼펜으로 난도질당하기 일쑤였다. 건설적인 비판이라며 선생님의 요구대로 글을 정정하고 다시 써 보는 과정을 여러 차례 거쳤다. 그러다 보면 점점 자신만의 글이 아닌 선생님이 원하는 다른 글이 되곤 했다. 그런 선생님의 태도를 못마땅하게 여긴 민준과 다른 학생들은 문예부 활동을 창작보다는 그저 친구들과 어울릴 수 있는 기회로 여기기 시작했다. 민준은 친구들 중 가장 먼저 문예부를 탈퇴했다.

이후 대학에 들어와 취업을 앞두고 자기소개서를 쓴 적을 제외하고는 진중히 글을 써 본 적이 없었다. 종종 일기를 쓰긴 하지만 그것은 어디까지나 자기반성을 위한 하나의 회고에 지나지 않았다. 오늘처럼 창작의 요소가 가미된 글은 아니었다.

샤워를 마치고 나와 몸을 말리고 있는데 주문한 짬뽕이 도착했다. 배달원이 내어 주는 짬뽕을 현관문으로부터 받아 컴퓨터가 있는 책상으로 가져다 놓았다. 평소 음식을 혼자 먹을 때는 TV를 보거나, 아니면 인터넷으로 내려받은 TV 프로그램을 컴퓨터로 보곤 했다. 하지만 오늘은 짬뽕을 먹으며 조금 전 쓴 글을 다시 읽어 보았다. 다 완성되었다고 생각했던 글 곳곳에 다시금 고쳐야 하는 요소들이 눈에 띄었다. 민준은 그렇게 짬뽕을 먹으며 자신의 글을 하나하나 편집해 나가기 시작했다.

큼직한 짬뽕 그릇을 키보드 전면 가운데에 놓고, 그릇 양옆을 손목으로 감싼 채 민준은 쉴 틈 없이 머릿속 생각들을 중간 개체 없이 맞바로 키보드에 쏟아 냈다. 시간이 흘러 국물이 다 식고 더 이상 짬뽕을 먹을 생각이 없었음에도 그릇을 치울 생각을 하지 못했다. 문예부 선생님을 원망하던 자신의 모습은 아예 기억에서 사라진 듯 백스페이스와 화살표 키를 쉴 새 없이 눌러 가며 흔적 없는 난도질을 가하고 있었다.

"삐삑."

책상 서랍 어디엔가 넣어 놓았던 전자 손목시계가 정각을 알리는 소리를 냈다. 그 시계의 모습을 직접 본 지는 꽤 오래된 것 같았다. 하지만 종종 정각을 알리거나 혹은 오래전 맞추어 놓은 알람 시간이 되면 그 시계는 성실하게 자신의 역할을 해냈다. 민준은 모니터 화면 하단 우측의 시계를 바라보았다.

'오전 1:55.'

손목시계가 5분 빠르게 맞추어져 있었던 모양이다. 이제 대략 3시간 후에는 다시 새벽 근무를 나가야 하는 상황. 출근할 생각을 하니 저만치 물러나 있던 피로가 단숨에 몰려왔다. 눈이 따끔거리고 어깨와 뒷목이 뻐근해졌다. 불과 몇 시간 전 샤워를 했다던 민준의 몸은 다시 땀이 흘러 끈적거리고 있었다. 에어컨을 켜야겠다는 생각을 한참 전에 머리로는 했으나 차마 행동으로 옮기지는 못했다. 그러나 덕분에 글은 어느 정도 마무리가 된 상태였다.

사실 마무리는 한참 전에 다 되었지만 민준은 글 여기저기에 자신의 상상 속 요소들을 더 포함시켜 보고 싶었다. 그러다 보니 글이 좀처럼 끝날 줄을 몰랐고 그만큼 시간도 많이 흘렀다. 총 7페이지의 글로 분량이 늘어났다.

마지막으로 자신의 글을 처음부터 끝까지 한 번 읽어 보았다. 딱히 문제가 없다면 이제 작업을 마쳐야겠다는 생각이었다. 스스로 쓴 글이라 그렇게 느꼈는지는 모르겠지만 딱히 어색하거나 이해가 가지 않는 부분은 잘 보이지 않았다. 사건의 전개도 나름 재밌었고 민준이 상상해 가며 가미한 내용들도 대부분 척척 아귀가 맞았다. 새삼 잊을 수 없는 하루를 선사해 준 노택 승객이 고마웠다. 아이디어를 제공해 준 은인이나 다름없었다. 안도하는 한숨을 깊게 내쉰 민준은 저장 버튼을 누르고 프로그램을 종료하였다. 그리고는 자리에서 일어나 빠른 움직임으로 화장실로 들어갔다. 다시 한번 차가운 물로 샤워를 하고 이를 닦으며 잠자리에 들 준비를 하였다. 계산을 해 보니 거의 10시간이 넘도록 '오늘의 기록'에 온갖 신경을 집중하고 있었다.

피로감이 상당했지만, 생각보다 꽤 재미있었다. 이렇게 어떤 한 가지에 몰두하여 시간을 보낸 것이 얼마 만이었던가. 민준은 짧은 시간이나마 필사적으로 숙면을 취해야 한다는 생각에 창문을 모두 닫고 에어컨을 틀었다. 너무 낮지 않은 온도로 작동 설정을 해 놓고 1시간 후면 꺼지도록 타이머를 맞춰 놓았다. 평소 전기세를 아끼자며 좀처럼 틀지 않던 에어컨이지만 오늘은 수고한 자기 스스로를 위한 보상이었다. 침대에 눕기 전 민준은 여전히 힘찬 어구로 자신에게 소리치고 있는 그 문구를 바라보았다.

'WHAT DO YOU WANT?'

이제는 굳이 이 질문을 하지 않고서도 하고 싶은 것들을 찾아 나갈 수 있었다. 별일 아닌 것처럼 보였지만 대견스러웠다. 마음에는 있었지만 좀처럼 실천에 옮기지 않고, 혹은 못하고 버텨 왔던 여러 가지 일들을 이제는 맞이할 준비가 되어 가고 있었다.

처음에는 손끝으로 톡톡 건드려 보는 수준에 불과했다. 하지만 어느 순간부터는 꽉 쥐고 원하는 방향으로 틀어 볼 수도 있었다. 그리고 원하지 않는다면 언제든지 힘을 빼고 쥐었던 것을 놓을 수 있었다. 너무나 당연한 것이지만 이전엔 그렇지 않았다. 자신이 원하는지의 여부보다는 사회적으로 수용되는 것이 무엇인지, 자신의 선택과 가치관에 대해 주변 사람들이 어떤 판단을 내릴지에 늘 더 많은 생각을 맡겼다.

한 번 내린 결정을 돌이키기라도 해야 한다면 이 역시 자신의 고유한 의지와 상관없이 의미 없는 심사숙고를 거듭해야 했다. 주위의 비난과 불인정을 도저히 감당할 자신이 없었고 심사숙고의 과정은 이를 최소화하는 것이 그 목적이었다.

물론 이전의 사고 패턴은 그대로 민준에게 남아 있다. 다만 타인이 알지 못하는 사이 발현되는 사소한 '이기적인 결정'들이 실천으로 옮겨질 수 있다면, 소심하게나마 용기를 내어 보는 것뿐이었다. 사소해야 했던 이유는 그 결정의 영향력이 크지 않게 해야 했기 때문이다. 어느 것이 옳고 그른지에 대해서는 여전히 판단을 내릴 수 없었다. 다만 지금의 이런 새로운 패턴이 민준에게 재미와 흥분 그리고 만족을 가져다주고 있음은 분명했다. 이것을 앞으로 얼마간은 추종해 보고자 했다.

물론 순간순간 원하는 바를 파악해 지체 없이 그것을 따라가는 언행에는 상응하는 결과가 뒤따랐다. 비교적 영향력이 큰 것으로 구분될 수 있는 타인의 시선이라는 결과는 이미 걸러 낸 상태였기에 크게 문제가 되지 않았다. 솔직히 말하면 그 정도의 영향력을 가진 일들은 아예 건드리지도 않았다. 하지만 이제는 보다 내적인 측면에서 고민이 이루어지고 있었다. 삶에 밀착해 일상을 관찰해 보면 자신이 원하는 이런저런 것들을 행동에 옮겼을 경우, 일상생활에 지장이 따르는 경우가 더러 생기곤 했다. 흔히들 말하는 '현실과 이상의 괴리'였다.

당장 오늘의 경우만 보더라도 민준은 스스로가 원하는 것들을 거침없이 해냈다. 식사도 거르다시피 하며 '오늘의 기록'을 완성시키느라 시간을 다 보냈다. 그것이 그 순간 민준이 해 보고 싶었던 일이었고 이에 능동적으로 반응했기에 만족을 느낄 수 있었다. 그러나 이제 민준은 불과 두세 시간 밖에 잠을 자지 못하고 출근을 해야 할 상황이었다. 원하는 것을 하고자 한 결정에 따르는 대가였다.

누군가는 이런 상황을 보며 밸런스를 언급할 것이다. 이것도 하고 저것도 할 수 있도록 시간을 잘 분배해야 한다는 것이다. 한 가지로 치우치면 이런 부작용이 발생하니 상황을 잘 주시해 가며 적절하게 저울 양 끝단의 높이를 잘 맞춰 봐야 한다는 것이다.

그 말은 결코 틀린 말이 아니었다. 민준 스스로도 동의하는 바였다. 하지만 그런 생각은 이내 눈과 귀로 보고 들리는 강력한 현실에 짓눌리기 십상이었다. 그렇기 때문에 중간은 없었다. 흑 아니면 백일 뿐이었다. 흑과 백을 균등히 섞은 회색은 밸런스가 될 수 없었다. 그저 다른 종류의 흑일 뿐, 백은 아니었다. 그래서 민준은 선택하고 싶었다.

흑. 아니면 백. 그 이외엔 없었다.

뒷걸음질

'오늘의 기록'을 처음 남긴 이후 민준은 며칠 동안 그간 공항에서 자신에게 일어났던 다양한 일들을 떠올려 봤다. 그리고 그것들을 글로 옮기는데 대부분의 일과 후 시간을 보냈다.

점점 속도가 붙어 글을 쓰고 편집하는 시간이 많이 줄어들었다. 그러면서 자신의 생각을 글로 표현하는 것에도 점차 익숙해졌다. 그렇다고 매일같이 글만 썼던 것은 아니었다. 다만 공항에서 이러이러한 일이 있었지? 하고 생각이 드는 날이면 짧게나마 글을 써 보곤 했다.

어느덧 민준이 쓴 글이 열 개가 넘었다. 분량은 서로 달랐지만 각각의 글은 하나의 단일한 이야기이자 민준의 경험이 바탕이 된 간접 기록들이었다. 윈도우 바탕화면에 폴더를 만들어 이들 파일을 보관하였는데 폴더명은 고심 끝에 'Time Flies'라고 이름 붙였다. 시간이 빨리 흘러간다는 말은 그 누구나 공감할 수 있는 말인 데다가 자신이 처음으로 썼던 글 마지막에 등장하는 문구이기에 고유한 상징성을 갖는다고 생각했다.

글 속에는 여러 인물들이 등장했다. 이들의 이름을 하나하나 새롭게 생각해 내느라 애를 좀 먹었다. 너무 헷갈릴까 싶어 실재 인물들과 이름을 비슷하게 지어 보려 했지만 종종 아예 다른 이름이 되어 있는 경우도 있었다. 중요하다고는 생각하지 않았지만 남의 이름을 지어낸다는 것이 여간 어려운 일이 아녔다. 혹시라도 주변에 있는 사람과 같은 이름으로 글 속의 누군가를 부르기로 했다면, 그 이름이 등장할 때마다 실재의 인물이 떠올라 글을 쓰는 데 지장이 있기도 했다. 한없이 미진한 실력이었지만 민준은 자신의 일상 속 이런저런 사건들을 이야기로 기록했다.

낮 최고 온도가 서서히 하향세를 기록하기 시작했다. 슬슬 가을을 준비하는 때 이른 움직임이 주변에서 보이기 시작했다. 가장 먼저 반응을 보인 곳은 다름 아닌 의류 상점들이었다. 공항에는 두세 개의 의류 상점이 있었다. 여전히 날씨가 더워 반팔을 입을 수밖에 없는 날씨임에도 이들은 베이지나 네이비 같은 다소 어두운 톤의 긴소매 옷들을 잔뜩 진열해 놓고 있었다. 이런 날씨에 누가 저런 옷을 벌써 사겠나 싶었지만 눈길이 가는 건 어쩔 수 없었다. 조금만 더 관심을 가졌더라면 옷을 구매했을지도 모르겠다고 민준은 생각했다. 한동안 입고 다닌 짧은 소매 옷들에 비해 왠지 모르게 더 세련되어 보였다. 물론 당장 입을 수는 없겠지만.

퇴근길 때아닌 쇼핑 고민에 잠겨 지하철역으로 향하고 있는데 고성에게서 전화가 걸려 왔다. 오늘 밤 비행기로 급히 두바이 출장을 가게 되었는데 공항에서 얼굴을 볼 수 있겠냐는 연락이었다. 평소 상사를 모시고 출장을 다니곤 했는데 이번에는 혼자 가는 출장이라 공항에서 여유 시간이 꽤 있을 것 같다고 했다. 민준은 잠깐 기다렸다가 고성과 함께 공항에서 저녁을 먹기로 했다. 고성이 타게 될 비행기는 밤 10시 30분 출발 예정이었고, 고성은 지금으로부터 약 한 시간 반 정도면 공항에 도착할 것이라고 했다. 새벽부터 근무를 하느라 피곤했던 민준은 직원 휴게실에서 잠시 쉬며 고성을 기다리기로 했다.

고성은 생각보다 일찍 공항에 도착했다. 하지만 공항에 도착해 탑승수속을 받고 환전을 한 후 로밍 서비스까지 신청하느라 시간이 꽤 걸렸다. 도착해서 전화를 한다던 고성은 자신의 용건을 모두 마친 후에야 민준에게 전화를 걸었다. 덕분에 민준은 꿀맛 같은 휴식을 즐길 수 있었다.

아침까지만 해도 이렇게 볼 줄 몰랐는데 갑작스레 만나게 되니 평소보다 배로 반가웠다. 유니폼을 벗고 평상복으로 갈아입은 민준과 업무

출장을 위해 정장을 말끔하게 차려입은 고성이 함께 서 있는 모습이 언뜻 잘 어울리지 않았다. 그래도 두 사람이 나누는 대화나 얼굴 표정 그리고 손짓 등은 사이좋은 친구만이 나눌 수 있는 그런 것이었다.

고성은 일반 여행객 입구로, 민준은 직원 출입구를 통해 출국장 입구로 들어갔다. 민준은 평소 출국 탑승구 업무가 있을 때 종종 들르는 식당으로 고성을 데려갔다. 면세점들이 몰려 있는 3층이 아닌 4층에 위치하고 있어 환승객을 제외하면 사람들이 많지 않았고 음식도 정갈한 편이었다. 민준은 치킨 오므라이스, 고성은 토마토 스파게티를 주문했다.

"저녁인데 밥을 먹지 그랬냐."
"공항에 왔는데 좀 외국스러운 걸 먹어야지."
"출장 가면 계속 먹을 걸 뭘 벌써부터 그러냐."
"급하게 짧게 가는 거라 밥 먹을 시간이 있을지는 모르겠다."
"모레 온다고?"
"응. 상당히 일정이 빡빡할 것 같다. 오는 날 비행기가 결항되거나 하면 얼마나 좋을까 싶어."

넥타이가 불편한지 목 주변을 연신 만지작거리며 고성이 말했다.

"결항?"
"응. 결항되면 어쩔 수 없이 쉴 시간이 생기잖냐."

"공항까지 왔는데 결항되면 더 고생할 것 같은데?"

"그런가…. 에이, 뭐. 그냥 하는 말이지."

"쉬는 타령하는 거 보니 요즘도 많이 힘들구나."

"말도 마라. 요즘 몸도 마음도 아주 지칠 대로 지쳐 있다니까. 그때 네가 자아실현이니 뭐니 그런 이야기 해서 난 내가 좀 바뀔 줄 알았어."

"그런데?"

"전혀 안 바뀌더라. 여유를 가지고 스스로를 좀 돌아보고 뭐 이런 걸 생각했거든. 그런데 그것도 시간이 있어야 하지."

"화장실도 못 가고 회의 중이라던 너 문자 기억난다. 뭔 놈의 회사가 그래?"

"그러게 뭔 놈의 회사가 그러냐."

고성은 풀이 죽은 표정으로 한숨을 쉬었다. 피클이 테이블 위에 서빙되었다. 치킨을 먹을 때 나오는 것처럼 네모반듯한 모양으로 썰린 무와 오이가 뒤엉켜 있었고 양파도 중간중간 섞여 있었다. 그렇게 배가 고픈 것도 아닌데 그 모습을 보는 것만으로도 침이 고였다. 입에 들어간 것은 아무것도 없는데도 몸이 먼저 반응했다. 아마 뇌에서는 이미 신맛을 느끼고 있는 중일 것이다.

"야. 나 치질 재발했어."

"큭."

"처음엔 변비가 오더니 결국 재발했어."

"어떻게 허구한 날 치질이냐. 하하."

"야…."

"미안. 웃어서 미안하다."

고성도 같이 웃긴 했지만, 유행가 가사마냥 웃는 게 웃는 것이 아니었다. 고성은 고등학교 때부터 치질을 달고 살다시피 했다. 너무 앉아 있어서라고 했지만 민준이 보기엔 그냥 그런 체질인 것 같았다.

"치질도 그렇고 요즘 너무 인생이 고달프다. 그래서 더 망가지기 전에…."

"망가지기 전에 뭐?"

"결혼하려고. 곧 날 잡을 것 같아."

"뭐?"

"내년 초에 할 것 같아 아마도."

"치질 이야기하다가 뭔 갑자기 결혼이냐. 아무튼 정말 축하한다!"

"축하는 무슨. 그냥 때 됐으니까 하는 거지."

"양가 부모님께 다 말씀드린 거야?"

"이야기야 늘 해 왔던 건데, 그냥 이제 실행에 옮기는 것뿐이야. 그렇게 막 흥분되고 그러진 않네. 막상 한다고 생각해 봐도."

"그래도 이게 얼마나 큰일인데. 축하해, 고성아."

가장 친한 친구의 결혼이라니. 가슴이 벅차올랐다. 마치 자기 일인 것처럼 심장이 두근거렸다. 부럽기도 하고 기쁘기도 하고 여러모로 마음이 복잡해졌다.

"아, 됐어, 뭘 또 그래. 그래도 부모님 빼고는 너한테 처음 이야기하는 거다."
"영광이다. 짜식. 드디어 결혼을 하는구나."
"그래서 말인데 너 괜찮으면 결혼식 때 사회 좀 봐 줄래?"

갑작스러운 결혼 이야기와 사회를 부탁한다는 말에 가슴이 뭉클해졌다. 다른 친구도 많이 있겠지만 자신에게 사회를 부탁하는 고성의 마음이 너무나도 고맙게 느껴졌다. 민준은 무조건 그렇게 해 주겠다고 대답했다. 둘은 큰 계약이라도 체결하는 것처럼 악수를 나눴다.

"고맙다."
"축하한다, 이놈아!"

주문한 음식이 나왔다. 주방에서 갓 나온 음식이라 김이 모락모락 올라왔다. 피클을 봤을 때보다 더 많은 침이 입에 고였다. 민준과 고성은 각자의 음식을 서로에게 큼지막이 퍼 주며 맛을 보라고 권했다. 하지만 민준은 점심때 면을 먹어서 괜찮다며 고성이 퍼 주는 음식을 극구 거절하려 했고, 고성은 외국스러운 음식을 먹으려는데 촌스럽게 웬 밥이냐며 손사래를 쳤다. 하지면 결국 각자의 접시에 오므라이스 반, 스파

게티 반을 각각 담은 채 식사를 시작했다.

여자들과 남자들의 우정 간에 차이가 있다면, 친구 사이를 지탱해 주는 연결고리 모양새의 차이일 거라고 민준은 생각했다. 여자들의 것이 매우 촘촘하게 여러 갈래로 나뉜 실타래 모양이라고 한다면 남자들의 것은 촘촘하지는 않아도 굵직하고 보다 단단한 하나의 쇳덩어리 같을 것이라 상상했다. 둘 다 장단점이 있겠지만 민준과 고성의 사이는 종종 실타래 같다가도 또다시 보면 쇳덩어리 같기도 했다. 이런 우정의 모습이 자신의 것이라는 사실이 민준은 종종 자랑스러웠다.

"결혼하게 되면 난 거기서 좀 찾아보려고."

식사를 마칠 때 즈음 고성이 말했다.

"뭘 찾아?"
"자아실현."
"사랑에서 찾겠다는 거구나."
"사랑…. 글쎄다."
"아니면 가정에서?"
"아마도 둘 다? 나 요즘 혼자 살잖니. 너도 혼자 사니까 잘 알겠지만 내 가족이 있었으면 좋겠다는 생각이 자주 드는 것 같아. 요즘은 그게 내가 원하는 바인 것 같다는 생각이고. 가족. 결혼. 뭐 그런 거. 아직은 잘 모르겠어."

"일 끝나고 집에 가면 누군가 날 기다리고 있었으면 좋겠다, 뭐 그런 건가?"

"비슷해. 그래서 더 결혼을 서두르고 싶은 마음이 있는 것 같아. 근데 그게 답인지는 지켜볼 노릇이지."

"그래. 뭐든 간에 난 네 결정 존중해. 그런데 너 결혼하면 또 보기 힘들겠네."

"그래서 말인데, 너는 언제 결혼하냐? 여자 친구 안 사귄 지 꽤 되지 않았어?"

"나? 아직은 생각 없어."

"만나는 사람도 없냐? 이 나이에 연애 안 하면 비정상이야."

"비정상은 무슨. 됐다."

"얘 봐라. 결혼 안 할 거야?"

"만나는 사람은 없지만 언젠간 결혼은 해야겠지 나도?"

"연락하는 애는 없어? 썸타고 그런 거."

"썸? 글쎄…."

무의식적으로 소민을 잠깐 떠올렸다. 하지만 그건 아닌 것 같았다. 사실 그간 연애에 통 관심이 없었긴 했다.

"여자 소개받아 볼래?"

"됐다. 나 그런 거 잘 못 하는 거 알잖아."

"잘하고 못하고가 어디 있냐?"

민준은 이미 시간이 지나 기억도 잘 나지 않는 마지막 소개팅 자리를 떠올려 보았다. 대화의 공백이 너무 길어 어색함만 반복해서 흘렀던 기억이 떠올랐다. 그저 잘 모르는 이성과 비싼 밥을 먹었다는 것 이외에는 아무런 의미가 없는 시간이었다. 무엇보다도 상대방이 그렇게 맘에 들었던 것은 아니었지만 '상대방이 별로였다'라는 말을 오히려 상대 쪽에서 먼저 했다는 사실은 서운함 그 이상이었다.

"뭐든 간에 난 싫다."

"네 맘이긴 한데 생각 바뀌면 이야기해라. 알았지?"

"상황 보고."

"너도 빨리 결혼해. 그래야지 나중에 만나서 같이 놀고 그럴 거 아니냐."

"휴…. 나도 고민이네. 언제 결혼해서 애 낳고 그러지?"

"나우 이즈 더 타임!"

"뭐? 방금 영어 쓴 거냐?"

"알지? 요즘 나 과외받아. 헤이. 두 유 스피크 잉글리시?"

"학생도 아니고 나이 다 들어서 과외받는 게 자랑이냐."

"얘가 뭘 모르네. 과외 선생님이 칭찬 일색이야. 저번 주엔 나보고 원어민인 줄 알았다나 뭐라나."

다크네이비 정장에 버건디 계열 넥타이가 잘 어울리는 고성이었지만 장난기를 가득 담아 말하는 모습은 영락없는 초등학생이었다. 어림잡아 초등학교 5학년 정도. 아마 그 모습이 진짜 고성의 모습이 아닐까.

식사를 마친 후 둘은 소화도 시킬 겸 함께 출국장 이곳저곳을 돌아다녔다. 오전에 비해 저녁 시간의 공항은 한산한 편이었다. 면세점에 들러 고성은 여자 친구의 선물을 샀다. 혹시 모르니 결혼식장에 들어가기 전까지는 늘 충성을 다해야 한다며 값이 상당히 나가는 화장품 세트를 구입했다.

시간이 다 되어 탑승구로 향하며 고성은 지난번 이야기했던 후배가 어떻게 되었냐고 물었다.

“소민 씨 이야기하는 건가?”
“이름은 잘 기억 안 나는데, 공부한다고 퇴사한 후배 있다며.”
“그 친구는 열심히 공부 중이지. 편입학원 다니면서 인강도 듣고 많이 바쁘대.”
“그 결단력이 난 정말 부럽다. 역시 젊어야 되는 건가?”
“그렇지? 내가 봐도 참 그래.”
“그 친구랑 이제 잘해 보는 거냐?”
“잘해 봐? 무슨 말도 안 되는 소리를”
“왜. 사람 괜찮은 것 같은데…. 예쁘냐?”

“어? 어…. 그럭저럭.”

“그럼 잘해 봐, 어리고 똑똑하고 예쁜 여자랑 네가 또 언제 기회가 닿겠냐.”

“됐다. 어서 비행기나 타고 가. 쓸데없는 이야기는 그만하고.”

소민은 성수기가 끝나면 민준에게 꼭 한번 만나자고 했었다. 하지만 민준보다 더 바빠 보였던 탓에 아직 그 약속이 성사되진 않았다. 물론 고성의 말대로 소민은 괜찮은 사람이었다. 그렇지만 여자로서 소민을 바라보는 건 무언가 출입제한 구역의 문고리를 잡아당기는 것 같은, 해서는 안 되는 일처럼 느껴졌다.

“선배님, 안녕하십니까!”

익숙한 목소리가 저 멀리에서 들려왔다. 다른 탑승구에서 업무를 보고 있던 찬웅이었다. 민준은 얼떨결에 찬웅에게 손을 흔들어 주었다. 찬웅은 밝게 웃으며 목례를 하더니 다시 자신이 하던 일로 눈을 돌렸다.

“공항에 오니 선배님이시구나? 멋있는데?”

“저 친구 신입사원이라 원래 인사 잘해. 알잖아, 신입 때는 다 저런 거.”

어색한 마음이 들어 건성으로 고성에게 대답했다. 그때 핸드폰에 문자 메시지가 도착했다.

'선배님, 조금 전 인사 드린 이찬웅입니다. 혹시 곧 퇴근하십니까?'

뜨끔했다. 설마 듣기라도 한 것일까? 그럴 일은 없었겠지만 찬웅의 예의 바른 행동을 신입사원의 피동적인 행동이라 치부한 것이 마음에 걸렸다. 찬웅의 번호는 민준의 핸드폰에 저장되어 있지 않았다. 자신의 번호를 어떻게 알았는지 궁금했다. 사내 인트라넷의 직원 검색 기능을 사용했을 것이란 생각이 들었다.

찬웅과는 그렇게 가까운 사이가 아니기 때문에 다른 때 같으면 일단 경계하는 자세를 갖추고 한참 동안 문자를 못 본 척했을 것이다. 그리고는 건성과 신중의 중간을 미묘하게 가르는 최대한의 중립적인 말투로 답장을 보냈을 것이다. 이미 퇴근했는데 혹시 무슨 일이었냐며. 하지만 찬웅이 근무하고 있던 탑승구로부터 멀리 벗어나지 못한 상황이었다. 혹시라도 자신의 모습이 찬웅에게 보였을 수도 있을 것 같다는 생각이 들었다. 민준은 하는 수 없이 바로 답장을 보냈다.

'안녕하세요. 찬웅 씨. 저는 곧 퇴근합니다. 무슨 일이세요?'

하지만 답장은 바로 오지 않았다. 아마 찬웅도 탑승 시간을 앞두고 업무로 분주해졌기 때문일 것 같았다.

그 사이 민준과 고성은 두바이행 항공기가 대기하고 있는 탑승구에

도착했다. 시간이 금방 지나간 터라 이미 탑승 시작 시간이 지나 있었다. 앞으로 약 9시간여 동안 고성과 함께 같은 공간에서 먹고 자고 숨을 쉬게 될 다른 탑승객들이 일렬로 줄을 서서 탑승구 안쪽으로 들어가고 있었다. 여권과 탑승권을 탑승구 직원에게 보여 주면 직원은 이름과 항공편명 그리고 날짜 등이 정확한지 확인하고 여권의 사진과 탑승객의 실제 모습을 신속하게 대조했다.

"감사합니다. 즐거운 여행되십시오."

파티에 초대받은 손님을 안으로 모시기 전 최종 신분 확인을 하는 모습과도 같았다. 다양한 배경과 사연을 기억 저편에 간직한 승객들은 그렇게 대한민국 영토에서의 마지막 작별 인사를 뒤로하고 탑승구 안으로 걸어 들어갔다.

"다녀와."

말없이 그런 모습을 지켜보던 민준과 고성은 줄이 점차 짧아지자 가벼운 악수를 나눴다.

"그래. 너도 한국 잘 지키고 있어. 내가 올 때 선물 사다 줄게."
"잘 다녀오기나 해."
"하하하. 그럼 간다. 수고해."

말이 끝나자 고성은 어디서 봤는지 느끼하기 짝이 없는 어설픈 윙크를 하고는 탑승구를 향해 발걸음을 옮겼다. 혼자 걸어가는 뒷모습을 보고 있자니 왠지 모를 쓸쓸함이 느껴졌다.

탑승이 거의 막바지에 이른 시간이라 줄을 길게 기다리지 않고도 바로 탑승구로 들어갈 수 있었다. 고성은 들어가기 직전 뒤로 스윽 돌더니 민준에게 손을 한 번 흔들어 주었다. 마치 연예인이 자신의 팬들에게 건네는 인사 같았다. 민준도 미소를 지으며 손을 들어 답례를 했다. 고성의 환한 얼굴을 보니 더 이상 쓸쓸한 기운이 느껴지지 않았다. 고기압의 영향을 잔뜩 받은 늦가을의 푸른 하늘과도 같았다.

실제로도 바깥 기상 상황이 매우 좋았다. 밤이었지만 대기질도 좋아져 멀리 곳곳에서 반짝이는 별들이 선명하게 눈에 들어왔다. 군데군데 떠 있는 구름은 거의 멈춰 있다시피 했다. 청명한 밤하늘을 가로지르게 될 항공기의 동체가 주위 조명에 반짝거렸다. 늘 보는 모습이었지만 오늘따라 더 멋져 보였다.

탑승이 완료되어 탑승구가 닫히고 푸시백카가 항공기를 활주로 중앙 지점까지 밀어낼 때까지, 민준은 한참을 서서 그 모습을 바라보았다.

귀가를 위해 다시 출국장 출구로 걸어가고 있는데 마침 찬웅이 업무를 마치고 탑승구에서 나오는 모습이 보였다. 다른 선배들을 앞세우고 가장 뒤에 서서 걸어가던 찬웅이 민준을 보더니 반가운 표정으로 목례를 했다. 그리고는 함께 이동하던 무리의 가장 앞에 있던 직원에게 다가가 무언가 급히 말을 건넸다. 가장 상급자인 것 같았다. 찬웅은 그 직원에게 허리를 바짝 굽혀 넙죽 인사를 하고는 민준이 있는 쪽으로 조깅하듯 가볍게 뛰어 왔다. 유니폼에 구두를 신고 있어 뛰기엔 불편한 복장임에도 찬웅에겐 매우 편하게 보였다. 하지만 찬웅의 시선이 자신에게 머물러 있었기 때문에 민준은 편한 마음으로 그 모습을 바라볼 수 없었다.

"이제 들어가십니까?"

성큼성큼 민준에게 다가온 찬웅이 물었다. 목소리가 워낙 크게 들려와 하마터면 뒷걸음질을 칠 뻔했다.

"네. 친구가 오늘 출국을 해서 잠깐 배웅해 주고 왔어요. 찬웅 씨도 근무 끝났나 보네요?"
"네, 방금 다 끝났습니다."

박력 있지만 안도감 또는 약간의 느슨함이 뒤섞인 목소리였다. 공항에 채 적응하기도 전에 현장에 투입되어 실무를 배워 나가고 있는 신입사원들에게 퇴근 시간이 갖는 의미를 민준도 잘 알고 있었다.

"수고했네요. 업무는 잘 적응되고 있어요?"

"아직 아는 것보다 모르는 것이 많아서 힘들긴 하지만 열심히 하고 있습니다."

"씩씩해서 좋네요. 그런데 문자는 왜 보냈어요? 바빠서 답장도 못 하는 것 같던데."

"죄송합니다. 제가 타이밍을 잘못 잡아서 답장도 못 드렸네요."

"아니에요."

"선배님 공항 옆 신도시에 사신다고 들었거든요. 맞죠?"

"아…. 네. 맞아요."

"저도 신도시 살거든요."

"그렇군요. 아, 신도시요? 그래요? 신도시 어딘데요?"

돌연 불안감에 휩싸였다. 실제로 공항 신도시에서 거주하는 사람들 중 꽤 많은 사람들이 공항 근무자들이었다. 하지만 민준은 아직 동네에서 같은 부서 사람을 본 적이 없었다. 물론 같은 회사 소속의 직원들이 신도시에 거주할 가능성을 배제할 수는 없었다. 그러나 아직까지 업무적인 관계를 유지하는 동료 또는 협력사 직원이 신도시에 산다는 이야기를 들어 본 적은 없었다. 민준은 이런 사실을 매우 긍정적으로 보고 있었다. 회사와 집이 확실하게 분리되어 있으니 굳이 타인의 시선을 크게 의식하지 않아도 되었다. 자신만의 아지트에서 지내고 있다는 안정감도 들었다.

"지하철역 바로 앞에 새로 지어진 오피스텔입니다. 선배님도 그 주변에 계신다고 하던데요."

"네? 그…. 그렇죠. 멀지 않아요. 근데 어떻게 그걸 다 알았어요?"

마음이 상당히 불편했지만, 최대한 내색하지 않으려 노력했다. 억지로 짜낸 웃음이 티가 나지 않을까 걱정되었다.

"소민 선배님이요. 퇴사하시기 전에 이야기해 주셨어요."

"소민 씨요?"

"아시죠? 소민 선배, 얼마 전에 퇴사한…."

소민의 이야기를 찬웅으로부터 들을 줄은 생각하지 못했다. 갑자기 쓸데없는 아량이 생겨났다.

"알죠. 찬웅 씨 일단 나갈까요? 지하철 타고 가나요? 같이 갈까요? 버스가 나으려나…. 어떻게 할래요?"

갑자기 바뀐 민준의 태도와 상관없이 찬웅은 별로 개의치 않는 눈치였다.

"네. 같이 가시죠. 지하철 괜찮으세요?"

"아무래도 지하철이 편하죠?"

"그럼 바로 옷 갈아입고 나와서 뵙겠습니다. 금방 다녀오겠습니다."
"그래요. 그럼 1층 맥도날드 앞에서 기다릴게요."

소민이 왜 자신의 이야기를 찬웅에게 했는지는 알 수 없었다. 그와 상관없이 찬웅이 근처에서 살고 있다는 사실은 꽤나 불편한 정보임에 틀림없었다. 지금은 소민과 많이 가까워졌지만 소민이 처음 민준의 집 주소를 알고 찾아왔다는 사실에도 민준은 적잖은 충격을 받았었다. 이번에도 마찬가지다. 혼자만의 고유한 영역이 침범당하고 있다는 기분이 가득 들었다. 그렇다고 찬웅에게 다른 지역으로의 이사를 권유해 볼 만한 이유도, 혹은 그럴 권한도 전혀 없었다.

직원 로커로 향하는 찬웅의 뒷모습은 전혀 쓸쓸해 보이지 않았다. 오히려 너무 당당해 보였다. 차라리 그 모습을 바라보고 싶지 않았다.

Coup

어떻게 여기까지 온 것인지 통 알 수 없었다. 찬웅은 보이지 않는 어떤 강력한 힘을 발휘했다. 가야 할 길을 미리 정해 놓기라도 한 듯 자신 있게 모든 것을 리드했다. 리드라는 표현이 낯설었지만 민준은 찬웅의 제안을 사소한 것 하나라도 뿌리칠 수가 없었다.

What do you want 질문도 소용이 없었다. 후배직원이라는 점 또한 크게 도움이 되지 않았다. 단지 자신을 에워싼 강한 기운에 속수무책으로 따라왔을 뿐이다.

"형님, 저 잠시 화장실 좀 다녀오겠습니다."
"그래. 다녀와."

자리에서 일어나는 찬웅을 앉아서 바라보고 있자니 매우 건장해 보였다. 민준보다 키가 많이 큰 것은 아니었지만 평소 운동을 많이 해 온 것 같았다. 근육질 상체의 몸매가 도드라져 보였다. 몸에 은근하게 달라붙는 파란색 피케 셔츠와 밑단을 짧게 접어 올린 베이지색 면바지가 제법 세련되어 보였다. 갸름한 얼굴에 큼직한 눈 그리고 밝은색의 피부톤을 가진 찬웅이 외적으로 돋보인다는 생각을 해 본 적이 있었다. 하지만 체형적인 특징으로부터 특별한 인상을 받은 것은 이번이 처음이었다. 운동선수였다면 잘 어울렸을 것이다.

회색 라운드 티셔츠에 색이 바랜 남색 면바지를 입고 있는 자신이 초라해 보였다. 그런 자신의 앞에 놓인 테이블 위에는 벌써 빈 소주병이 네 개였고 나머지 한 병은 반쯤 차 있었다. 안주로 시킨 부대찌개는 이미 바닥이 나 있었다.

시간은 어느덧 새벽 1시를 넘어섰다. 찬웅은 다음 날 새벽 근무라고 했다. 지각할 수도 있으니 너무 많이 마시지 말라고 조심스럽게 민준이 말하자 찬웅은 그 속뜻도 모른 채 감동을 받았다며 호형(呼兄)을 허락해 달라고 했다. 만일 안 된다고 했다면 관계가 어색해질 것 같아 민준은 하는 수 없이 그러라고 했다. 사실 크게 상관이 없는 문제였다. 하지만 찬웅이 자신에게 말을 낮춰 달라고 부탁을 하면서부터 민준은 전보다 더 크게 불편함을 느꼈다. 하도 보채는 바람에 얼떨결에 반말을 사용하기 시작했지만 여간 어색한 것이 아니었다. 하지만 자신이 어색해하고 있음을, 그리고 그 시간이 불편하다고 느끼고 있음을, 민준은 절대 겉으로 내색하지 않았다.

겉과 속이 다른 상태. 물론 세상 누구나 흔히 가지고 있는 모습이겠지만 민준은 누구보다 이에 능했다. 겉과 속의 차이가 바깥으로 보이지 않도록 교묘하게 잘 위장할 수 있었다. 속생각을 겉으로 보이는 모습에 맞추어 나가려는, 아주 깊숙한 곳에서의 은밀한 노력이 뒷받침되었기 때문이라고 민준은 종종 생각했다.

하지만 이번엔 그게 쉽지 않았다. 자기도 모르게 자동반사적으로 찬웅의 비위를 맞추려고 노력하고 있었다. 기가 잔뜩 눌려 있다는 생각이 들었지만 찬웅을 말이나 어떤 행동으로 꺾어야겠다는 엄두가 나지 않았다. 그저 이번이 마지막이라고, 찬웅과 가깝게 지내는 시간은 오늘이 마지막이어야 한다는 확신만 더 커질 뿐이었다.

예상치 못하게 찬웅은 회사에 대한 불만으로 가득 차 있었다. 술을 마시는 내내 회사의 인사, 복지 정책에서부터 전반적인 경영방식에 이르기까지 자신이 가진 많은 생각들을 거침없이 늘어놓았다. 똑똑한 신입사원이 기존 틀에 익숙해져 버린 기성세대를 상대로 불만을 털어놓는 것 같았다. 사실 민준은 관심이 없었다. 어느 회사도 직원 없이는 살아남을 수 없겠지만 결국 직원들도 회사 없이는 생계를 이어 갈 수 없다. 따라서 직원은 회사의 말을 따를 수밖에 없다. 그런 상황에서 일개

직원들이 회사의 경영기조나 인사 정책을 논하며, 맞고 틀리고를 논하기엔 아무래도 분명한 한계가 있었다.

처음엔 찬웅이 말하는 바에 대해 자신이 가진 생각을 이야기해 볼까 싶었다. 하지만 곧 그만두었다. 대화가 길어지는 것을 원치 않았기 때문이다. 그렇지만 이야기를 듣는 것만으로도 이렇게 시간이 많이 지나갈 줄 미리 알았더라면, 몇 마디 정도는 이야기했어도 괜찮았을 것이다.

"제가 물을 좀 많이 마셨더니…."

화장실에서 돌아온 찬웅이 말했다. 물론 물도 많이 마셨지만 그보다 많이 마신 술로 인한 탓이 더 컸을 것이다. 아무렴 어떤가. 이제 귀가를 서둘러야 할 시간이다.

"괜찮아. 근데 이제 들어가 봐야 하는 거 아니야?"
"지금 시간이…. 벌써 1시네요? 차라리 밤새고 바로 출근하는 것이 낫겠네요. 지금 가서 자면 제시간에 못 일어날 것 같은데요?"
"진심이야?"

숨을 크게 들이쉬었다가 그대로 삼켰다. 한숨이 나오는 것을 애써 참았다. 이런 라이프 스타일을 가진 친구란 걸 미리 알았더라면 애초에 이 자리도 오지 않았을 것이다. 찬웅이 후배인 것이 천만다행이었다.

그래도 고지가 멀지 않았다.

"들어가서 좀 쉬어야 하지 않겠어? 나도 이제 들어갈 시간이 된 것 같고."

그렇게 들릴 리 없었겠지만 민준은 간절함과 진실함을 가득 담아, 한 층 풀려 버린 찬웅의 눈을 바라보며 이야기했다.

"형님, 그럼 딱 1병만 더 마시고 갈까요? 여기요! 여기 소주 한 병만 더 주세요."
"여기 한 병은 다 마시지도 않았는데…."

그는 희희낙락 들떠 있었다. 그에 반해 민준은 삶은 고구마를 물도 없이 몇 개째 입에 욱여넣은 듯 가슴이 답답했다. 슬슬 포기하고 싶은 마음이 들었다. 상대 페이스에 밀리고 있다는 생각들이 조금씩 짜증으로 느껴지기 전에 차라리 마음을 놓자는 결론이었다.

20대 초반으로 보이는 남자 종업원이 소주 한 병을 가져와 테이블 위에 올려놓았다. 작은 초록색 소주병의 무게가 그 어느 때보다 무겁게 느껴졌다.

찬웅이야 근무에 상당한 지장을 받을 것이다. 하지만 민준은 내일 오후 시간 근무 스케줄이라 상대적으로 여유가 있다. 그러니 조금은 늦게 들어간다 해도 일상에 큰 무리는 오지 않을 것이다. 기왕 일이 이렇게 된 거 될 대로 되라는 마음이 들기 시작했다.

"그런데, 소민 씨랑은 많이 친해? 무슨 이야기 하다가 내가 사는 곳까지 이야기가 나온 거야?"

의식적으로나마 여유 있게 보이고 싶었다. 그래서 민준은 일부러 느릿느릿 말했다. 하지만 한참 전부터 몹시 궁금했던, 오늘 이 자리로 민준을 오게 만든 바로 그 질문을 던졌다.

"많이 친하죠. 사실 그냥 누나라고 불러요 이제는. 처음엔 제가 좀 관심 있어 했거든요."
"관심?"
"네. 제가 좋아했었어요."
"그래? 정말?"

찬웅이라면 소민에게 잘 어울릴 것이다. 인정하기 싫었지만 선남선녀란 이들에게 어울리는 말이 될 수 있을 것 같았다.

"그런데 안 받아 주더라고요. 눈이 높은가 봐요."
"그래? 정말?"

같은 말을 반복해서 내뱉었다. 하지만 처음과 나중의 감정 차이는 극과 극이었다.

"몇 번 제가 연락하고 그랬는데 잘 안됐어요. 그런데 누나가 워낙 성격이 좋다 보니 결국엔 그냥 친한 누나 동생 사이처럼 된 것 같아요."

"그랬구나. 소민 씨 괜찮지."

"형님 이야기가 왜 나왔느냐 하면요. 누나한테 제가 물어봤거든요. 왜 그만두느냐고. 그랬더니 뭐, 꿈 이야기를 하더라고요. 그러면서 선배님께도 조언 구했다고 이야기해 줬어요. 누나가 형님 집에도 찾아갔었다면서요?"

"아…. 그랬지. 우리 집 쪽으로 와서 이야기 한 번 했었어."

"그런 이야기 하면서 누나가 형님 너무 마음에 든다고 그러더라고요. 자기 이상형이래요."

찬웅이 찡긋거리며 눈웃음을 지었다. 좋으시겠수 하며 비아냥거리는 것 같기도 한 그 웃음이 마치 어른이 아이를 바라보는 시선 같았다.

"그땐 제가 형님을 잘 모르니까. 어린 마음에 '찾아가서 그 사람 어떤 사람인지 보고 싶다.' 그런 이야기를 했죠. 그랬는데 누나가 형님 바로 이쪽에 사신다고 하는 거예요. 저희 집에서 얼마 떨어지지 않은 곳이더라고요. 후에 공항에서도 몇 번 뵙게 되었는데 인상이 너무 좋으시고 회사에서도 평이 너무 좋은 분이더라고요. 그래서 따로 꼭 한번 만나 뵙고 이야기도 하면서 가깝게 지내고 싶었습니다. 그래서 오늘도 제가 먼저 한잔하시자고 말씀드린 거고…."

"그랬구나. 소민 씨는 뭐 그런 이야기를 또 했대? 어찌 됐든 자. 한잔 해."

선배에 대한 후배의 어필이 고맙긴 했지만, 미안하게도 민준은 그런 마음을 의미 있게 해석해 내지 못했다. 소민에 대한 이야기만 마냥 반가울 뿐이었다.

민준은 내외부의 극심한 온도 차이로 잔뜩 물기가 맺힌 소주병을 들어 올린 후 격렬하게 흔들었다. 그리고는 손에 잔뜩 힘을 주어 뚜껑을 돌려 열었다. 민준이 소주병을 내밀자 찬웅은 공손한 손동작으로 잔을 들어 술을 받았다. 그리고는 재빨리 민준으로부터 소주병을 건네받아 민준의 잔에도 소주를 채웠다.

대화를 나누는 데 있어서의 말투는 평소보다 훨씬 편한 분위기였다. 하지만 술이 오가는 상황이 오자 찬웅은 젊잖다 못해 엄숙한 모습으로 민준을 깍듯하게 대했다. 추측건대 군대를 겪은 대한민국 남자들만이 공유할 수 있는 독특한 문화일 것이다.

민준과 찬웅은 소주잔을 들어 서로 살짝 부딪힌 후 단숨에 술을 마셔 버렸다. 취기가 올랐던 탓인지 차가운 소주가 달게 느껴졌다. 민준은 오늘 일도 어느 정도 각색을 거치면 재미있는 이야기가 될 것이라 생각했다. 조금 전까지는 그저 이 상황을 벗어나고 싶은 마음뿐이었지만 이젠 홀가분해졌다. '오늘의 기록'에 묘사될 찬웅을 대하는 고성의 모습을 상상해 봤다. 흥취를 돋우는 상상이었다.

"그런데요. 저는 소민이 누나 정말 이해 안 가요."

돌변한 듯 딱딱하게 찬웅이 말했다. 덕분에 민준의 마음속에서 잔잔히 흐르던 즐거운 가락이 페이드아웃 되었다.

"뭐가? 날 이상형으로 꼽았다는 게?"
"아니요. 그거야 뭐 개인 취향이죠. 그거 말고 말입니다."

그런 건 중요한 게 아니라고 말하는 것 같아 머쓱해졌다.

"그럼 뭐가?"
"이런 멀쩡한 직장 두고 꿈이네 뭐네 이상을 찾아간다는 그런 거 말이죠. 맞다. 형님은 동의하셨다고요. 누나 생각에?"
"나는 괜찮다고 생각했어. 넌 반대야?"
"형님이시니까 편하게 말씀드릴게요. 직장 선배님께 이렇게 말씀드리기 뭐합니다만, 누가 직장을 다니고 싶어서 다닙니까?"
"무슨 말이지?"

"직장은 어디까지나 돈벌이 수단이죠. 거기서 돈을 벌어서 정말 자기가 하고 싶은 가치 있는 일을 따로 해야지, 가치 있는 일이랑 돈 버는 일이랑 그게 어떻게 같을 수가 있어요?"

"음…."

"꿈을 찾으라는 이야기는 다 듣기 좋으라고 하는 이야기 아닌가요?"

"그런가?"

무슨 이유에서인지 찬웅은 상당히 고압적이었다. 그래서 아까처럼 반기를 들 엄두가 나지 않았다. 그동안 자신이 가져왔던 여러 생각들이 떠올랐지만 언급할 타이밍이 전혀 아니었다.

"물론 자기가 하는 일을 즐겁게 느끼는 사람들도 있겠지만, 사실 그런 경우는 거의 없다고 보는 게 맞지 않을까요? 모름지기 생계를 책임져야 하는데요. 일단은 돈이고, 그다음이 적성이며, 그다음이 꿈이죠. 안 그렇습니까? 형님 잔 비었네요. 받으시죠."

찬웅이 민준의 빈 잔에 소주를 따랐다. 의도한 건 아니었겠지만 새로 주문한 소주가 아닌 한참 전부터 테이블 위에 있었던 소주였다. 상온에 보관하던 물처럼 보이기도 했다.

"그래도 꿈을 찾아간다는 것이 현실과 부합된다면 나쁜 건 아니지 않을까?"

“나쁠 이유야 없죠. 하지만 우리가 뭐 피터팬입니까? 결국엔 어른 아닙니까. 부모에게서 독립하고, 결혼하고, 가족을 먹여 살려야 하는데 그 잘난 꿈 때문에 내 가족이 고생하면 안 되잖아요.”

“그렇긴 하지.”

“흔히 회사 안 다니고 자기 하고 싶은 일 한다는 사람들 보세요. 그중에 잘나가는 사람들도 있지만 안 그런 사람이 더 많죠. 그리고 또 예술이네 뭐네 딱히 일반인들이 이해 못 하는 삶을 살아가는 그런 사람들 있잖아요. 그런 사람들 보면 대부분 미혼이에요. 누가 그런 사람들하고 결혼하고 싶겠어요. 당장 생계가 보장이 안 되어 있는데. 혹시 모르죠. 원래 집에 돈이 좀 있는지도. 결국 결혼을 한다 해도 그런 부류의 사람들끼리만 만나서 있지 않던가요? 유유상종이죠.”

찬웅은 너무나 쉽게 ‘그런 사람들’의 꿈들을 짓밟았다. 뿐만 아니라 아직 명확하진 않아도 어딘가에 있을 민준의 꿈까지도 함께 짓뭉개지고 있었다. 당연히 마음이 편치 않았다. 하지만 당장 뭐라고 반박을 해야 할지 몰라 건성으로 두어 번 고개를 끄덕였다.

“제가 잘은 몰라도요. 그런 꿈이며 뭐며 하는 것들이요. 그런 거 다 사치인 것 같습니다. 일단은 먹고 살아야죠. 뉴스 못 보셨어요? 요즘 멀쩡한 직장 그만두고 나와서 창업하는 사람들이 그렇게 많답니다. 모두가 그런 건 아니겠지만 자기 꿈을 실현하기 위해서래요. 멋있죠. 꿈. 야망. 뭐 그런 거. 그런데 이 사람들 아주 극소수만 제외하고 대부분 나중엔 다 후회한다고 해요. 왜 그렇겠습니까. 바로 돈이 안 되니까 그러는 거죠."

"찬웅 씨. 아니, 찬웅아. 처음부터 네 것이었던 게 있니? 없지? 다 살아가면서 열심히 노력해서 쟁취해야 하는 것들이 아닐까? 다만 그 모습이 서로 다른 것일 뿐 아닌가 싶어. 직장을 다니든 자기 사업을 하든 혹은 아까 말한 예술을 하든 말이지."

"맞죠. 저도 열심히 노력해서 회사 들어온 거고요. 그걸 어떻게 생각하느냐에 따라…."

민준이 오른손바닥을 들어 보였다. 기다리라는 제스처였다. 찬웅이 멈칫하며 말을 멈췄다.

"그렇지. 누군가에겐 회사가 자신의 목적지가 될 수 있는 것처럼, 그런 사람들은 각자 자기가 생각하는 목적지가 있는 거야. 그런 것을 우리 관점에서 봤을 때 이상하다 혹은 이해가 안 간다고 해서 판단을 내릴 수는 없는 것 같아."

"그럼요. 맞습니다. 형님 말씀이 백번 옳아요. 하지만 그 꿈이라는 것이 언제부터 그렇게 다양화되었다고 생각하십니까?"

"다양화라니?"

"아주 오래전에도 이렇게 다양한 직업군이 이 세상에 있었을까요? 라이트 형제 그분들 아니었으면 저희 직업도 세상에 아예 존재하지 않았을 거예요."

"그렇겠지. 비행기 자체가 없을 테니까."

"맞아요. 하지만 우리 인간들이 다들 똑똑하고, 뭔가 늘 발명하려고 하고, 뭔가 생산적인 난리를 치다 보니까 그 결과로 또 여러 가지 새로운 게 생겨나고, 그 새로운 게 쓸모가 있다고 여겨지면 공장 크게 지어서 대량 생산하고, 그걸 가져다가 팔고, 또 더 잘 팔기 위해서 서비스와 영업을 하고, 한편으로는 유지보수도 해야 하고…. 그러니 결국엔 다양한 직업이 생겨나죠. 그런데 이게 아주 옛날부터 그랬던 게 아니라는 겁니다. 고작 최근에 와서야 이렇게 된 거라는 것을 생각해 봐야 하지 않을까요?"

"맞아. 그런데 그게 뭐?"

"처음엔 먹고 살기 위해서 노동을 했던 게 우리 인류 초기의 모습이었다는 거죠. 이제는 직업군이 조금 더 다양해졌을 뿐이지, 결국 처음에 그랬듯 어차피 다 먹고 살자고 하는 거잖아요. 말 그대로 생업이죠. 그런데 어느새 나라가 경제적으로 발전 좀 했다고 아무짝에도 도움이 안 되는 고상함을 찾는 것 같다, 뭐 그런 생각입니다. 자기 꿈, 이상, 적성, 뭐 그런 거요. 아시죠, 형님도 제가 무슨 말씀 드리고자 하는지?"

조용히 듣고 있는 것처럼 보였어도 마음속은 이미 부아가 나고 있었다. 하지만 뭐라고 딱히 답을 내놓아야 할지 몰랐다. 찬웅의 말이 옳았다. 기나긴 인류의 역사를 살펴보면 1차 산업이 주류였던 시절이 대부분이었다. 2차, 3차가 부각된 것은 최근 들어 산업혁명이 일어나고 사람들의 교육수준이 높아지면서였다.

대학시절 사회학 수업에서 들었던 여러 가지 이론들이 떠올라 머리가 혼란스러워졌다. 사회학 수업은 정말 답이 없었다. 이론을 이해하는 것까지는 괜찮았지만, 옳고 그름을 판단하기엔 민준은 자신의 경험과 지식 그리고 지혜가 너무나 부족하다고 느끼곤 했다.

“그런데 그게 꼭 나쁜 것만은 아니잖아? 보다 더 가치 있게 자신에게 주어진 시간을 쓰겠다는 건데.”

“가치 있게 시간을 쓴다는 것이 나쁘건 아니죠. 하지만 그런 생각으로 인해 사람들이 자칫 정신적인 사치에 물이 든다는 겁니다. 소민 선배도 정말 회사에서 인정받고 잘 다니고 있었는데 갑자기 자기가 하고 싶은 걸 하겠다면서 나가잖아요? 나중에 어떻게 될지는 모르겠지만, 항공사도 자기가 하고 싶어서 왔던 거라면서, 다른 데 가면 더 큰 만족감을 가지고 보다 나은 삶을 살 수 있을까요? 잠깐 동안 스스로에게 아주 조금의 만족감만 주고 끝날 수도 있다는 것이 제 생각이에요. 그것도 영양가 없는 만족감이겠죠. 굳이 꿈을 찾으려면 지금 이 일을 하면서도 얼마든지 할 수 있지 않습니까? 나이가 몇인데 그런 이상적인 것에 올인을 하냐 이거죠.”

영양가 없는 아주 조금의 만족감이라는 것. 그것이 정말 영양가가 없는 것인지 혹은 영양가 가득한 인생의 큰 가르침이 될는지 아직은 알 수 없었다. 다만 그 궁극의 만족감을 느끼고자 민준은 최근 자그마한 변화들을 삶에 하나둘 적용해 보고 있었을 뿐이다. 만족감의 양과 질에 대해서는 다르게 바라보고 있겠지만 그 존재만큼은 찬웅도 인정하고 있음이 분명했다.

찬웅이 쏟아 내고 있는 비판의 대상인 소민을 보더라도 민준은 자신의 입장을 철회할 이유가 없었다. 소민이 최근 편입을 위한 입시공부를 시작했으며 매우 만족해하고 있다는 사실을 말해 주고 싶었다. 하지만 찬웅이 그 사실을 만일 모르고 있었다면 굳이 이야기를 꺼낼 필요는 없을 것 같았다. 그 이야기를 한다 해도 찬웅은 어떻게든 부정적인 주장을 펼칠 것이다.

"그래서 너는 지금 그저 돈을 벌기 위해서 회사에 다니고 있다는 이야기인 거야?"

민준은 구부렸던 허리를 폈다. 그리고 팔짱을 끼며 낮은 목소리로 물었다. 민준은 그 어느 때보다 평온해 보였다. 질문의 답이 그 어떤 것이라 하더라도 이해할 준비가 되어 있는 것처럼.

"솔직히 말씀드리자면 저도 오래전부터 항공사에 오고 싶긴 했어요. 그래서 합격했을 때 정말 좋았죠. 하지만 여기서 큰 만족감을 느끼며 행복하게 일을 하게 될 거라고는 생각하지 않아요. 지금은 신입이라 한창 배우는 시기이지만 곧 저도 매너리즘에 빠질 테죠. 근무한 지 오래되신 선배님들 보면 아시겠지만, 저도 제가 하는 일에 대해 어느 정도는 무감각해지는 상황이 올 거라고 봅니다. 그러면서 어느 한 편에 간직해 오던 저만의 소박한 꿈들을 마음속 깊은 곳에 꽁꽁 묶어 두겠지요. 냉정한 현실에서 하루하루를 지루하게 살아가는 그런 날이 머지않아 찾아올 거라고 생각해요. 하지만 그게 나쁜 건 아니라고 봅니다. 어찌 보면 당연한 것 아닐까요? 아무리 맛있는 음식이라도 매일같이 먹으면 질리는 법이니까요. 그렇다고 해서 안 먹을 수 있나요? 먹어야 살죠."

회사생활을 갓 시작한 어린 후배의 입에서 이런 말이 술술 나오고 있다니 충격이었다. 물론 찬웅이 이야기한 것들에 대해 막연하게나마 생각해 본 적은 있었다. 하지만 당장 눈앞의 것이라고 보기엔 시간이 많이 남았다고 생각했다. 그래서 크게 신경 쓰지 않았다. 하지만 찬웅은 이런 것들을 이미 머리와 마음에서 깔끔하게 정리해 놓고 있었다. 인생 선배가 철부지 후배에게 따끔한 충고를 하는 것 같은 분위기를 연상케 했다. 애석하게도 선배 역할은 민준의 것이 아니었다.

찬웅의 말은 생각보다 무거웠다. 지금 이 시대를 살아가고 있는 대부분의 사람들은 꿈이라는 목적지 없이 그저 우리의 차가운 현실이 마련해 준 모습을 살고 있다. 현실에 맞춰진 성격과 정체성 그리고 생존하는 법을 따라 왜곡된 삶을 살고 있다. 그리고 그 속에서 소민과 민준 같은 마이너리티만이 힘겹게 자기 자신을 찾아가는 과정을 겪고 있다. 민준은 이것이 계몽된 삶이라고 생각하고 싶었다. 하지만 그런 계몽된 삶이 늘 옳은 것일까? 역시나 사회학 수업 때처럼 답은 좀처럼 나오지 않았다. 하지만 입장을 포기하기엔 아직 이른 감이 있었다.

"지나치게 현실적인 것 같다는 생각이 들어. 이런 생각 내가 지금 이 상황에서 해도 될까 싶은데, 좀 삭막한 느낌이야. 네가 하는 말들 모두가. 미안해, 이렇게 이야기해서."
"그렇게 생각하실 수도 있죠. 저는 괜찮습니다."

찬웅은 담담하기만 했다. 마치 예상했다는 듯이, 그리고 그런 말은 수차례 들어 봤다는 듯이.

"그렇지만 너의 말에 반기를 들 생각은 없어. 나도 한때는 네가 말한 대로 사는 것이 우리 모두가 살아가는 전형적인 모습이라고 생각했거든."
"소민이 누나 말로는 형님은 지금 회사생활에 만족해하신다고 들었어요. 아마 그래서 제가 삭막하다고 느끼시는지도 모르겠네요. 제가 봐도 형님은 조직 친화형 인간이신 것 같아요."
"그거…. 말하자면 좀 복잡한데, 나도 이 생활에 만족하는 건 아니야. 단지 편할 뿐이야. 근데 그게 언제 편하냐면…."

민준이 말을 멈추자 물을 마시던 찬웅이 입에 컵을 댄 채로 눈을 위로 치켜떴다.

“꿈이라는 것, 내가 원하는 것, 그리고 나라는 사람이 갈망하는 것이 무엇인지 고민을 멈출 때만 솔직히 마음이 편해. 그 편하다는 것이 푹신푹신한 소파에 누웠을 때 느껴지는 그런 안락함을 말하는 게 아니야.”

“그럼요?”

“그냥 뭐랄까…. 어린아이들이 숨바꼭질할 때 남의 눈에 보이지 않기 위해서 자기 눈을 가리잖아? 그러면 상대방이 못 볼 거란 생각이 잠시 들지. 그럴 때 느껴지는 그런 편안함인 것 같아. 무슨 말인지 알겠어?”

“진정한 편안함은 아니라는 말씀이잖아요.”

“맞아. 내가 내 입으로 이렇게 말하게 될 줄 몰랐는데 그게 자기 자신을 속이는 것 같다는 생각이야. 평화롭긴 한데 철저하게 억압받는 가운데 생겨난 거짓 평화지. 이런 종류의 평화가 오려면 의로운 반란군을 모두 제압하고 숙청해 버려야 해.”

“형님도 인정하시는 거네요, 그럼?”

“뭘?”

“꿈이네 뭐네 하는 것들이, 결국엔 기존 체제를 위협하는 반란군 같은 존재라고 말씀하시는 거잖아요.”

“표면적으로는 그 말이 맞지만, 너랑 나랑은 그 반란군을 바라보는 시선이 좀 다른 것 같다. 그렇지?”

“그런 것 같네요.”

찬웅에게 내뱉은 말들이 마음속 깊은 곳을 뜨겁게 달궜다. 최근 스스로를 바꾸어 보려고 노력했었지만, 극히 일부분에서만 그런 변화가 나타났었다. 본질적으로 자기 자신을 탈바꿈시켜 볼 수 있는 기회는 아직 없었다. 그간의 삶을 평화롭게 유지시켜 줄 수 있었던 '기존 체제'를 무너뜨리고 싶지 않았던 것 같았다.

솔직히 지금이 좋았다. 아니, 그보다는 지금의 모습을 싫어할 이유를 찾을 수가 없었다. 간헐적으로 불현듯 찾아오는 외로움이라던가, 색다른 것에 대한 끌림을 마주칠 때면 가슴이 끓어오르는 것을 느끼곤 했지만, 그게 전부였다. 그저 소나기 지나가듯 잠시만 견디고 나면 기존 체제를 근간으로 하는 안정된 평화가 찾아오곤 했다.

"찬웅아. 그래서 너는 결국 그쪽 편이니? 기존 체제를 유지하고, 꿈보다는 현실을 바라보고, 보다 안정된 삶을 꾸려 나가는 것?"

"틀린 말은 아닌데요. 좀 더 덧붙이자면 아까도 말씀드렸다시피 결국 제 꿈을 위한 수단이죠. 목적 그 자체는 아니라고 봅니다. 하고 싶은 것은 따로 있으니까요."

"결국 너에게도 꿈이라는 것, 진정 하고 싶은 것은 따로 있다는 거구나."

"그렇죠. 단지 말씀드리는 것은 그것과 저의 직장, 즉 밥벌이와는 차이가 있을 수 있다는 겁니다. 어디까지나 밥벌이에요."

"너처럼 생각하는 사람도 있지만, 아닌 사람들도 꽤 있는 것 같긴 해. 내가 얼마 전에 알게 된 다른 친구 이야기를 하자면. 뭐, 우리랑은 좀 다른 케이스이긴 한데, 직장에 올인하는 자기 자신의 모습이 너무 싫었대.

결국엔 회사 나와서 요즘은 여행 다니고 있다 하더라고. 일에 올인해야 하는데, 그 일이 자기 자신의 인생 목표와 맞지 않는 경우였던 거지."

"그래도 직장을 그만두는 건 아니었다고 봅니다. 왜 자꾸 직장하고 자기 하고 싶은 거랑 결부시키는지 모르겠어요. 사회 초년생이라면 그렇게 생각할 수도 있지만 멀리 보면 그건 아니죠. 그런데 그 친구분은 직장에 적응을 잘 못 했다거나 업무가 힘들고 고되거나 했던 건 아니래요?"

"그건 잘 모르겠어. 그런데 그동안 공부해서 고작 이거 하려고 했었나 싶었대. 회계사거든."

"회계사 되기 정말 어렵잖아요? 그것도 고시수준이잖아요."

"그렇지. 그래서 고등학교 졸업하고 계속 공부에만 매달렸는데, 지금 보니 자기가 왜 그랬나 싶었나 봐."

"소민 선배나 형님이 이야기하시는 그분이나 저는 이해 안 가요. 현실을 상당히 무시하는 감이 있는 걸로 들려요. 저는."

동그란 테이블을 사이에 두고 앉은 찬웅과 어떤 하나의 명확한 결론을 내릴 자신이 없었다. 민준은 그저 이해한다는 표정으로 일관하며 찬웅을 바라봤다. 그런 표정과 상관없이 찬웅은 상대를 설득시키기 위해 자신의 생각을 다양한 각도에서 끊임없이 설명했다. 이미 들었던 것 같은 이야기가 계속 반복되고 있다는 사실을 어느 순간부터 인지하기도 했지만 민준은 어떠한 반박이나 동조도 없이 그저 듣기만 했다.

그렇게 시간이 지나 어느덧 새벽 4시가 다 되었다.

그 시간까지도 식당에는 많은 사람들이 있었다. 새삼 놀라웠다. 새벽 근무가 있는 날이면 30여 분 후 곧 잠에서 깨어나야 하는 시간이다. 그런데 그 시간 집에서 불과 얼마 떨어지지 않은 이곳에서는 그간 매일같이 술자리가 이어져 왔을 것이다. 똑같이 주어진 하루를 살면서도 그 모습은 이렇게나 다르다. 옳고 그름이라는 답은 없다. 그저 다를 뿐이다.

찬웅은 바로 근처에 있는 자신의 집에 들러 옷만 갈아입고 바로 출근을 해야겠다며 먼저 자리에서 일어났다. 정말 멋진 선배를 알게 되어서, 그리고 그런 선배가 이웃에 살고 있어서 무척이나 좋다고 했다. 종종 이렇게 만나 술을 한 잔씩 하면 좋겠다는 말을 남기고 찬웅은 먼저 술집을 빠져나갔다. 민준은 조금만 더 앉아 있다가 술에서 깨면 집으로 가겠다며 찬웅을 먼저 보냈다. 같이 나가자며 실랑이가 있겠거니 싶었지만, 찬웅은 의외로 금방 민준의 말에 수긍하며 자리에서 일어났다. 찬웅을 보내며 민준은 큰 감흥 없이 자신도 즐거웠다고 말했다. 근무시간 동안 실수하지 않도록 정신력으로 잘 버티라는 말로 격려도 했다.

찬웅이 자리에서 일어날 때 즈음 식당에 있던 대다수의 사람들도 자리를 떴다. 그래서 한순간에 식당이 텅 비어 버린 느낌이었다. 혼자 테이블에 앉아 한참을 우두커니 있었지만 이미 너무 늦은, 혹은 이른 시간이라 종업원들도 피곤했던지 테이블에 누가 있든 없든 신경 쓰지 않았다. 예상치 못한 장소에서 우연히 맞이하게 된 온전한 자유였다.

민준은 술에 많이 취하지 않았다. 시간이 많이 흘렀지만 머물렀던 시간에 비해 술을 많이 마시진 않았다. 정신은 거의 멀쩡하다시피 했다. 다만 시간이 늦어 피로감을 크게 느끼고 있을 뿐이었다.

시합이 끝난 후의 바둑기사처럼 민준은 대화 내용을 떠올려 보았다. 자신의 귀로 들려왔던 이런저런 이야기들이 머릿속을 휘저으며 돌아다녔다. 마음 같아서는 모두 빼내어 버리고 싶었다. 하지만 불가능할 것 같았다. 마치 흰옷에 묻은 지워지지 않는 얼룩 같았다.

그간 예쁘고 단정한 모습으로 잘 물들여 왔다고 생각했었는데 지금 보니 그게 아닌 것 같았다. 하지만 또다시 생각해 보면 여전히 그 모양새가 마음에 드는 것 같기도 했다. 오락가락했다.

곰팡이

찬웅과 있었던 일을 오늘의 기록으로 남기는 데에는 상당한 시간이 걸렸다. 재미있을 것이란 처음 생각은 소민의 이야기가 나왔던 장면에서만 유효했다. 이후 이어진 대화들은 좀처럼 이야기로 꾸며 내기가 쉽지 않았다. 술기운과 피로감 때문에 정확한 기억이 나지 않았던 것도 문제였지만 복병은 둘이 나눈 대화의 내용을 어떻게 마무리해야 하느냐는 것이었다.

서로 확연한 의견 차이를 보이는 것 이상으로 무언가 하나의 결론을 도출해 내고 싶었다. 하지만 떠오르는 것이 없었다. 그래서 민준은 찬웅을 지독한 현실주의자로, 그리고 글 속의 고성을 찬웅과는 정반대인 이상주의자로 묘사하기로 했다. 둘의 대화는 실제 일어났던 것보다 매우 격렬하게 진행되었다. 각자의 입장을 관철시키기 위한 상대방에 대한 비난도 서슴지 않았다. 이야기 전개상 결론은 따로 없었다. 다만 찬웅은 '이상'이 가진 숭고한 의미에 대해, 고성은 '현실'이 가진 혹독하고 냉정한 무게에 대해 각각 생각해 볼 여지를 가질 수 있었다. 실제 찬웅에 대해서는 알 수 없었지만, 민준은 적어도 이야기 속 고성의 모습과 비슷한 상황이었다. 그래서 그런 결론이 더 익숙하게 다가왔다.

민준은 '세상 다수를 등지고 소수가 지향하는 길을 갈 수 있을 것인가'라는 질문에 명확하게 답할 수 없었다. 또한 스스로가 옳다고 생각하는 방향으로 삶을 주도적으로 살아가고 있느냐에 대해서도 자신 있게 답할 수 없었다. 방향을 잡고 느릿느릿 전진을 해 나가고 있다고 생각했었는데, 사실은 기존 체제의 붕괴가 두려웠다. 덕분에 그 전진은 몹시도 소극적이었다.

소민이나 승미 같은 '선두주자'들을 바라보며 그들의 모습을 동경하거나 지지해 볼 뿐 자기 스스로가 진정한 주체가 되어 보지는 못했다. 찬웅과의 대화는 이것을 어느 정도 인정할 수 있게 만들어 준 계기이기도 했다. 상당 수준의 혼란 그리고 동요가 마음을 불안하게 만들었다. 하지만 민준은 마인드 컨트롤을 잘할 수 있었다. 누가 봐도 평소 모습 그대로 생활을 잘 유지해 나가고 있었다. 그렇다고 혼란과 동요가 마음에서 사라진 것은 아니었기 때문에 시간이 날 때마다 찬웅과 나누었던 대화를 떠올렸다. 그리곤 자신의 생각을 정착시킬 곳이 과연 어디일지 고민했다.

그렇게 며칠이 지나갔다. 가을이 빨리 와 주었으면 하는 바람이 컸지만 여전히 날은 더웠고 때론 분위기에 안 맞게 장맛비 같은 폭우가 쏟아지기도 했다. 건조해져야 마땅할 날씨가 길게 늘어진 여름의 옷자락을 물고 좀처럼 놔주지 않았다. 덕분에 뒤늦게 옷장을 찾아온 곰팡이들을 맞아야 했다. 민준은 기꺼이 세탁소에 거금을 지불하고 겨울옷 들을 모두 세탁했다.

조금만 버티면 계절이 완전히 바뀔 것을 알면서도 민준은 곰팡이의 위력을 다시는 느끼기 싫었다. 그래서 제습제를 여러 개 구입해 집안 곳곳에 놔두었다. 마침 근처 마트에서 할인행사를 하는 바람에 한 개에 천 원 하는 제습제를 무려 열 개나 사 왔다. 옷장 속 각 모서리와 침대 밑 그리고 냉장고 위, 부엌 선반 등 습한 기운이 서릴 수 있는 취약한 곳엔 모두 제습제를 가져다 두었다. 이미 충분하다 싶을 정도로 제습제를 곳곳에 배치시킨 민준은 마지막으로 하나 남은 제습제를 어디에 놓아야 할지 고민에 빠졌다.

집안 내부를 두리번거리며 한참 고민하던 민준은 집안 중앙에 여전히 빳빳하게 붙여져 있는 영어 문구를 바라보았다.

최근 작지만 가치 있는 만족감을 안겨 줬던 그 문구가 잉여로 남아 어디로 가야 할지 모르는 제습제와도 같다는 생각이 들었다. 있어도 그만, 없어도 그만.

하지만 곧 그 문구가 없으면 안 될 것 같다는 믿음이 강렬하게 민준을 에워쌌다. 민준은 마지막 남은 제습제를 그 문구가 붙어 있는 벽 아래 바닥에 내려놓았다. 제습제를 마지막으로 놓고 싶다고 생각한 장소는 바로 그곳이었다. 민준이 원했던 것은 염화칼슘이 빨아들이는 공기 중의 습한 기운만이 아니었다.

뒤늦게 찾아온 높고 청명한 가을 하늘이 전국적으로 맑게 펼쳐진 주말 오후였다. 흔히 말하는 천고마비가 어쩌네 뭐네 논할 수 있을 것 같은 기분 좋은 날씨였다.

성수기는 아니었지만 날씨가 맑은 주말이었기 때문인지 3층 출국 터미널에는 많은 여행객들이 있었다. 그중에는 방금 막 결혼식을 올리고 공항에 도착한 신혼부부들의 모습도 눈에 많이 띄었다. 그들에게서만 두드러지게 나타나는 특징은 바로 화려한 겉모습이었다. 특히나 신부들의 헤어스타일은 그 누구보다 화려했다. 신부들의 모습이라 한다면 매우 곱고 예뻤다고 말하는 것이 일반적인 경우겠지만, 머리 모습만 본다면 약간은 의아심이 들 때가 있었다. 평소 일상적인 삶에서 꾸미는 수준을 넘어 인위적이고 가끔은 부자연스러워 보이기까지 하는 휘황찬란한 헤어스타일들이 공항 곳곳에서 목격되었다. 다행인지 불행인지 모르겠지만, 어색하기 짝이 없는 신랑들의 얼굴 메이크업으로 그 난해함의 수준이 적절히 반감되곤 했다. 가끔 결혼을 하고 싶다는 생각이 들었지만 불편하기 짝이 없는 갓 결혼한 신혼부부의 행색을 보고 나면 저렇게까지 해서 결혼을 해야 하나 싶기도 했다.

낮 시간 마지막 항공편 승객의 탑승 수속을 마친 민준은 퇴근을 위해 로커로 향했다. 에스컬레이터에 몸을 싣고 2층에 다 내려갔을 때쯤 수정으로부터 전화가 왔다. 오피스 지원 업무를 나왔는데 컴퓨터 한 대가 갑자기 먹통이라는 것이었다. 컴퓨터의 잔 고장 정도는 능숙하게 다룰 수 있던 민준은 방향을 바꿔 로커 대신 바로 수정이 있는 사무실로 향했다.

주말이라 대기 인원만이 사무실을 지키고 있었기 때문에 평소보다 한산하고 조용했다. 하지만 불안감 가득한 수정의 눈빛은 사무실 분위기와 크게 대조되었다.

"오빠!"
"이 컴퓨터야?"
"응. 엑셀로 출도착 현황 보고자료 수정하고 있었는데 갑자기 꺼졌어."
"다시 안 켜지는 거야 그리고는?"
"전원 버튼 눌러도 부팅하다가 다시 꺼지고 그래. 어떻게 하지?"
"출도착 현황자료는 네트워크에 있는 파일에서 불러온 거니까 다른 컴퓨터로도 작업이 가능해. 그러니까 일단 걱정하지 말고…."

민준은 직접 컴퓨터의 전원 버튼을 눌러 보았다. 기계음을 내며 컴퓨터가 켜지고 팬이 돌아가는 소리가 들렸다. 그리고는 부팅이 되는가 싶더니 짤막한 경고 문구가 뜨고는 다시금 전원이 꺼졌다. 경고 문구를 보아하니 컴퓨터가 하드 드라이브상의 운영체제를 인식하지 못하는 것 같았다. 확실히 알 수는 없지만 바이러스나 불량 코드로부터 공격을 받은 것 같았다. 그러지 않고서야 멀쩡하던 컴퓨터가 갑자기 이런 증상을 보일 리 없었다. 네트워크에 연결된 컴퓨터라 혹시라도 있을 바이러스나 불량 코드가 확산되는 것을 막기 위해 랜 케이블을 컴퓨터로부터 분리시켰다. 만약 다른 곳으로 퍼지도록 이미 프로그램되어 있었다면 허사일 것이다. 민준은 자신의 능력으로는 컴퓨터를 복구할 수 없을 거란 결론을 내렸다.

잠시 후 미리 연락을 취했던 전산운영팀 직원이 사무실에 도착했다. 묵직한 다이어리와 무전기를 들고 사무실로 들어온 이 직원은 무뚝뚝한 인상의 소유자였다. 왠지 모를 신뢰감이 생겼다. 희망이 보이는 듯했다. 직원은 문제의 컴퓨터를 한참 살펴보더니 전산운영팀 사무실로 가져가 살펴봐야 할 것 같다며 컴퓨터에 연결된 여러 케이블들을 분리했다. 컴퓨터에 저장된 파일에 대해서는, 확답은 줄 수 없지만 복구할 수 있다면 그 파일을 모두 백업해 주겠다고 했다. 업무에 필요한 대부분의 파일들은 사내 보안서버에 저장하도록 되어 있기 때문에 크게 문제가 되지 않을 터였다. 하지만 수정은 업무 처리할 때 필요한 여러 파일들을 컴퓨터에 저장해 놓았다며 걱정을 멈추지 못했다.

다음 날 아침 새로운 컴퓨터가 사무실에 설치되었고 다시금 아무런 지장 없이 업무가 이루어질 수 있는 환경이 되었다. 하지만 수정이 바라던 파일 복구는 결국 불가능했다. 눈뜨고 코 베이듯 자신의 디지털 자산을 도둑맞은 수정은 아날로그 시절이 더 좋았다며 억울한 속내를 털어놓았다.

소식을 접한 민준은 해야 할 일이 있음을 직감했다. 업무를 마치고 귀가한 민준은 그간 자신이 썼던 모든 '오늘의 기억'들을 USB 메모리에 옮겨 담기로 했다. 구입한 지 5년이 다 되어 가는 구식 컴퓨터가 언제 사무실 컴퓨터처럼 말썽을 일으켜 본인을 아날로그 예찬론자로 변하게 만들지 모르는 일이었다.

수년 전만 하더라도 1기가바이트가 넘는 용량의 휴대용 데이터 저장 공간을 소유한다는 것은 매우 특별한 일이었다. 고등학생 시절만 하더라도 거금을 주고 고작 몇백 메가바이트짜리 하드 드라이브를 구입하는 것이 전부였다. 하지만 이제 USB 메모리는 값싼 사은품으로도 쉽게 사람들에게 나누어 줄 수 있는 하나의 액세서리가 되어 있었다. 민준에게도 총 네 개의 USB 메모리가 있었다. 그중 하나만이 돈을 직접 주고 구입한 것이었고 나머지는 선물이나 사은품으로 얻은 것들이었다.

민준은 '오늘의 기록'이 자신만의 특별한 기록인 만큼 지금껏 사용하지 않고 있던 새 USB 메모리를 사용하기로 했다. 종이와 투명 플라스

틱이 뒤얽힌 겉포장을 뜯어낸 후 손가락 마디만 한 크기의 USB 메모리를 꺼내 컴퓨터 단자에 꽂았다. 이곳에 이사와 인터넷을 신청했을 때 사은품으로 받은 4기가바이트 메모리였다. 일반 텍스트 파일을 저장하는데 그렇게 큰 용량이 필요한 것은 아니었지만 어디까지나 '오늘의 기록'을 위한 단독 용도라는 점에서 상징성이 있었다.

민준은 '오늘의 기억'이 담긴 폴더를 통째로 USB 메모리에 복사하여 저장하였다. 30초도 걸리지 않는 단순한 작업이었지만 마음이 든든해졌다.

잠자리에 들기 전 문득 민준은 군대시절의 기억을 떠올렸다. 2급 기밀문서를 저장한 USB 메모리가 아무 이유 없이 작동을 하지 않았던 일이 있었다. 때문에 큰 문제가 발생했었다. 원인도 모를 그 문제로 몇 날 밤을 새워 가며 사라진 문서 파일들을 수작업으로 직접 복구해야 했다. 기밀문서였기 때문에 작업 과정은 매우 까다로웠고 보안 서약서까지 써 가며 그 작업에 동참해야 했다. 사실 그런 기밀문서는 사병계급에서 다룰 내용이 아니었다. 하지만 USB 메모리에 에러가 발생한 바로 그날, 그 순간, 해당 메모리의 관리를 담당한 장교의 옆자리에 잠시 앉아 있었다는 이유로 그 복구 작업의 시작을 함께해야 했다.

'보안문서 긴급 복구 작업 참여인원' 리스트에 공식적으로 민준의 이름이 포함되면서 빠져나올 수 없는 올무가 되었다. 근 3주간의 고된 작업이 끝난 후 하루의 포상휴가를 받을 수 있었다. 하지만 휴가에서 복귀하자마자 '전산보안' 교육을 3일 동안 받아야 했다. 되돌아보면 뭐 그리 대단한 일인가 싶지만 데이터 백업의 중요성에 대해서는 확실히 알게 된 계기였다.

'오늘의 기록'을 저장해 놓은 USB 메모리는 사은품으로 받아 온 저가 제품이었다. 제조원도 처음 들어 보는 국내의 한 중소기업 제품인 듯했다. 중소기업을 무시하거나 품질을 의심하는 것은 아니었지만 만일 에러가 발생하거나 데이터가 소실된다면 복구 수단이 모호할 것 같았다. 사무실 컴퓨터의 데이터처럼 영영 복구되지 않을 수도 있었다.

민준은 누운 채로 한참을 고민했다. 그러던 중 인터넷 공간 속 다양한 계정들을 생각해 냈다. 이메일 계정과 한동안 쓰지 않은 여러 SNS 계정이 떠올랐다. 회사 네트워크 서버까지는 아니어도 무료로 편리하게 쓸 수 있는 네트워크 공간이 곳곳에 존재하고 있음이 이렇게 고마울 수 없었다.

민준은 즉각 침대에서 일어나 컴퓨터 앞으로 다가갔다. 책상 위엔 몇 시간 전 이전 작업의 최종 종착지였던 USB 메모리가 놓여 있었다. 검지손가락 한 마디 사이즈의 USB 메모리에는 4GB라는 용량 표시가 선명하게 금색으로 박혀 있었다. 조금 전까지만 해도 그 금색 글씨들은 신뢰의 상징이었다. 하지만 이제 그 신뢰는 다른 곳을 향하고 있었다.

박물관 유물

한때는 하루에도 몇 번씩 들어가곤 했었다. 그곳은 늘 사람들의 소식들로 시끌벅적했다. 스스로도 세상에 알리고 싶은 일이 있을지 고민하는 것이 일상의 습관이었던 시절이었다.

싸이월드에 몰려있던 대다수 사람들은 어느덧 미국에서 시작된 또 다른 온라인 커뮤니티로 우르르 몰려가 나름의 활발한 활동을 펼쳤다. 한때 사생활 정보 노출로 인한 논란이 있긴 했지만, 이제는 SNS를 통해 퍼져 나가는 정보의 신빙성이 도마 위에 올라와 있었다. 그도 그럴 것이 처음에는 아는 사람들끼리 소식을 주고받기 위한 수단이었던 SNS가 어느새 정치와 기업활동에도 전 방위로 사용되고 있었다. 심지어 페이스북이나 트위터 같은 상호명이 공중파 뉴스에도 빈번하게 등장했다. 그만큼 영향력이 거대했다.

인터넷을 통해 공유되는 어마어마한 정보의 양은 애당초 그 흐름을 빠르게 한다는 본질적인 목표를 초과 달성한 이후에도 끊임없이 규모를 늘려 가고 있었다. 어쩌면 양질의 정보보다는 그 반대 성격을 지닌 정보가 더 많이 사이버 공간 속을 메우고 있는지도 모르는 일이었다. 자연스레 정보의 양보다는 질에 대한 관심이 커졌다.

존재의 근원을 찾기 쉽지 않은, 그럼에도 분명히 실재하는 그 공간에서 사람들은 각기 자기 삶에 관한 여러 가지 이야기와 이미지를 거리낌 없이 세상에 내놓고 있었다. 그런데 무언가 이상한 점이 있었다. 어느 날부터인가 그 모습들이 현재의 모습과 한참 동떨어져 있는 것 같다는 느낌을 받게 되었다.

민준이 자주 사용했던 페이스북에 한정된 이야기일지는 모르겠지만, 거기서 보는 사람들의 모습은 어딘가 모르게 항상 행복하고 당당해 보였다. 사람들은 예쁘고 아름다운 장소에서 맛있는 음식을 먹으며 즐거워하고 있었다. 그리고 그들과 함께한 이들 역시 자신들이 어디에서 누구와 무엇을 했음을 매우 능동적으로, 하지만 마치 수동적인 것처럼 가장하여 온 천하에 공개해 놓고 있었다. 그들은 이런 방식으로 자신의 존재가 부각되는 것을 즐겼다. 또한 게시된 사진이나 글에 댓글을 남김으로써 뻔히 공개된 자리에서 사담을 나누곤 했다. 누군가 나의 이야기를 반드시 들어주어야만 한다는 외침이 그 이면에서 들려오는 것 같았다.

어떻게든 생각과 의견이 오고 간다는 점에서 소통이라고 볼 수도 있었겠지만, 한없이 부자연스러웠다. 날 좀 바라봐 달라며 절규하는 광대와 다를 것이 없었다. 그러자 SNS를 통해 세상과 소통한다는 대다수 사람들의 그 존재 자체가 무척이나 가벼워 보였다. 돌이켜 보면 꽤나 건방진 생각이었다.

세상에 대한 자신의 목소리를 높여 보는 사람들도 마찬가지였다. 진위 여부를 떠나 사람들은 대중의 일부가 되어 특정 주제에 대해 목소리를 높였다. 그런 외침들은 한곳에 머무르지 않고 이곳저곳을 옮겨 다니며 사람들의 마음에 상당한 파동을 일으켰다. 반대 의견에 대한 여지와 배려보다는 한 방향으로만 질주하길 원했다. 눈 양옆을 가려 놓은 경주마 같았다. 민주주의의 발전이 온라인 소통을 가능케 한다거나 하는 이야기가 역설적으로 들려왔다. 열려 있다는 의미가 분명 좋을 때도 있지만 늘 그런 것은 아닐진대 대중과 언론은 이런 개방성을 늘 좋은 방향으로 포장했다.

궁금했다. 과연 이런 흐름에 동참하는 사람들 그 이면에는 아무 것도 없는 것일까. 진정성이 결여되지 않은, 순수하게 있는 그대로의 모습이라고 볼 수 있는 것일까.

그렇다면 주변의 굴곡 심한 삶을 살아가는, 온라인에 자신의 생각을 공유해 볼 생각조차 하지 못하고 바쁘게 살아가는 대다수의 사람들은 과연 어떤 사람들일까. 과연 인터넷 여론이라는 것이 동시대를 살아가고 있는 모든 사람들의 모습과 사회적 입장을 잘 대변하고 있는 것일까. 혹시 우리의 전체가 아닌, 일부 SNS에 시간과 돈을 투자할 수 있는 나름의 축복받은 무리만을 위해 존재하는 것은 아닐까. 혹은 사회적으로 이슈를 만들어 내고자 하는 특정 권력집단의 부산물은 아니었을까.

여러 질문 끝에 민준은 온라인에서 보게 되는 사람들의 행복하고 화려한 모습이 스스로의 삶에 대한 만족도를 떨어뜨릴 수 있다는 결론을 내렸다. 진실성이 있는가의 여부를 떠나 어느 순간 그들의 삶을 동경하고 있는 스스로의 모습을 발견했기 때문이었다.

물론 모두가 진정성 없는 껍데기일 뿐이라고 치부할 수는 없을 것이다. 속상하고 좌절을 느끼는 자신의 상황을 토로하는 이야기도 볼 수 있었고, 세상에 대한 자신의 당당한 시선을 용감히 공개하며 사람들의 의견을 경청하는 지인들도 있었다. 하지만 어설픈 고민 토로나 유치한 수준의 징얼거림을 보면 민준은 더 크게 의구심을 느꼈고 괜스레 그런 모습이 불편하게 다가와 혼자 주제넘은 스트레스를 받기도 했다.

하지만 민준을 뒷걸음치게 했던 것은 온라인 공간 너머의 실상에 대한 실망감으로 인한 것이 아니었다. 원인은 바로 민준 스스로였다. 자기 자신이 그런 다른 사람들의 모습을 완벽하게 갖추고 있음을 비로소 깨닫게 되었다.

스스럼없이 써 내려간 자연스러운 생각보다는 타인의 반응을 고려해 설계된 글귀들이 주를 이루고 있었고 거울에서 보는 모습과는 영 딴판인, 좀 더 매력 있어 보이는 사진들이 무심한 듯 민준의 계정에 등록되어 있었다.

뿐만 아니었다. 타인의 관심과 애정을 구걸하듯 사람들이 남긴 댓글 하나하나에 일희일비하며 감정 에너지를 기꺼이 소모해 댔다. 그런 스스로의 모습이 놀라울 정도로 혐오스러웠다. 때문에 민준은 타인의 시선에 대한 의식으로부터 자유로워져야겠다고 생각했다. 그리고 즉각 그 생각을 실천으로 옮겼다. 페이스북을 포함한 SNS 사용을 일체 멈추기로 한 것이다.

처음 며칠 동안은 습관처럼 무의식적으로 로그인하기도 했으나 얼마간의 금단현상을 딛고 나니 결국 SNS와 동떨어진 삶으로 무사히 회귀할 수 있었다. 다시금 일반적이고 평범한 일상으로 돌아온 것이었다.

하지만 오늘은 좀 특별했다.

침대에서 일어난 민준은 PC를 켜고 아주 오랜만에 페이스북 사이트를 방문하였다. 사이트의 메인 화면은 알아볼 수 없을 정도로 새로워져 있었다. 온라인 공간의 가장 큰 장점이었다. 언제든지 사용자들을 맞이하는 화면에 크고 작은 변화를 줄 수 있었다. 본질은 그대로였지만 눈에 보이는 모습이 바뀌면 본질 또한 새롭게 느껴지기 마련이다.

아이디와 패스워드를 입력했다. 워낙 오랜만이라 패스워드를 세 번이나 틀린 다음에야 로그인을 할 수 있었다.

들어가자마자 해외여행을 떠난 한 지인의 사진이 보였다. 아는 사람이 맞나 싶을 정도로 평소보다 더 화려한 모습이었다. 사진을 클릭하니 몇 개의 사진이 더 표시되었다. 그중에는 비키니 수영복을 입고 찍은 사진도 함께 포함되어 있었다. 도드라지게 풍만한 가슴의 모습이 눈에 들어왔다. 민준은 무의식적으로 그 부분을 응시했다. 길에서 마주친다면 반갑게 인사하고 안부를 물었을 그녀의 가슴을 자세히 바라보고 있으려니 뒤늦은 민망함이 찾아왔다. 화면의 스크롤을 급히 내렸다.

회사의 세무감사를 앞두고 정신이 없다는 대학 후배의 포스팅이 보였다. 여전히 고급스러운 레스토랑에서 사진 찍기를 좋아하는 친구의 모습도 보였다. 한때 친했지만 결혼 후 연락이 거의 끊기다시피 한 이 친구의 사진 하단에는 프랑스 지역의 분위기를 풍기는 식당 이름이 적혀 있었다. 아마 강남 쪽에 있는 고급 식당이었을 것이다.

스크린 상단에는 이런저런 소식들에 대한 알림이 여러 개 도착해 있었다. 날짜를 살펴보니 이미 한참 지난 것들이었다. 민준의 발길이 뜸해지자 온라인상의 지인들도 특별히 연락을 해 오지 않았던 모양이었다. 민준은 본격적으로 하고자 했던 작업에 착수했다.

조심스럽게 'Time Flies' 폴더를 컴퓨터 하드 드라이브로부터 열었다. 그리고는 맨 첫날 짬뽕을 먹으며 수차례 수정 작업을 거쳤던 '오늘의 기록' 제1호 파일을 열었다. 빽빽하게 화면을 채우는 검은색 텍스트들을 빠르게 한 번 살펴본 민준은 Ctrl 버튼과 A를 눌렀다. 흰색 바탕이 검게, 검은색 글씨가 하얗게 바뀌었다. 민준은 다시 한번 조심스럽게 Ctrl 버튼과 C를 누른 후 페이스북이 로그인되어 있는 웹브라우저 화면을 열었다. 그리고는 자신의 글을 올릴 수 있는 텍스트 박스 안에 마우스 커서를 가져다 놓고 클릭을 했다. 텍스트 입력 커서가 깜빡이는 것을 확인했다. 그리고는 Ctrl 버튼과 V를 눌렀다. 정말 별것도 아닌 작업이었지만 과정 하나하나에 신중을 기했다.

다행히 길이가 최대 허용량에 미치지 않는 듯 처음부터 끝까지 완벽하게 글이 옮겨졌다. 민준은 공개 설정을 '나만 보기'로 바꾼 뒤 포스팅 버튼을 눌렀다. 이로써 컴퓨터 하드 드라이브 속 미세한 부분을 차지하고 있던 글을 페이스북 계정으로 옮기는 데 성공했다.

이렇게 지금까지 써 온 20여 편의 글을 하나하나 페이스북에 저장하였다. 정말 간단한 작업임에도 불구하고 민준은 매우 조심스러웠다. 땅 속에 매장되어 있던 고대 유적을 발견해 박물관으로 옮겨 가는 것 같은 착각이 일었다.

작업을 마친 민준은 마침내 편안한 마음으로 다시 침대에 누웠다. 실제로 작업을 할 수 있는 하드 드라이브와 제2차 저장소인 USB 드라이브 그리고 해킹을 당하거나 공식적으로 폐쇄되지 않는 이상 자료 소멸의 가능성이 없는 SNS 사이트까지 삼중 백업 시스템을 완성하였다. 이렇게 애지중지할 것이라고는 생각하지 못했기에 새삼스러웠다.

적성에 맞는 일이 결국 글을 쓰는 일일까? 무거웠던 눈꺼풀이 금세 가벼워졌다. 되돌아보면 글을 쓸 때 민준은 꽤나 높은 집중력을 보이곤 했다. 밤을 새워서라도 글을 쓰는 것이 가능할 것 같았다. 글을 쓰기 위해 생각을 모으는 순간에는 머리가 잘 돌아가는 것을 느꼈다. 수속 카운터에서 업무를 처리하는 사고의 속도와는 비교가 되지 않았다. 물론 방식 자체가 확연히 다른 것이긴 했다. 하지만 민준은 이러한 차이에 크게 의미를 두고 싶지 않았다. 이과나 문과 구분을 두는 것이 어차피 사람들이 나누어 놓은 단순한 잣대일 뿐 복잡 미묘한 사람의 두뇌를 판가름하기엔 무리가 있다고 생각했다. 일단은 글 쓰는 것을 즐기는 스스로의 모습을 높이 평가해 주고 싶었다.

기분 좋은 각성에 찬물을 끼얹는 생각이 떠올랐다. 찬웅과의 대화였다. 적성이고 뭐고 일단은 생계가 우선이라던 그 말. 지독하게도 현실적이었다. 옆으로 치워 놓기엔 무게가 상당했다.

당장 몇 시간 후에 일어날 일련의 일들이 머릿속에 그려졌다. 먼저 알람 소리에 맞춰 기상을 할 것이다. 기계적으로 출근 준비를 마친 후 공항 3층 출국장 탑승 수속 카운터로 향할 것이며 다양한 목적지로 향하는 여러 국적의 항공기 탑승객을 상대로 수속 업무를 진행할 것이다.

이런 일을 한 달 기한 내 국가와 회사가 정한 시간만큼 성실하게 해낸다면 근로계약서에 명시된 액수에서 각종 세금 등을 제한 나머지 금액의 돈이 민준의 은행 계좌로 입금될 것이다. 공제된 세금과 4대 보험금도 결국 장기적으로는 현실의 생계를 더 탄탄히 준비하고자 하는 미래에 대한 투자였다. 입금된 돈으로는 그야말로 가장 기본적인 삶의 조건들을 충족시켜 나갈 수 있을 것이다.

의식주를 비롯해 현재의 사회경제적 수준을 지탱하는 모든 삶의 조건들을 민준은 결코 무시할 수 없었다. 이를 위해 그간의 인생을 살아온 것이라고 해도 과언이 아닐 터였다. 그런데 이런 잘 정착된 현실에 감사하기는커녕 어설픈 꿈이나 좇다니 배은망덕이 될 것이었다.

물론 한참 전부터 생각해 왔던 문제이긴 했다. 여러 주변 사람들, 특히 소민과 고성 그리고 승미와 대화를 나눌 때도 빠짐없이 마음 한편에 가져왔던 생각이었다. 하지만 개인이 진정 원하는 것이라면, 자아실현을 가능케 해 주는 것이라면, 그 누구도 아닌 자기 스스로를 위해 추종해 볼 만한 가치가 있을 거라 믿고 싶었다.

이러한 믿음이 흔들리기 시작했다.

생각보다 거대하고 견고한 생계라는 벽에 시야가 다 가려져 버려 그 너머에 무엇이 있는지 통 볼 수 없었다.

전체공개

"형님, 잘 봤습니다. 재밌던데요, 공항 이야기."

"무슨 말이야?"

"다 읽어 봤죠. 예전에 취업준비 그만두고 글이나 쓰고 싶다 하시더니 이제야 실천에 옮기시는 거예요?"

"내가 그런 말을 했었나? 아니 근데 뜬금없이 무슨 이야기야?"

후배가 무슨 말을 하는지 대충은 알 것 같았다. 그래서 더 불길한 예감이 들었다. 하지만 그럴 리 없다고 굳게 믿었다.

"페이스북이요. 처음엔 길어서 뭔가 했는데 읽기 시작하니까 금방 읽히던데요?"

"내가 올린 글? 그 글을 네가 어떻게?"

"형님이랑 페북 친구잖아요. 글 올리셨길래 읽어 봤죠."

우선 언급을 피하는 게 좋을 것 같았다.

"그랬구나. 요즘 공부는 잘되니?"
"공부도 공부지만 교수님들 비위 맞추느라 시간 다 보내고 있죠. 형님은요?"
"나도 그냥 일하면서 지내고 있어."
"댓글들도 많던데 답변도 해 주고 그러세요. 팬 관리 해야죠."
"댓글? 그래 한번 볼게. 연락 줘서 고맙다. 영민아."
"뭘요. 종종 연락 좀 주세요. 그럼 저 이만 끊을게요, 이제 세미나 들어가 봐야 하거든요."
"그래. 고생하고 그럼. 또 연락하자."

한 달에 서너 번 배정되는 저녁 근무 날이었다. 구내식당에서 저녁 식사를 마치고 수속 카운터로 올라가던 중에 걸려 온 전화였다. 머릿속이 하얘졌다. 마침 업무시작까지 시간이 조금 남아 있어 핸드폰으로 급하게 페이스북 앱을 다운로드했다.

카운터 근처 벤치에 앉은 민준은 여행객들 사이에서 고개를 푹 숙이고 핸드폰 화면에 시선을 고정시켰다. 도대체 무슨 일인지 궁금해 미칠 것 같았지만 또 비밀번호가 문제였다. 오타인지 기억이 제대로 나지 않는 것인지 계속 로그인에 실패했다. 수차례 실패 후 한 번만 더 해 보고 안 되면 집에 가서 봐야겠다 싶었는데 드디어 로그인에 성공했다.

최근 소식에 20이라는 숫자가 선명하게 떠 있었다. 그 소식들이 무엇인지 확인하고 싶었지만 일단은 이틀 전 올렸던 글들을 하나하나 살펴보기로 했다. 모든 글은 '나만 보기' 설정이 되어 안전히 잘 보관되어 있는 한편, 열여섯 번째로 올렸던 글이 '전체공개'로 되어 있었다. 그리고 그 글에는 '좋아요'와 여러 댓글들이 달려 있었다. 모두 읽어 보기엔 시간이 부족했지만, 얼핏 보아 재미있다는 말들이 많이 보였다. 댓글을 남긴 사람들 중에는 모르는 이름도 섞여 있었다. 무의식적으로 미소가 머금어졌다. 글을 다시 읽어 보고 댓글들도 일일이 확인하고 싶었지만, 시간이 부족해 일단 자리에서 일어나기로 했다.

머릿속이 온갖 다양한 생각으로 가득 찼다. 그런 생각들이 채 정리되지 못한 상태로 수속 카운터 앞에 이르렀다. 들떴던 마음을 억지로 가라앉히고 업무준비를 시작했다. 카운터 내로 들어가 오늘의 업무 배정표 내용을 다시 한번 훑어보았다. 취급주의 스티커와 환승 표시 태그 등 수하물 처리에 필요한 자재들을 충분하게 챙겨 캐비닛 위에 올려놓았다. 돌돌 말린 수하물 표와 지그재그로 겹쳐 접혀 있는 탑승권을 각각의 출력기에 집어넣었다. 그런데 문제가 발생했다. 탑승권 출력기가 말썽이었다. 출력기를 직접 고쳐 보느라 멀쩡한 탑승권을 적어도 열 장 넘게 찢어 버렸다. 탑승권에 탑승 정보를 출력한 후 기기 밖으로 뽑아

내지 못하고 계속 잼이 걸렸다. 종종 있는 문제이긴 했지만 이번에는 자체적으로 해결하기가 어려울 것 같았다. 결국 공항 자재 관리부서 직원에게 연락을 취해 기계를 교체한 후에야 수속을 재개할 수 있었다.

덕분에 20여 분이 지나도록 손님을 한 명도 받지 못했다. 대신 관리 직원을 도와 출력기를 분리하여 빼낸 후 다시 새 기기를 설치해야 했다. 덕분에 한참 들떴던 마음도 급속도로 냉각되었다. 그 결과 평소보다 더 차분한 마음으로 업무를 볼 수 있었다. 다행이 아닐 수 없었다. 괜히 마음이 페이스북으로 넘어가 있었다면 업무를 보는 동안 크든 작든 실수를 했을 것이 분명했다. 멀티태스킹은 절대 자신의 것이 아니라는 것을 민준은 익히 그간의 경험을 통해 잘 알고 있었다.

업무가 마무리되어 카운터 마감 시간이 다가오자 민준은 가방에 넣어 뒀던 핸드폰을 꺼내어 보았다. 앱을 실행시키지 않았는데도 그 사이 달린 댓글의 알림이 표시되어 있었다.

"역시 손님 앞에선 웃고 있어도 뒤돌아선 썩은 표정이군. 앞으론 공항 가서 눈치 보일 듯."

무슨 말인가 싶어 자신이 썼던 글 내용을 조심스레 상기시켜 보았다. 아뿔싸. 글 속에는 손님의 태도에 대해 불만을 토로하던 항공사 직원의 모습이 묘사되어 있었다. 전체공개되었던 그 글은 다름 아닌 '스페셜 밀'에 관한 이야기였다. 스페셜 밀은 일반 기내식이 아닌 고객의 나이와 건강 혹은 종교 등을 이유로 요청할 수 있는 특별 기내식이다. 항공사 규정상 스페셜 밀은 항공기 출발 24시간 이전에만 신청이 가능했다. 그런데 어떤 한 고객이 탑승 시간 두 시간을 남겨 놓고 다짜고짜 수속 카운터에서 스페셜 밀을 요구한 상황이 벌어진 적이 있었다. 이날의 상황을 조금 과장되게 덧붙여 꾸며 낸 이야기였다.

물론 모티브가 되었던 실제 상황에서는 해당 승객이 징그러울 정도로 극성을 피우며 야채식을 요구했었고 현실상 불가능한 상황이었기에 어쩔 도리가 없었다.

하지만 이야기 속에서는 달랐다. 그 승객은 비즈니스 클래스 승객이었고 한 중견기업의 사장이었다. 게다가 누적 마일리지도 꽤 높았다. 항공사 입장에서는 어쩔 수 없이 예외를 적용해야 했다. 기내식 업체에 연락을 취하여 이번 한 번만 협조해 줄 것을 요청하였고, 우여곡절 끝에 긴급 공조된 야채식이 기내로 추가 반입될 수 있었다.

승객을 응대했던 수속 직원과 기내식 업체와 언쟁을 벌여야 했던 매니저급 직원은 이후 함께 그 승객에 대한 불만을 토로했다. 직원들의 애로사항을 좀 더 격하게 표현하고 싶어 이 장면을 일부러 포함시켰던 기억이 났다. 이것이 아마도 애초 계산에 없었던 독자의 마음을 불편하게 만든 모양이었다.

퇴근길 내내 민준은 핸드폰에서 눈을 뗄 수가 없었다. 생각보다 댓글이 많이 달려 있었다. 그 글이 그렇게 많은 사람들에게 읽히게 될 줄은 꿈에도 상상하지 못했다.

댓글 전부가 긍정적인 반응을 나타내고 있지는 않았다. 열 개 중 일곱 개 정도는 재미있다거나 글이 잘 읽힌다는 반응이었다. 이런 반응은 대부분 지인들의 댓글을 통해 나타났다. 하지만 나머지는 항공사에 대한 불만과 가장 최근에 달린 댓글처럼 직원의 불손한 모습에 대한 비판이었다. 가명을 사용하길 천만다행이었다. 만일 회사 이름과 직원의 이름마저 실제와 같았다면 문제가 컸을 것이다.

집에 도착할 때까지 민준은 글에 대한 반응을 일일이 읽어 봤다. 그 와중에도 계속 댓글이 달리고 있었다. 이쯤 되니 슬슬 겁이 나기 시작했다.

불과 며칠 전까지만 해도 자신의 컴퓨터 속에 고이 저장되어 있었던 글들이었다. 그런 글들이 어느덧 세상에 공개되어 많은 사람들에게 읽히고 있다는 사실이 감당하기 어려울 만큼 낯설었다. 글에 대한 반응 또한 어떻게 받아들여야 할지 혼란스러웠다. 이 글을 이대로 공개해 놓아야 하는지도 고민이 되었다. 페이스북 화면을 하릴없이 바라보는데 화면이 갑자기 변하더니 승미의 이름과 전화번호가 표시되었다.

"여보세요?"
"민준! 잘 지냈어?"
"오랜만이다. 요즘도 여행 잘 다니고 있니?"
"응. 이젠 지쳐서 더 이상 여행도 못 다니겠다."
"오늘도 어디 다녀오는 길인가 보지?"
"어떻게 알았대? 지금 공항버스 안이야. 이번엔 영국 다녀왔어."
"정말 여기저기 잘 다니네."
"올림픽 때는 자리가 없어서 못 갔었는데 이번에 자리가 좀 난 것 같아서 다녀왔지. 근데 오고 가는 시간이 길어서 너무 힘들었어. 북경 경유해서 갔었거든."
"어이구. 고생했다."

오랜만에 듣는 승미의 목소리는 장거리 여행을 방금 마친 사람답지 않게 여전히 활기차고 밝았다. 공항버스를 타고 귀가하는 길이라고 하니 아마도 집 근처로 나 있는 고속도로 위를 한참 달리고 있는 중일 것이다.

"나 페이스북에 들어갔는데 항공사 지상직원 이야기 올라왔더라. 너도 봤니?"
"항공사 지상직원 이야기?"
"무슨 이야기처럼 되어 있는데 재밌더라고."
"혹시 스페셜 밀 이야기 말하는 건가?"

“너도 봤구나. 그거 보는데 네 생각이 나더라. 그래서 안부도 물을 겸 연락해 봤지. 그 글 어때? 직원이 봐도 리얼하니? 난 다음 편이 벌써 기대돼.”

마음과 다르게 미간이 찡그려졌지만 이내 헛웃음으로 바뀌고 말았다. SNS상으로 아무런 연이 없는 승미가 그 글을 봤다는 게 혀를 찰 노릇이었다. 아마도 글의 저자가 민준인 것까지는 모르는 눈치였다.

“난 아직 제대로 안 읽어 봤어. 다시 한번 읽어 봐야겠네.”
“내가 봤을 땐 재밌었어. 한 번 읽어 봐.”
“그래. 요즘은 어떻게 지내니? 계속 여행 다니는 거야?”
“맞아. 팔자에 없던 여행자의 삶을 살고 있지.”
“너무 부럽다.”
“부럽긴 야. 그런데 아마 한동안은 여행가기 힘들 것 같아.”
“어째서? 혹시 이제 다시 일 시작하는 거니?”
“일은 아니고 대학 때 교수님 연구실에 들어가기로 했어.”

여행 이야기를 할 때보다는 한결 차분한 목소리로 승미가 말했다.

“대학원생 되는 거야?”
“교수님께 고민 상담하러 갔더니 당장 오라고 하시더라고.”
“역시 똑똑한 제자라서 놓치기 싫으셨나 보구나?”

“에이…. 그런 건 아니야. 그런데 공부한다고 생각하니 나로서는 좋더라.”

승미가 부러웠다. 결국 자신이 원하는 길을 찾게 된 것 같아서. 그리고 그 길을 선택할 수 있는 용기를 충분히 가지고 있는 것 같아서 샘이 날 정도로 부러운 마음이 들었다.

“정말 축하해. 새로운 출발이네. 그럼 다시 바빠지겠구나.”
“응. 이제 곧 연구실 들어가고 대학원 수업은 내년부터 정식으로 듣게 될 것 같아. 그 전에 서울 시내로 한번 나와. 밥 한번 먹자.”
“그러자. 나도 어서 한번 보고 싶네.”
“네가 가능한 요일을 미리 알려 주면 맞춰 볼게.”
“알겠어, 연락할게. 그럼 조심해서 잘 들어가.”
“응. 곧 보자. 안녕!”

오랜만에 들은 목소리에 대한 반가움, 그 목소리가 전하는 기쁜 소식에 대한 막연한 부러움. 그리고 글이 확인할 수 없는 곳까지 퍼져 나갔다는 사실에 대한 두려움이 한꺼번에 몰려왔다.

잠시 머리와 마음이 멈춰 버렸다. 이런 상황에서는 무엇부터 해야 할까. 고성에게 연락해 볼까 싶었지만 이런 이야기를 들어줄 정도로 여유 있어 보이지 않았다. 그리고 만약 이야기를 꺼낸다면 고성은 왜 자신의 이름이 주인공이 되었는지를 먼저 따질 것이다. 생각하니 웃음이 나오며 긴장이 슬쩍 풀어졌다.

민준은 일단 컴퓨터 앞에 앉았다. 핸드폰이 아닌 컴퓨터 화면으로 다시 한번 글에 대한 반응을 살펴보고 싶었다.

이미 한 번 봤던 댓글들임에도 좋은 내용에는 미소가 지어졌다. 그러다가도 빈정대는 댓글이 나오면 또다시 표정이 굳어졌다. 그런 댓글에 '좋아요'가 선택되어 있는 걸 봤을 땐 섭섭하다 못해 짜증이 났다.

연예인들이 자신에 관한 신문기사 댓글을 보고 정신질환에 걸린다는 말이 이제는 이해가 될 것 같았다. 그러면서도 공연한 욕심이 생겼다. 다른 글들도 전체공개로 만들어 볼까 싶은 마음이 스멀스멀 들기 시작했다. 하지만 그럴 수 없었다. 뚜렷한 목적도 없이 단지 주변의 관심을 더 받고 싶다는 달콤한 생각에 젖어 무작정 글을 공개해 버린다는 것은 어딘가 맞지 않아 보였다. SNS에서 멀어지고자 했던 이유를 떠올려 보면 더욱 얼토당토않았다. 이 순간 당신이 원하는 것이 무엇이냐는 질문에 글을 공개하는 것이라고 대답한다고 해도 그렇게 하면 안 될 것 같았다.

대신 오늘 있었던 일을 기록해 보고 싶다는 마음이 들었다. '오늘의 기록'이 아닌 솔직한 생각을 담은 일기로 기록하고 싶었다. 우연인지 필연인지 모를 오늘의 기가 막힌 이 사건에 대해 꾸밈없이 생각을 적어 나가 보고 싶었다. 그렇게 하면 생각들이 정리될 수 있을 것 같았다.

민준은 한동안 꺼내 보지 않았던 일기장을 책상 서랍에서 꺼냈다. 서랍 속에 있어서 괜찮았지만 아마 열린 공간에 두었다면 꽤나 먼지가 쌓여 있을 것 같았다. 마지막으로 일기를 썼던 날은 올해 초, 봄이었다. 부모님을 모시고 벚꽃놀이를 다녀온 직후 집에 들어와서 썼던 일기였다.

꽃잎이 흩날리던 거리는 한없이 아름다웠다. 하지만 거리를 가득 채운 커플들의 모습이 마음을 싱숭생숭하게 만들었다. 부모님을 위해서 그리고 자신을 위해서도 조만간 결혼할 사람을 만나는 것이 좋을 것 같다는 이야기를 하고 있었다. 내가 언제 이런 일기를 썼던 거지? 오랜만에 읽어 보는 자신의 솔직한 이야기가 낯설었다.

민준은 연필꽂이에서 펜을 하나 집어 들었다. 그립감이 가장 좋고 매끄럽게 잘 써지는 펜이었다. 가을의 문턱을 넘어섰으니 이젠 일기를 한 번 정도는 써 볼 시기가 되긴 했다. 자기도 모르게 신이 났다. 책상 구석 플라스틱 폴더에 잔뜩 쌓여 있는 이면지 한 장을 꺼내어 테스트 삼아 글씨를 써 보았다.

안녕하십니까. 안녕. 안녕하십니까. 까. 여권. 여권 주세요. 패스포트 플리즈. 땡큐. 직업병이라도 되는 듯 손끝을 통해 펜으로 전해지는 메시지도 역시나 업무 시 기계적으로 내뱉는 문구들이었다.

볼펜은 매우 부드럽게 잘 나왔다. 다만 오랜만에 또박또박 글씨를 쓰려니 손의 근육과 관절들이 낯설어 하는 것 같았다. 중간마다 몇 번이나 펜을 내려놓고 손가락 마디를 주물러야 했다.

대답

10월에 접어들자 날씨가 급격하게 변하기 시작했다. 선선한 공기가 때론 쌀쌀하게 느껴졌고 느긋함과 쓸쓸함이 오묘하게 공존하며 서로의 영역을 넘나들었다. 사람들은 바쁘게 달려온 지난 시간을 돌아보며 저마다 사색에 빠져들었다. 하지만 민준에게는 이 시기가 그 어느 때보다 낯설고 번잡했다. 겉으로 드러나는 행동은 없었지만, 마음이 늘 분주했다.

처음의 기대와 달리 온라인에서 글이 퍼져 나가는 속도는 이내 느려졌다. 그럼에도 댓글은 꾸준히 달리고 있었다. 한시적으로 이슈가 되기보다는 트렌드와 상관없이 편하게 읽히는 것 같았다. 이 과정에서 민준은 타인의 관심을 갈망하던 자신의 모습이 어느 정도는 해소되었다고 결론 내렸다.

지인들은 민준이 글을 올렸다는 사실을 대부분 인지하고 있었다. 그리고 그에 대한 반응을 여러 방법으로 표현해 왔다. 뿐만 아니라 일생에 단 한 번도 만나거나 이야기를 나누지 못했던 많은 낯선 이들이 민준이 창조해 낸 가상의 세계를 기꺼이 방문했다. 그리고 그에 대한 느낌과 생각을 거침없이 표현하였다.

처음엔 문화충격에 버금가는 이런 신세계를 어떻게 적응해야 할지 알 수 없었다. 하지만 이내 그런 관심을 자연스레 받아들이게 되었다. 더 이상 타인의 반응을 이끌어 내고자 인위적인 노력을 기울이지 않아도 된다고 믿게 된 것이다. 어떻게 보면 긍정적인 변화였지만 옳고 그름의 잣대에서는 판단하기가 어려웠다. 어쨌든 민준은 이런 자신의 상태가 언제든 바뀔 수 있다고 보고 늘 경계심을 유지해야 한다고 생각했다.

그리고 또 다른 '오늘의 기록'이 공개되었다.

두 번째 글이 공개된 날은 바람이 세차게 불어 나무에서 낙엽이 우수수 떨어지던 날이었다. 공기의 거센 움직임 탓에 하늘은 한없이 맑고 푸르렀다. 비행 일정이 지연되지 않을까 하는 우려가 생길 정도로 바람이 매서웠다.

하지만 실내에서 바라보는 바깥 풍경은 그야말로 장관이었다. 아름답다는 말을 아끼는 것을 죄악시해야 할 정도로 자연은 그 본연의 모습을 거침없이 뽐내고 있었다. 탁 트인 하늘을 가로지르는 항공기의 날렵한 동체에 강렬한 태양 빛이 반사되었다. 그 반짝거림은 마치 깜깜한 밤하늘의 별과도 같은 모습이었다. 차이가 있다면 그 반짝임의 배경이 무결점의 푸른색이었다는 것이다.

근무를 끝내고 오후 4시가 다 되어 퇴근을 하던 길이었다. 민준은 길 한가운데 서서 한참 동안을 가을바람에 몸을 맡긴 채 서 있었다. 그러다 주머니에서 조용히 핸드폰을 꺼내 들어 페이스북 앱을 작동시켰다. 그리고 그 글을 '전체공개'로 바꾸었다. 이유는 없었다. 바람을 만끽하던 중 스스로에게 질문을 했고 그에 대한 대답을 했을 뿐이었다.

그리고는 근 한 달간 스스로가 우려해 왔던 생각이 되살아날까 하여 앱을 바로 핸드폰에서 삭제하였다. 견물생심이란 말을 떠올리며.

로그아웃

일 년의 마지막 달이 찾아왔다.

남들에겐 한 해를 마무리하는 의미 있는 시간이겠지만 항공사와 공항에서는 다시 한번 전열을 가다듬는 시기였다. 여름에 이은 또 한 번의 극성수기가 곧 도래할 것이기 때문이다. 이놈의 성수기는 너무 자주 찾아온다. 직원들에겐 고역이겠지만 회사 입장에서는 이보다 반가운 시기가 없을 것이다.

내복을 겸할 수 있는 이너웨어가 필요하다고 느낄 정도로 날이 많이 차가워졌다. 습도도 많이 낮아져 아침에 일어나면 잔기침이 나오곤 했다. 오리털이 들어간 재킷, 머플러 그리고 장갑을 모두 옷장에서 꺼낼 시기가 다가왔다.

몸도 마음도 추운 그런 시간들이 당분간 이어질 것이다.

'잠깐 이야기 좀 할 수 있을까요? - 연희'

탑승 수속 단말기에 로그아웃 명령어를 입력하고 엔터를 치기 직전 핸드폰으로 도착한 문자였다. '연희'라는 이름이 적혀 있었지만 핸드폰에 저장되어 있지 않은 새로운 번호였다. 같은 근무조의 문연희 선배인가 싶었지만 분명 그녀의 번호는 따로 저장이 되어 있었다. 앞뒤 맥락도 없이 잠깐 이야기를 하자는 것으로 보아 물리적으로 가까운 위치에 있는 사람일 것 같았다.

길게 늘어선 카운터 배열 끝 비즈니스 전용 카운터 자리에 연희 선배의 모습이 보였다. 그녀는 평소와 다름없는 밝은 표정으로 다른 직원들과 함께 수속 업무를 마감하고 있었다. 혹시 자신과 눈을 마주치게 된다면, 그래서 작은 눈짓이라도 준다면 그 메시지가 연희 선배로부터 온 것이라 생각할 수 있었을 테지만 그런 움직임은 보이지 않았다.

'실례지만 누구신지요?'

답장을 보내고 혹시나 하여 연희 선배를 잠시 지켜봤다. 하지만 별다른 기색을 볼 수 없었다. 일단 그녀는 아닌 것 같았다. 민준은 시스템에서 로그아웃을 하고 카운터 마감을 위한 뒷정리를 서둘렀다.

새벽부터 근무한 탓에 고작 오후 3시였지만 몸이 무겁게 느껴졌다. 더구나 아프리카 오지로 선교활동을 떠나는 열아홉 명의 단체 승객을 응대하며 무거운 짐들을 들었다 놨다 했더니 허리에도 통증이 느껴졌다. 최근 들어 자주 밤잠을 설치고 있는 것도 피로가 누적되는 데에 한몫했을 것이다. 집에 가면 스트레칭을 하며 몸을 풀어 줘야 할 것 같았다.

"수고하셨습니다!"

지문인식기에 퇴근 기록을 남긴 후 같은 조 직원들과 하루의 노고를 격려하는 인사를 나눴다. 로커에 들어서자 목욕탕에서나 맡을 법한 남자 스킨 냄새가 코끝에 와 닿았다. 재채기가 날 것 같았지만 실제로는 이어지지 않았다.

"민준 씨. 내일 오프지? 오늘 한잔 어때?"

종호 선배가 민준의 로커 건너편에서 말을 걸어왔다. 얼굴은 보이지 않았지만 미소를 반쯤 머금고 있을 종호의 모습이 훤히 그려졌다. 비록 근무 시간은 8시간을 이미 넘어가고 있었지만, 아직 해가 중천이었다. 아쉬움이 남을 수밖에 없는 시간이다.

"오프인 건 또 어떻게 아셨어요?"
"나도 내일 오프라서. 누가 또 있나 한 번 봤지."

"그러고 보니 저도 선배님 오프인 거 봤던 것 같네요."
"한잔 어때? 난 간만에 좀 당기는데."

허리도 아프고 몸이 피곤하여 그냥 집으로 가고 싶었다. 술을 한잔하자는 이야기는 아마도 영종도 밖으로 나가 김포공항 인근까지 가자는 뜻일 것이다. 솔직한 마음으로는 좀 귀찮았다. 하지만 가까운 선배인 종호의 제안에 긍정적으로 응하고 싶었다. 홍보팀과의 일이 있었던 이후로 하루하루가 텁텁하고 무거웠는데 외출을 한다면 그 무게감을 조금은 덜어 낼 수 있을 것 같았다.

"불러 주신다면야. 저희 둘만 가나요?"
"또 부르고 싶은 사람 있어?"

잠시 골똘히 생각해 봤지만 딱히 떠오르는 사람이 없었다. 웬일로 찬웅 생각이 잠깐 났다. 하지만 영 아니었다. 아무리 생각해도 기분전환을 위한 자리엔 어울리지 않았다.

"딱히 떠오르는 사람은 없네요."
"그럼 우리끼리 가자."
"네. 좋습니다."

민준은 서둘러 옷을 갈아입고 화장실로 가서 가볍게 세수를 했다. 종호가 공항 지하에 있는 세탁소에 잠시 들러야 하여 민준은 지하층에서 기다리기로 했다. 잠시 숨을 돌리고 있는데 문자 메시지의 도착을 알리는 진동이 주머니로부터 전해졌다. 두툼한 재킷을 입고 있었기 때문에 하마터면 진동을 느끼지 못할 뻔 했다.

'저 수속팀 문연희예요. 안녕하세요^^.'

연희 선배가 맞았다. 무슨 일로 자신을 보자고 하는 것일지 궁금했다. 그리고 왜 수속 카운터에서는 아무런 내색을 하지 않았는지도 의아했다. 여느 때처럼 짧은 시간 동안 많은 상상을 해 보았으나 답은 알 수 없었다. 정황적인 근거가 부족했다.

민준은 연희를 선배로서 존경하고 좋아했다. 하지만 그만큼 친하게 지내지는 못했다. 때문에 연희의 말투나 성격에서 풍겨 나올 수 있는 그렇다 할 상상이 좀처럼 이루어지지 않았다.

민준이 답장을 보내 인사를 하자 연희는 잠깐 볼 수 있겠냐고 다시 답장을 보내왔다. 하지만 이미 종호와 약속을 잡은 상황이라 시간을 내기가 어려울 것 같았다. 물론 종호에게 양해를 구할 수는 있었겠지만 여러모로 번거로워질 것 같았다.

'선배님, 어쩌죠? 오늘은 일이 좀 생겨서요.'

‘아하. 그렇군요. 그러면 혹시 내일 근무가 어떻게 되세요?’
‘죄송합니다만 내일은 오프입니다. 혹시 무슨 일이신가요? 중요한 일이 있으신 거라면 제가 내일 시간을 내 보겠습니다.’

민준은 선배에 대한 예의를 갖춘다는 생각으로 정중하게 문자를 보냈다. 하지만 그 모습이 어딘가 차가워 보일 수도 있겠다는 생각이 들었다. 게다가 연희의 제안을 거절하는 상황이라 마음이 썩 편하지도 않았다.

“민준 씨, 가자!”

마침 종호 선배가 돌아왔다. 얼굴이 살짝 발개진 것이 평소보다 빠른 걸음으로 세탁소에 다녀온 것 같았다. 어지간히 빨리 술을 한잔하고 싶은 모양이었다.

“뛰어 다녀오셨나요? 완전 빠르시네요.”
“몇 년째 느끼는 거지만 공항이 너무 크네. 어서 가자!”

호탕하게 웃으며 대답하는 종호의 모습에 함께 기분이 좋아질 법도 했지만 이미 마음 한편에는 미안함이 무겁게 내려앉아 있었다. 연희에게 무슨 일이 있는 건 아닐까 하는 걱정이 되기도 했다. 하지만 연희는 더 이상 답장을 보내지 않았다. 걸려 오다가 금방 끊겨 버린 전화처럼 찜찜한 마음이 들었다. 일단은 두기로 했다. 정말 필요한 일이 있다면 다시 연락을 줄 테지.

민준은 종호와 김포공항으로 향하는 리무진 버스에 올랐고 약 30분 후 근처 번화가에 도착할 수 있었다. 종호는 민준을 데리고 평소 자신이 자주 가는 맥줏집으로 향했다. 이 맥줏집은 셀프로 자신이 원하는 맥주를 냉장고에서 가져와 마실 수 있었다. 뷔페와 비슷한 개념이었지만 자신이 마신만큼 돈을 지불한다는 점에서 차이가 있었다. 안줏거리는 그 맥줏집에서 주문할 수도 있었고 따로 외부에서 가져와 먹을 수도 있었다. 옆 테이블에 앉은 4명의 남녀는 근처 맛집에서 사 왔다는 족발을 꺼내 놓고 안주로 먹고 있었다.

선후배 관계였지만 비교적 허물없이 지내 왔기 때문에 민준과 종호는 편안한 분위기에서 시간을 보낼 수 있었다. 대화 주제는 역시나 공항에서의 이야기가 대부분이었다. 그들을 힘들게 하는 몇몇 선배직원들과 서로 각자 겪은 유별난 고객에 대한 이야기가 한참 오고 갔다. 여느 직장인과 다를 바 없는 그런 이야기들을 나누며 서서히 술에 취해 갔다.

"말 꺼내도 되는 건지는 모르겠지만…."

"뭔데요?"

"혹시 페이스북 사건 말이야. 이제 다 종결된 거야?"

느닷없이 종호가 물었다. 마치 해서는 안 되는 질문을 한 것처럼 시선이 불안해 보였지만 작심하고 말을 꺼낸 것 같았다.

"페이스북 사건이라뇨?"

"그냥 편하게 이야기해도 돼. 나도 다 알고 있어."

"아…. 네."

"홍보팀에서 제안한 게 아무래도 좀 그랬나 보지?"

민준은 당황했다. 홍보팀의 제안에 대해서 그 누구에게도 말한 적이 없었다.

"선배님은 어떻게 아셨어요?"

"걱정 하지 마. 다른 사람은 몰라."

"…."

금세 모든 게 불편해졌다. 이 자리까지 종호를 따라온 스스로가 원망스러웠다. 그러나 여느 때처럼 그런 감정들을 억누르고 평온한 표정을 지어 보려 애를 썼다.

"사실 민준 씨한테 연락한 게 내 동기거든. 그것도 나랑 가장 친한 동기."

떠올려 보면 홍보팀 직원의 목소리는 매우 단조로웠다. 그래서 더 정이 없이 느껴졌다. 상대방에 대한 배려는 거의 없다시피 했고 오직 자기의 일, 아니면 회사의 일만 추진하면 된다는 듯한 목소리였다. 그 사람이 종호 선배의 동기였다니.

"그러셨군요."
"근데, 잘했어. 나도 글 읽어 봤는데 그런 걸 회사 홍보용으로 쓰기엔 아깝지. 너무 상업적이잖아."
"아니에요, 저한테는 과분한 제안이었습니다."

자각하지 못했지만, 어느새 고개가 숙여졌다. 감정을 숨기고 이야기하는 것을 예전엔 꽤 잘했었던 것 같은데 지금은 그게 참 어려웠다.

"아냐. 홍보팀에서는 마케팅용으로 확실하게 가치가 있다고 판단 내렸던 모양이야. 좋은 소스가 필요했던 찰나에 민준 씨 글에 대해서 알게 된 거지. 글쓴이가 우리 회사 직원이라고 하니 홍보팀에서는 더할 나위 없이 좋았던 거고."

홍보팀 내부 사정을 잘 알고 있다는 듯 종호가 말했다. 위로를 하려는 것 같기도 하고 아니면 홍보팀 직원처럼 설득을 하려는 것 같기도 했다. 아무렴 어떤가. 이제 다 끝난 일이다.

"그렇게 봐 주신 건 감사한데, 제가 전문적으로 글 쓰는 사람도 아니고…."

"사실 나는 그 글 꽤 재밌게 봤어. 일단 남 이야기가 아니잖아. 우리로서는 공감하는 부분이 많은 이야기들이고. 그래서 좋더라. 마음에서 위안이 되더라니까."

"감사합니다. 별거 아닌데 정말."

"이제는 글 더 이상 안 올리는 거야? 하긴. 올리지는 못하겠구나."

"홍보팀이랑 일 있고 나서는 아직 따로 글을 써 본 적이 없어요."

"혹시…. 그 이후로 감정이입이 안 돼서 그래?"

"그냥이요."

"내가 괜한 걸 묻는가 보다. 미안해 민준 씨."

"아닙니다. 그냥 그 이후로 좀 위축된 것 같습니다. 저는 그냥 재미있어서 했던 일들인데 그일 때문에 누군가에게 혼났다는 느낌이에요. 사실 혼난 게 맞고요."

얼굴이 화끈거리기 시작했다. 그래서 더 고개를 숙이고 싶었다.

"홍보팀이 회사 식구들 챙기는 건 생각 안 하고 자기들 일만 생각했던 것 같네. 마음 풀어."

종호는 맥주병을 들어 남아 있던 술을 다 마셔 버렸다. 자기도 속상하다는 걸 보여 주고 싶은 것 같았다.

"세상이 그렇더라고, 내가 좀 마음에 들어 하는 것 같으면 휙 뺏어가."

"…."

"그럴 때 그걸 다시 뺏어 오는 게 진짜 승자 아닐까?"

"그런가요?"

"쉽진 않겠지. 전투를 벌여야 하는 거니까. 그런데 그 전투를 벌이기 위해서는 상대가 아닌 나 스스로와의 전쟁을 먼저 이겨야 해."

"그건 충분히 싸우고 있다고 생각했는데…."

"거기서 일단 이겨야 돼. 그래야 상대 적진을 정확하게 바라볼 수 있어. 역사적으로도 그랬고. 내분이 있는데 바깥에 가서 전쟁을 치를 수 있겠어?"

"그렇겠네요."

종호 선배가 한 말을 곱씹어 보려 했지만 영 집중이 되지 않았다. 뺏어 온다는 생각이 의미가 있을까. 그리고 스스로와의 전투를 승리로 이끌 수나 있을까. 그 전투에 과연 끝은 있을까. 무의미한 휴전이 선언되고 그 기간이 너무 길어져 결국 지치고 말진 않을까. 마치 서서히 통일을 포기해 가고 있는 남과 북의 회의론자들처럼.

"안주가 없으니 내가 나가서 떡볶이 좀 사 올게. 금방 다녀올 테니까 조금만 기다려. 다녀오면 이야기하자고."

이제야 이야기가 좀 흘러가는가 싶었는데 종호는 말을 끝내자마자 자리에서 일어났다. 일어나면서 잠깐 몸을 휘청거리더니 곧 자세를 바로잡았다.

"괜찮으세요? 제가 다녀올게요."

민준이 자리에서 일어나 종호의 팔을 잡으며 말했다.

"괜찮아. 내가 다녀올게. 맛있는 떡볶이집을 알고 있거든."
"알겠습니다. 그럼 조심해서 다녀오세요. 조금 취하신 것 같은데."
"취하긴 뭘. 기다려 그럼."

종호는 가방에서 지갑을 챙겨 들고 맥줏집을 빠져나갔다. 출입문 상단에 달린 작은 방울이 요란한 소리를 냈다. 그 방울은 문에 고정되어 문이 움직일 때마다 소리를 냈다. 삶과 죽음의 개념이 무의미한 작은 물체였음에도 그 모습이 오늘따라 애처로워 보였다.

페이스북에서 작게나마 이슈가 되어 가고 있던 민준의 글은 홍보팀 관계자의 이목을 끌기에 충분했다. 공항이라는 공간에서 일어나는 고객과 직원 간의 에피소드, 그리고 그것을 통해 엿볼 수 있는 인간 내면의 다양한 모습들은 사람들의 관심을 집중시킬 수 있었다. 에피소드의 모습도 워낙 드라마틱했다. 조금만 더 긍정적인 혹은 아름다운 모습으로 일정 부분 정제될 수 있다면 홍보 목적으로 활용될 수 있는 잠재성이 있어 보였다. 홍보팀 입장에서는 충분히 논할 가치가 있는 문제였다. 머지않아 그 글이 회사 소속 직원에 의해 쓰였음이 밝혀졌고 곧바로 일이 착수되었다.

“어려울 건 없습니다. 그냥 페이스북에 올리신 글들처럼 써 주시면 됩니다. 단, 잘 아시겠지만 회사에서 생각하는 방향이 있습니다. 아무렇게나 쓸 게 아니라 홍보용으로 쓰는 거니까요. 저희가 기획하는 이미지나 혹은 분위기를 제시해 드리면 그걸 토대로 삼고 그 방향에 맞춰서 자유롭게 써 주시면 됩니다. 어렵지 않겠죠?”

얼마 전 신문을 보다가 기사인 줄 알았는데 알고 보니 광고였던 페이지가 있었다. 그 페이지 상단에는 아주 작게 ‘광고’라는 표시가 있었다. 하지만 얼핏 보기엔 그저 일반적인 기사처럼 보였다. 그래서 처음엔 광고인지 알 수가 없었다. 아마도 그런 맥락으로 글을 써 달라는 이야기인 것 같았다. 자연스럽게 전개되는 이야기인 듯 보이지만 결국엔 회사를 홍보하는 부분이 포함되어야 한다는 것이다.

What do you want 질문을 밑바탕에 놓고 생각을 해 봤다. 하지만 크게 고민할 거리가 아닌 것 같았다. 시간을 많이 들이지 않고도 자신의 입장을 결정 내릴 수 있었다.

민준은 다음날 홍보팀 직원에게 전화를 걸어 거부 의사를 밝혔다. 자연스럽게 취미 삼아 쓰는 글인데 홍보용으로 쓰이는 것은 좀 부담이 된다는 것이 그 요지였다. 홍보팀 직원은 '당황스럽다'와 '유감이다'라는 말을 몇 번씩 섞어 가며 비슷한 말을 여러 번 반복했다. 며칠 내 다시 연락을 주겠다고 했지만 그 이후 아무런 연락도 오지 않았다.

대신 그로부터 며칠 뒤 임직원 전체를 위한 전사 공지가 하달되었다. 주 내용은 연봉협상을 위한 노사합의에 관한 사항이었다. 직원 복지향상을 위한 개선사항 및 연봉 인상폭 증가에 대한 안내였다. 어려운 경제 상황 속에서도 회사가 직원에 대한 배려를 잊지 않고 있다는 자화자찬식의 메시지도 담겨 있었다.

또 다른 내용은 비교적 비중이 작았다. SNS 사용에 대한 권고사항이었는데 일부 직원들이 보안상 민감한 내용을 SNS에 올려 물의가 빚어졌던 사례들이 짤막하게 소개되었다. 그러면서 SNS 사용 시 회사에 대한 내용이 포함되지 않도록 해 달라는 내용이 있었다.

민준의 시선이 한참 동안 머물렀던 곳은 다름 아닌 SNS에 올리지 말아야 할 내용 중 가장 마지막에 있는 사항이었다. 이 문구는 공지 내용의 가장 마지막 줄이기도 했다.

'5. 근무 중 발생한 사건사고 사례(유사 사례 포함) 등. 끝.'

전사 공지가 각 부서에 전달된 그 날 오후 민준은 홍보팀으로부터 건조하기 짝이 없는 핸드폰 문자 메시지 한 통을 받았다. 페이스북에 올린 글을 즉각 삭제해 달라는 요청이었다. 관련 근거로 당일 자 전사 공지를 참조하라는 내용이 덧붙여 있었다.

"건배!"

민준은 홀로 옆 테이블의 기름진 족발 냄새를 맡으며 한 달여 전의 텁텁한 기억을 꺼내어 보고 있었다. 거기엔 자신의 소소한 기록에 일부 상상을 더해 본 것이 회사에 지대한 피해를 끼칠 수 있는 민감한 사안일까라는 질문이 있었다. 그리고 그에 대한 홍보팀의 요청에 과연 코딱지만큼이라도 합리적인 면이 있을까라는 질문도 있었다. 답이 무엇이건 간에 민준은 그 답을 절대 내놓지 않을 것이다. 그래야만 스스로를 보호해 줄 수 있을 것 같았다.

어쨌든 실수로 공개해 버린 글 덕분에 잠시나마 가져 봤던 이런저런 고민들은 더 이상 하지 않아도 되었다. 위로가 되는 유일한 부분이었다. 비록 그 고민들이 민준을 설레도록 만들었다 할지라도. 그래서 오랜만에 안 쓰던 일기까지 썼다 하더라도. 그리고 그 이후 글을 쓰는 것에 아주 약간의 자신감을 더 가지게 되었다 하더라도.

이 모든 것을 '없었던 일'로 만들어 가는 데에 대한 보상이 필요했다.

어떻게든 위로가 될 만한 부분을 더 찾아내야 했다. 그러지 않으면 무언가를 뺏겼다는 박탈감에 정말이지 괴로울 것 같았다.

종호는 전투를 벌여서 다시 그 일을 유효한 일로 만들라고 충고했다. 하지만 전투력이 남아 있지 않았다. 그래서 그냥 일단은 우두커니 있어 보는 것이다. 지겨운 휴전이 불가피할 수도 있겠지만 그걸 견뎌야 한다면 어쩔 수 없을 것이다. 별다른 종착지가 보이지 않았다.

떡볶이를 사러 나간 종호가 오는가 싶어 의자에서 살짝 엉덩이를 들어 창밖을 내다보았다. 많은 행인들의 모습이 보였지만 종호의 모습은 보이지 않았다. 마침 핸드폰에 진동이 울렸다. 문자 메시지였다.

'괜찮아요, 민준 씨. 별일 아니니 신경 쓰지 않으셔도 돼요. 그래도 시간 내어 주겠다고 말해 줘서 너무 고맙네요. 늘 감사하게 생각하고 있어요. 그럼 편안한 밤 보내세요^^.'

잠시 잊고 있었던 연희 선배였다. 역시나 친절하다. 상대를 배려하는 모습이 평소 모습과 다를 바 없었다. 오히려 미안할 정도다. 신경 쓰지 마라니까 더 신경이 쓰였다. 그리고 감사하다니 도대체 뭐가. 인사치레나 직업상 입에 붙은 표현이겠지만 기분이 나쁘진 않았다. 그렇다고 마음 편히 받을 인사도 아니었다.

종호 선배가 금방 들어올 것 같지 않아 민준은 바로 통화 버튼을 눌렀다. 헛기침을 하고 전화기를 귀에 가져다 대자마자 익숙한 목소리가 들려왔다.

"전화기가 꺼져 있어…."

문자를 보내고 바로 배터리가 나갔나? 영 낌새가 이상하여 다시 전화를 걸어 봤지만 같은 반응이었다. 민준은 할 수 없이 문자 메시지를 보냈다.

"죄송해요. 선배님. 제가 내일 따로 일정이 없으니 다시 연락드려 볼게요. 그럼 안녕히 계세요."

무슨 일인지 궁금했지만 아까도 그랬듯 별일 아닐 거라 생각하는 게 마음이 편할 것 같았다. 아마도 업무적인 일 때문이었을 것이다. 근무 스케줄 변경이라든지 그런 비슷한 경상적인 일들 말이다.

입구에서 또다시 방울 소리가 요란하게 울려 퍼졌다. 문을 열고 들어오는 사람은 종호였다. 그는 양손에 검은 봉지를 들고 있었다. 테이블에 올려놓은 봉지 속을 보니 떡볶이와 순대가 잔뜩 들어 있었다. 종호는 양이 너무 많다며 종업원에게 빈 접시를 달라고 한 뒤 떡볶이와 순대를 담아 종업원에게 주었다. 그리고 또 다른 접시에도 음식을 담아 옆 테이블 사람들에게 나눠 주었다.

민준은 종호의 그런 성격을 좀 배워 보고 싶었다. 그는 평소 낯을 가리지 않고 사람들에게 잘 다가가는 성격이었다. 그래서 민준도 종호와 쉽게 친해질 수 있었던 것 같았다. 그런 모습을 배워 나중엔 연희 선배와도 개인적으로 가깝게 지내고 싶었다.

문득 종호와 함께 연희에 대한 이야기를 나눠 보고 싶었다. 남 이야기를 웬만해서는 먼저 꺼내지 않았지만 종호 선배라면 차분하게 같이 이야기를 나눠 봐도 좋을 것 같았다.

"우리도 이제 먹어 보자. 여기 떡볶이가 그렇게 맵지도 않고 괜찮아."
"잘 먹을게요. 선배님, 그런데 말입니다."
"응?"

떡볶이를 덥석 입에 넣은 종호가 민준을 바라보았다. 어딘가 모르게 한참이나 어린아이같이 보였다. 그 순간만큼은 그렇게 신뢰감 가는 얼굴이 아니었다. 그저 착한 선배의 모습이었다.

"제가 떡볶이를 정말 좋아하거든요. 어떻게 아셨나 했죠. 어서 드시죠."
"싱겁긴. 어서 먹어."

의식적이든 무의식적이든 What do you want 질문에 잘 대답했다고 하여 늘 결과가 좋았던 것은 아니었다. 경험으로 깨닫게 된 바였다. 거실 벽에 붙어 있던 그 문구는 미련 없이 떼어 버렸다. 굳이 늘 질문을 할 필요는 없다는 결론이었다. 연희에게는 내일 다시 연락을 해 볼 것이다. 단순하게 생각하는 게 마음이 편했다. 원하고 원하지 않고의 문제는 정말 어찌 보면 사치일 수도 있다.

민준도 떡볶이를 하나 집어 들었다. 길고 둥근 떡 위에 불그스름한 고추장 양념이 맛깔스럽게 묻혀 있었다. 맵진 않을까 하여 그릇 가장자리에 가져다 대고 양념을 살짝 긁어내려 보았다. 떡 본래의 흰 색깔이 한 줄로 살며시 드러났다. 민준은 한입에 떡볶이를 집어넣었다. 종호가 말한 대로 맛이 좋았다. 매운맛이 크게 강하지 않고 적절했다. 떡도 꽤나 차졌다.

양념이 배지 않은 흰 떡으로도 먹어 보고 싶은 생각이 들었다. 하지만 민준은 양념을 긁어내지 않고 있는 그대로 떡볶이를 먹기 시작했다. 떡볶이는 이미 고추장 양념과 한 몸이 되어 버렸는데 굳이 그걸 분리할 필요는 없었다. 설령 분리해 내려 한다 해도 좀처럼 되지 않을 것이다.

복부 강타

"전화기가 꺼져 있어…."

다음 날도 연희의 전화기는 내내 꺼져 있었다. 이유를 알 수 없어 민준은 불안했다. 뜬금없이 연락을 해 왔던 이유도, 연락이 되지 않는 이유도 모두 궁금했다. 출근을 잘 했는지도 궁금했다. 물론 사무실에 전화를 걸어 문연희 사원 오늘 출근 잘 했습니까?라고 물어볼 수는 있었다. 하지만 명분이 없었다. 일단은 기다리는 수밖에.

소민이 집으로 찾아왔던 날이 떠올랐다. 민준과 아무런 개인적 친분이 없었지만 고민을 털어놓기 위해, 그리고 그 고민에 대한 답을 함께 논하기 위해 불쑥 집 앞까지 찾아온 그녀였다. 한때는 그런 모습을 동경하기도 했지만 이제는 쉽게 좋다 나쁘다를 말하기가 어려웠다. 아마도 시간이 지나면 알 수 있을 것이다.

소민의 생각과 바람이 어느 정도까지 현실로 이루어질지는 아무도 알 수 없는 것이었다. 현실은 우리에게 생각보다 많은 장애물을 안겨주었다. 그런 장애물들은 멀리서 보면 별거 아닌 것처럼 보인다. 조금만 노력하면 쉽게 넘어갈 수 있는 일종의 '과정'으로 여겨지곤 했으니까. 하지만 실제로 앞에 다가서면 그 장애물에 비해 자기의 모습이 얼마나 작고 초라한지 깨닫게 된다. 그걸 직접 겪어 보지 못한 사람들이 꿈을 향해 나아가라며 등을 떠미는 것이다. 정작 그들도 그 꿈에는 감히 다가가지 못하면서 말이다.

인정하기 싫지만 홍보팀 정책으로 페이스북에서 글을 삭제하게 된 사건은 스스로가 얼마나 초라한 존재인지 깨닫게 된 계기였다. 근래 들어 겪어 본 가장 큰 굴욕이라고 생각했다.

그간 열심히 글을 쓰고 그런 일상에 만족스러워하던 모습이 바보처럼 느껴졌다. 글이 공개되고 나서 썼던 일기는 기회가 된다면 찢어 버리고 싶었다. 그런 굴욕의 모습은 그 누구에게도 보여 주고 싶지 않았다. 그럼에도 누군가 홍보팀의 처사가 정당했었는지 묻는다면 민준은 침묵을 지킬 것이다. 관점에 따라 홍보팀이 옳았다고 생각할 수 있는 사람이 분명 있을 것이기 때문이다. 물론 누구도 그걸 묻진 않을 것이다. 하지만 민준은 마음 놓고 탓할 수 있는 대상이 자기 스스로밖에 없다고 결론 내린 지 오래였다.

아주 잠깐이었지만 소민에 대한 생각은 늘 여운을 남겼다. 그래도 이제는 먼저 연락하지 않기로 마음먹었다. 소민에 대한 각별한 마음도 어찌 보면 헛된 망상의 일종인 것 같았다.

표면적으로는 편입시험이 임박했음을 알기 때문에 절대로 소민에게 폐를 끼치지 말아야 한다는 이유도 있었다. 소민만큼은 자신의 꿈을 이뤄 주길 바랐다. 그 어리고 당찬 친구가 살아 있는 증거가 되어 주길 바랐다. 하지만 바람일 뿐이었다.

오히려 모든 것에 실패하고 회사로 다시 돌아오고자 마음을 먹는다면 소민에게 더 큰 연민을 느낄 수도 있을 것이다. 그렇게 되면 동병상련의 입장에서 다시 소민에게 가까이 다가갈 수 있지 않을까. 생각의 끝은 늘 의미 없는 욕심의 부활로 이어지기 일쑤였다. 이런 욕심이 저급한 수준의 욕정일 뿐 그 이상의 의미를 가질 수 없음을 민준은 잘 알고 있었다. 이런 하찮은 감정들마저도 자기 본분을 끝까지 다한다는 사실은 꽤나 고통스러운 일이었다.

소민은 거의 한 달째 아무런 연락이 없었다. 시험 때문인지 아니면 민준이 관심 밖이기 때문인지는 알 노릇이 없었다. 그저 시험이 끝나면 언젠간 연락을 해 올 것이라고 생각하며 기다리는 수밖에 없었다. 그러는 중에도 끝까지 머릿속으로는 그리지 말라고, 혹여나 시험이 끝나고 나서도 연락이 없다 해도 절대 동요하지 말라고 스스로를 다독였다. 반대로 연락을 해 온다 해도 너무 많이 좋아하지는 말아야 한다고 채찍질하듯 마음을 다잡기도 했다.

What do you want 질문에 대답하려고 굳이 노력하지 않으면, 삶에 제한이 많이 생겨나는 것 같긴 했어도 안정적이고 차분하게 일상을 유지할 수 있었다. 변화를 일으키는 것은 나 자신이 아닌 주변, 혹은 멀리 있는 제3자였기 때문에 그것에 대한 책임 따위로 스트레스를 받지 않아도 되었다. 그렇게 그간의 시간을 지내 왔고 그로 인한 아무런 문제가 없었다.

단지 안주와 만족이라는 종이 한 장 차이의 두 단어로 인해 불안감을 느꼈고, 마침내 마주하게 된 잠깐 동안의 바깥바람은 너무나도 달달했다. 그 결과 집에서 기른 개나 고양이들이 배를 주인에게 내놓듯, 민준도 이 험한 세상에 보호막 하나 없이 자기 자신을 내던져 놓았다.

"복부를 강타당했어요!"

TV 채널을 돌리다가 외국의 격투기 중계에서 한 선수가 쓰러지는 모습이 눈에 들어왔다. '가드를 세우지 않고 공격에만 매진했기 때문'이라며 해설자가 흥분해서 말했다. 쓰러진 선수는 괴로운 표정을 지으며 바닥에서 뒹굴고 있었다. 민준은 그 장면이 보기 싫어 TV를 꺼 버렸다.

딱히 일정이 없던 민준은 나른함을 느꼈다. 다음날 새벽에 출근을 해야 했기 때문에 낮잠을 자면 안 되는 상황이었지만 졸음이 밀려 왔다. 밖으로 나가 볼까 했지만 날씨도 춥고 바람이 많이 부는 날씨라 차라리 30분이라도 눈을 붙여야겠다고 생각했다. 알람을 맞추고 침대에 누우려는데 핸드폰에 메시지가 도착했다. 부서 단체채팅방이었다.

'문연희 사원의 새로 바뀐 번호를 알고 계시는 분은 저에게 좀 알려주세요. 감사합니다.'

오늘 당직 근무자인 김혜선 대리였다. 아마 연희의 새로운 연락처를 말하는 것 같았다. 보통 단체채팅방에서 먼저 반응을 보이지 않는 민준이었지만 이번에는 다른 문제였다. 김 대리에게 따로 문자 메시지를 보냈다.

"박민준입니다. 이 번호인지는 모르겠지만 제가 알고 있는 번호 알려드립니다. 010-○○○○-○○○○입니다. 그런데 지금 전화기가 꺼져 있는 것 같습니다."
"네! 고마워요."

문자를 보내자마자 거의 바로 답장이 왔다. 연희 선배에게 무슨 일이 있는 것일까. 여러 상상들이 바쁘게 머릿속을 지나갔다. 하지만 나른한 기운이 여전히 몸을 지배하고 있었다.

민준은 다시 침대에 누웠다. 기지개를 쭉 켜고는 잠을 청하려 눈을 감았다. 하지만 쉽게 잠이 들 수 없었다. 최근 들어 늦은 밤이든 낮이든 쉽게 편히 잠드는 경우가 없었다. 자려고 누우면 이런저런 생각들이 끊임없이 이어지곤 했다. 주변인들에 대한 여러 가지 생각, 회사 일에 대한 생각 그리고 정의 내리기 힘든 여러 잡다한 생각이 만들어 내는 정체 모를 잿빛의 감정들까지.

얼마 전처럼 이런 감정과 생각들을 가지고 자유롭게 글을 써 보면 좋을 것 같았다. 깊은 심연으로 떠나는 무전여행이라고 암울하게 운을 떼면 어떨까 하는 생각이 눈치도 없이 계속 들었다. 그러나 당분간은 글을 쓰지 않을 것이다.

침대에 누운 지 한참이 지나서야 민준은 잠이 들었다. 하지만 얄밉게도 얼마 안 가 울려 버린 알람에 그나마 들었던 잠에서도 깨어나야 했다. 더 잘까 싶었지만 다음 날 근무가 마음에 걸렸다.

멍하니 있어도 시간은 흐르고 있다는 사실이 못내 아쉬웠다. 예전엔 익숙했지만 이젠 이런 시간을 보내는 것이 싫었다.

집안을 아무리 둘러봐도 할 것이 보이지 않았다. 평소 규칙적으로 청소를 하고 정리정돈을 해 놓으니 딱히 해야 할 집안일도 없었다. 그나마 빨아서 개켜 둔 여름옷들을 옷장 깊숙이 넣는 일이 유일하게 해 볼 수 있는 일이었다. 이렇게 심심한 날은 오랜만에 처음이었다. 평소 취미를 갖지 않았던 것이 크게 후회가 되었다. 그렇지만 아무리 심심하고 재미없어도 취미를 잘못 가지게 되면 돈이나 시간적인 측면에서 삶이 너무 복잡해질 수 있다. 아마 이전으로 돌아간다 한들 거창한 취미를 가지려 하지는 않을 것이다.

민준은 깨달았다. 어떻게 쉬는지 알지 못해 쉴 수 있어도 쉬지 못하는 상태에 스스로가 처해 있다는 사실을. 그보다 먼저 쉬는 것이 무엇인지, 그것이 가진 의미가 무엇인지도 알지 못했다. 단순히 가만히 있는 것이 쉬는 것인지 아니면 자기가 하고 싶은 것을 하며 즐거이 시간을 보내는 것인지 혹은 극단적으로 말해 휴양지로 떠나 호화로이 위락시설을 즐겨야 하는 것인지 알 수 없었다.

할 일이 있으면 일단 하고 보는 것이고, 만일 할 일이 없으면 할 일을 찾아야만 하고, 결국 못 찾으면 불안해하는 그런 상태였다. 정신병자 같았다.

집에 우두커니 앉아 두어 시간을 아무것도 하지 않고 생각만 했다. 그러다가 자기도 모르게 다시 잠이 들고 말았다. 시간이 지나 한밤중에 잠에서 깨어 화장실로 가던 중 기상 알람을 맞춘 것이 그나마 다행이었다. 비몽사몽 간이었지만 얼마 후 잠에서 깨어나 출근을 해야 한다는 사실에 큰 안도감을 느꼈다.

일찍 잠이 들었던 탓인지 새벽 근무를 나서는 발걸음은 매우 가벼웠다. 평소처럼 출근부를 찍고 무탈하게 하루가 가길 바라며 남직원 로커로 들어갔다. 하지만 그럴 수 없음을 알게 되기까지는 긴 시간이 필요하지 않았다.

죽음

연희의 가족은 장례식에 사람들이 찾아오는 것을 원치 않았다. 그런 바람은 회사에도 전달이 되었다. 부고장이 사내 이메일을 통해 전 직원에게 전달되었으나 장례식장에 대한 정보는 찾을 수 없었다. 조화나 조문은 정중히 거절한다는 글귀가 모두의 마음을 더욱 서글프게 했다.

연희가 스스로 목숨을 끊은 것으로 알려진 이상 여느 장례식과는 사뭇 다른 모습일 수밖에 없었다. 조문객은 가족들에 한했고 회사에서도 화환이나 위로금 전달 등 통상적으로 이루어지는 제반의 행위들을 일절 보류한 상태였다. 겉으로 드러난 움직임은 없었지만 아마도 조용히 이번 사건이 사람들에게서 잊히길 바라는 눈치였다. 알려져 봐야 좋을 것이 하나도 없는 비보였다.

민준과 마찬가지로 대부분의 직원들은 연희가 세상을 떠난 다음 날이 돼서야 소식을 접하게 되었다. 민준이 마지막으로 전화를 걸어 보았을 때 연희의 핸드폰은 꺼져 있는 상태였다. 하지만 핸드폰이 켜져 있었다 하더라도 연희는 전화를 받지 못했을 것이다. 불안한 감이 있긴 했어도 큰 걱정까지는 하지 않았는데 말 그대로 청천벽력이었다.

갑작스럽게 직장 동료를 잃은 충격과 혼자만이 느끼는 죄책감으로 민준은 정상적으로 근무에 임할 수 없었다. 연희가 어떻게 죽음을 맞이하게 되었는지 그 자세한 내막은 전혀 알 수 없었다. 하지만 자신의 언행에 따라 결과가 달라졌을 수도 있다는 생각이 끊임없이 들었다. 마지막으로 연희가 남긴 말들 - 신경 쓰지 말라던 말과 고맙다는 말이 위로가 되기도 하고, 다시 한번 억장을 무너뜨리기도 했다. 이런 생각과 저런 생각들이 끊임없이 나타났다 사라지길 반복했다.

벽에서 떼어 냈던 What do you want 질문이 떠올랐다. 만일 시간을 내 줄 수 있겠냐는 연희의 문자를 받았을 당시 그 질문을 되뇌어 보았다면 어땠을까. 쉽사리 답을 내놓을 수 없었지만 결국엔 크게 달라질 것이 없을 것 같았다. 여전히 종호 선배와 술자리로 향했을 것 같다는 생각이 지배적이었다. 당시의 언행에 영향을 미쳤을 이 질문에 대한 답과 실제의 행적이 우연히 동일했다는 점은 지극히 다행스러운 일이었다. 만일 달랐다면, 그래서 연희와의 만남을 고려했을 가능성이 더 높았다면, 그것을 행동에 옮기지 못한 후회와 죄책감이 감당하지 못할 정도로 컸을 것이다. 이러한 생각들은 스스로에게 잘못이 없음을 받아들일 수 있는 조금의 힘을 보태 주었다. 하지만 죄책감과 상관없이 이 상황이 하염없이 슬펐다. 그리고 한 인격체의 덧없는 삶 마지막 모습을 바라봐야 하는 지금의 상황이 몹시도 무서웠다. 정말이지 현실이 아니라고 믿고 싶었다.

수사 과정에서 마지막으로 연희가 연락했던 사람들 중 한 명이 민준임이 밝혀졌고 참고인 자격으로 수사에 협조해 달라는 요청을 받았다. 연희가 세상을 떠난 지 나흘만이었다. 민준은 탑승 수속팀 응접실에서 경찰관의 조사를 받았다. 하지만 평소 연희와 개인적인 친분이 많이 없었기 때문에 할 말이 딱히 없었다. 오히려 경찰의 질문을 통해 연희에 대한 새로운 사실들을 더 많이 알게 되었다.

그녀가 우울증 치료를 꾸준히 받아 오고 있었다는 것, 청소년기 따돌림을 당해 학교를 여러 번 옮겨 다녔다는 것, 최근 우울 증세가 악화되어 항우울제를 평소보다 많이 처방받았지만 그 약들이 포장이 뜯기지 않은 채로 연희의 집에서 발견되었다는 것. 그리고 마지막으로 그녀의 핸드폰이 두 개였다는 것을 민준은 알게 되었다. 남들에게 알려진 번호가 등록된 핸드폰에서는 문제를 찾아볼 수 없었지만 나머지 한 개, 즉 민준에게 문자를 보낼 때 사용되었던 핸드폰에는 최근의 사용 흔적이 아예 없었다. 목숨을 끊기 전 민준에게 보냈던 문자가 최근 들어 유일한 사용 기록이었다.

"그러니까 결국 문연희 씨에 대해서 개인적으로 알고 있는 사항은 전혀 없으시다는 말씀이시죠?"

선해 보이는 눈빛을 가졌지만 목소리 톤이 낮아 위압적인 분위기를 풍기는 40대 중반의 형사였다. 조사 내내 민준이 대답할 수 있는 내용은 거의 없었지만 그 형사는 연신 수첩에 무언가를 적어 내려가고 있었다.

"네. 그냥 다른 직원들이 아는 만큼만 알고 있을 거예요."
"그게…. 얼마만큼이죠?"
"아까도 말씀드렸지만, 그 선배가 늘 사람들에게 친절하게 잘 대했다는 점과…. 음…. 그냥 문제없이 잘 지내는 그런 선배였어요."

환하게 웃는 연희의 얼굴이 떠올랐다. 그런 사람이 우울증이었다니 믿기 힘든 말이었다.

"저는 정말 이해가 안 갑니다. 그런 사람이 스스로 목숨을 끊었다는 것이."
"아직 이런 말씀 드릴 단계는 아니지만요. 우울 증세가 심한 사람이 주변 사람들에게 어떤 징후도 보이지 않았다는 것은 그만큼 자신을 속였다는 이야기가 될 수 있습니다."
"그게 무슨 말씀이신지…."

"병력 기록에 보면 돌아가신 그분 말이죠. 주변인들에게 친절하게 할 수 있는 상태가 아니었어요. 철저하게 자신을 속여 가며 사회생활을 해 온 것 같습니다. 그만큼 본인이 더 힘들었겠죠."

"…."

"지금 저희가 박민준 씨를 찾아왔다는 건 저희 수사 진행상 문연희 씨의 가장 가까운 지인으로 보인다는 뜻인데. 보세요. 그쪽도 이분에 대해서 아는 게 거의 없지 않습니까?"

"그러네요."

"이분. 저희가 알아본 바로는 주변에 친한 친구가 없었어요. 직장에서도 마찬가지고요. 아무 문제 없이 보였겠지만 만성적인 우울증이 극심한 외로움을 야기했고, 그 외로움이 생각을 극단적으로 몰고 갔던 것 같습니다. 뭐, 아직 단정 지을 단계는 아니긴 합니다."

"친한 동료가…."

민준은 연희 선배와 가장 친했던 동료가 누구일까 생각해 보았다. 처음엔 금방 누군가라도 떠올릴 수 있을 것이라고 생각했다. 하지만 아무리 생각해 보아도 떠오르는 직원이 없었다. 섬뜩한 기분마저 들었다. 연희 선배는 늘 사람들 앞에서 잘 웃고 친절한 모습이었지만 정작 가깝거나 정말 친한 동료는 주변에 없었던 것 같았다.

"그런 사람들이 생각보다 많습니다."

이 공간 또한 연희와 다른 직원들이 함께 담소를 나누던 공간이었다. 이곳에서 연희는 늘 미소를 머금고 있었다. 하지만 그게 마음을 숨기기 위한 것이었다니. 마음이 아팠다. 몸이 긴장되며 위축되어 가는 것을 느꼈다. 응접실 내 공기가 차가운 탓이라 믿고 싶었다. 형사는 중간중간 한숨을 쉬거나 표정을 찡그려 가며 안타까움을 표현했다. 직업으로서의 사명인지 아니면 한 개인으로서의 연민인지는 알 수 없었다. 하지만 민준에게는 그런 제스처가 일종의 위로처럼 다가왔다.

"그런데 이분께서 돌아가시기 전에 박민준 씨를 찾았던 걸 보니 그나마 그쪽을 좀 믿었던 모양이에요. 왜 그랬는지 혹시 모르시겠어요?"

"저도 궁금합니다. 무슨 이유였을지. 그런데 저를 믿다니요. 그게 말씀이세요?"

목소리가 미세하게 떨려 나왔다.

"마지막으로 자기 이야기를 할 사람을…. 아, 아닙니다. 제 말은 의미 두지 마십시오. 어디까지나 추측입니다."

시종일관 차분함을 유지하던 형사가 처음으로 당황한 기색을 보였다. 그리고 민준은 눈이 뜨거워졌음을 느꼈다. 그간 어떻게든 느끼지 않으려고 노력했던 가슴 너머의 죄책감이 다시 한꺼번에 몰려왔다. 이번에는 자신을 불러냈던 종호 선배가 원망스럽기까지 했다. 하지만 사실 종호는 아무런 잘못이 없었다. 엄밀히 따지면 민준 자신도 잘못은 없다. 그럼에도 한 사람의 인생이 비극적인 종결에 이른 것에 대한 책임을 누군가에게는 물어야 할 것 같았다.

인생이란 그 단어 너머에 다양한 규모의 여러 소중한 의미들이 함께 존재 하고 있는 고차원적인 것이다. 그 모든 것들이 한순간에 사라졌음을 인정하는 것은 크나큰 고통이었다. 그 어떤 것으로도 그 의미들이 대체될 수 없음을 우리 모두는 익히 알고 있다.

"따로 일기를 쓰거나 혹은 인터넷에 글을 올리거나 한 흔적도 없어요. 요즘 많이들 쓰는 SNS에도 계정을 찾아보기 힘들더라고요. 탈퇴를 하신 건지 뭔지는 좀 더 알아봐야겠지만, 아예 흔적이 없어요. 한마디로 자기 마음을 털어놓을 곳이 아예 없었던 상태라고 보시면 됩니다."

"그렇군요…."

"마음의 병이죠."

"부모님하고도 아무런 대화가 없었을까요?"

"문연희 씨가 부모님 이야기를 했었습니까?"

중요한 단서라도 잡은 것처럼 목에 힘을 주고 형사가 말했다. 눈빛도 한층 날카로워진 눈치였다.

"그런 건 아닙니다. 아까도 말씀드렸다시피 따로 개인적인 대화를 나

눈 적이 거의 없었어요. 아니, 아예 없었다고 봐도 될 것 같네요."

"부모님이 외국에 계신 건 알고 계셨나요? 서로 안 본 지 2년이 넘었다던데."

"그럼 친구나 부모도 없이 늘 혼자 있었다는 건가요?"

"네. 직장이 유일하게 사람들과 만나는 곳이었던 것으로 추정됩니다. 그런 결론으로 저희가 이곳에 찾아온 거고요. 그런데 박민준 씨도 아무런 답변을 해 줄 수 없는 것 보니 아무래도 지독한 우울증으로밖에는 그 원인이 없네요."

"지독한 우울증…."

"조사를 더 해 봐야겠지만 마지막으로 문자를 남긴 박민준 씨에게서는 증거라 할 만한 내용을 더 알아내긴 힘들 것 같군요."

"도움을 드리지 못해서 죄송합니다."

"아닙니다. 오늘 실례가 많았습니다. 혹시 나중에라도 생각나는 게 있거나 저희에게 알려 주셔야 할 내용이 있으면 이쪽으로 연락 부탁드리겠습니다."

형사는 탁자 모서리 끝을 손으로 가리키며 말했다. 거기에는 처음 민준에게 자신을 소개하며 건넸던 명함이 놓여 있었다. 손가락 끝이 직업과 다르게 곱상해 보였다. 현장에서 괴한을 잡거나 몸을 거칠게 사용하는 것과는 거리가 멀어 보이는 예쁘장한 손가락이었다.

"알겠습니다. 마음이 너무 안 좋네요."

먹먹한 표정으로 민준이 자리에서 일어나며 말했다.

“그렇죠. 저희도 이런 사건 보면 안타깝습니다. 그런데 요즘엔 너무 많아요, 이런 일들이.”

형사는 한 손으로 수첩을 접어 덮고 다른 한 손으로는 들고 있던 펜을 재킷 안주머니에 끼워 넣었다. 얼굴에는 무덤덤함과 적당한 냉소가 함께 서려 있었다.

“그럼 이만 실례하겠습니다. 협조해 주셔서 감사합니다.”
“네. 안녕히 가세요.”

응접실을 나서는 형사의 뒷모습이 한없이 무거워 보였다. 한가득 무거운 짐이 묶여 있는 것 같았다. 한이 서린 망자들의 넋이 형사의 그림자가 되어 질질 끌려 나갔다. 눈에 보이지 않는 짙고 어두운 그림자였다.

응접실 문이 열리자 바깥 사무실의 창백한 형광등 빛이 들어왔다. 문 주위에서 기다리고 있던 동료직원들의 모습이 보였다. 그들은 문을 나서는 경찰관과 멀찌감치 서 있는 민준을 번갈아 가며 바라보고 있었다. 민준은 억지로 지은 어색한 눈웃음으로 그들의 시선을 맞이했다.

“협조해 주셔서 감사합니다. 안녕히 계십시오.”

형사가 사무실 밖으로 나가자 민준은 한숨을 크게 쉬고 다시 자리에 앉았다. 더 이상의 다른 생각이 처리될 수 있는 상황이 아니었다. 혼란스러움이 머리와 가슴을 가득 채웠다. 그에 비해 현실은 예전과 다를 바 없었다. 연희가 세상을 떠난 지 아직 일주일이 채 되지 않았지만 근무 현장은 믿을 수 없을 정도로 차분했고 어떠한 변화도 느껴지지 않았다. 마치 연희의 죽음이 아무것도 아니었던 것처럼 눈에 보이는 세상은 여전히 예전과 같았다.

형사의 말대로라면 민준과 마찬가지로 연희에 대해 자세히 이야기할 수 있는 직원은 아마도 거의 없었을 것이다. 실제로도 직원들은 연희에 대한 이야기를 많이 나누지 않는 분위기였다. 연희에 대해 잘 알지 못했기 때문인지 아니면 자살이라는 단어가 가진 이질적인 무거움 때문인지 민준은 알 수 없었다. 어쩌면 자연스레 터부가 되었을 수도 있었다. 분명한 건 연희가 없는 현재의 일상에 모두가 잘 적응해 나가고 있었다는 점이었다. 아예 처음부터 연희가 없었던 것처럼.

"민준 씨, 잠깐 나 좀 볼까?"

한동경 차장이 컴퓨터 모니터에 시선을 고정시킨 채 나지막한 목소리로 말했다. 복화술을 하는 것처럼 입술이 거의 움직이지 않았다. 민준은 응접실을 나와 한 차장의 책상 옆을 지나가는 중이었다.

“네. 차장님.”

한 차장은 짧게 숨을 내쉬고 자리에서 일어나 사무실 밖으로 걸어 나갔다. 민준도 그 뒤를 따라나섰다. 사무실 문을 열고 나가 보니 여행객들과 환송객들 그리고 여러 다른 소음이 만들어 내는 잡다한 소리들이 합쳐져 공항을 가득 채우고 있었다. 마치 다른 세계로 들어가는 것과도 같은 착각이 들었다.

한 차장이 복도 끝으로 걸어가 몸 한쪽을 난간에 기댔다. 그는 주머니에서 핸드폰을 꺼내 들었다. 특정한 목적이 없는 그저 습관에 의한 동작처럼 보였다.

“하실 말씀이라도….”
“많이 힘들지?”

핸드폰 화면을 엄지손가락으로 만지작거리던 한 차장이 민준을 바라보며 말했다.

“아닙니다. 뭐…. 그냥 마음이 좋지 않죠.”
“그렇겠지. 지금 안 그런 사람이 어디 있겠나.”
“네….”
“마음 잘 추슬러야 돼.”

"그래야죠."

감정이 철저하게 배제된 그런 대화였다. 그렇다고 부정적인 기운이 서려 있지도 않았다. 한없이 평온하고 중립적인 목소리가 오고 갔다.

하지만 민준의 마음은 그렇지 못했다. 연희의 모습이 자꾸만 떠올랐다. 늘 웃는 모습만 보여 줬던 연희는 생각 속에서도 환하게 웃고 있었다. 평소보다 더 예뻐 보였다. 우울한 표정을 애써 상상해 보려 했으나 도저히 할 수가 없었다. 연희는 그 어느 때보다 아름답게 웃고 있었고 세상 그 누구도 연희를 나무랄 수 없을 것 같았다. 그 얼굴을 현실에서는 더 이상 볼 수 없다는 사실이 믿기지 않았다.

"그래…. 경찰이 와서 이것저것 물어봤겠지? 대답은 잘해 줬어? 생각보다 오래 붙잡고 있던데."

"저랑 가장 가까웠던 걸로 알고 찾아온 모양입니다. 그런데 사실 제가 연희 선배랑 개인적으로 친하진 않았습니다. 그래서 딱히 해 줄 말이 없었죠."

"연희 씨가 개인적으로 가까웠던 사람이 아마 거의 없었지?"

"저는 그런 사실을 미처 몰랐네요. 그저 성격 좋은 선배니까…."

"그렇게들 생각하지 대부분. 사람이 늘 웃고 있으니까."

"차장님은 알고 계셨네요. 저는 거기까지는 생각 못 해 봤었어요."

그러다 한 차장이 핸드폰 화면을 민준에게 내밀었다. 페이스북의 화면이 있었다. 그리고 거기엔 민준이 올렸던 글이 보였다.

"이건…."
"이제 이거 찾아봐도 없다면서?"
"네. 그게…."
"그래. 뭐, 사정이 있었겠지. 그런데 여기 이 댓글 보여?"

한 차장은 핸드폰 화면에 손가락을 대고 캡처 이미지가 커지도록 만들었다. 민준은 익숙한 글귀가 있을 것이라고 예상했다. 하지만 댓글의 내용은 생각보다 생소해 보였다.

'마치 제 이야기 같아요. 누군가 저를 이해해 주고 있다는 느낌이네요. 마음이 따뜻해집니다. 좋은 글 감사합니다.'

"댓글들을 다 본다고 봤는데 저 댓글은 처음 보는 것 같습니다."
"그렇겠지. 이 댓글 금방 삭제되었을 거야."
"그렇습니까? 아니 그런데 그걸 어떻게…."
"나도 우연히 봤어."

어떻게 그런 사실을 한 차장이 알고 있는지도 궁금했지만 더 궁금한 것은 왜 그 댓글이 삭제되었냐는 것이었다.

"이 댓글을 쓴 아이디 보이나?"

"이상하네요. 이건 이름이 아니라 무슨 암호 같은데요?"

"우리 수속 단말기 접속 코드 같지 않아?"

"그러네요. 혹시 차장님께서?"

"내 코드 몰라?"

"그렇죠. 그럼 이건…."

"연희 씨 코드더라."

"연희 선배가?"

심장이 멎는다는 게 이런 기분일까. 순식간에 피가 얼굴로 몰려왔다. 목 뒤에서도 느껴 본 적 없는 뻐근함이 올라왔다. 심장 박동이 급속도로 빨라지고 관자놀이에서도 맥박이 느껴졌다. 이 소리들이 귓속 깊은 곳에서 울리듯 들려왔다. 그리고는 눈이 금세 붉어졌다. 얼굴과 눈의 흰자 모두 붉게 달아올랐다.

"모르겠다. 이런 이야기를 민준 씨한테 하는 게 옳은 건지는."

"…."

"아마 큰 위로를 받고 떠났을 거야 연희 씨는."

"아…."

"그게 고마웠던 게지. 그래서 작별 인사라도 하고 싶었을 거야. 난 그렇게 생각이 드네."

온몸에 강력한 전율이 느껴졌다. 머리카락이 바짝 서는 것 같았다. 목의 뻐근한 느낌이 정수리까지 온전하게 전달되었다.

"그러니 죄책감 같은 것들…. 아예 가질 생각도 말아. 이런 일이 일어나지 않았더라면 가장 좋았겠지만, 결국 이렇게 될 것이 연희 씨에게 숙명이었다면, 아마 그 마음의 짐을 조금이라도 덜어 준 게 자네였을 테니까."

뜨거운 눈물이 민준의 두 뺨 위로 흘러내렸다. 어떤 감정이라고 정의 내릴 수 없었다. 죄책감이나 혹은 안도감 그 무엇도 아니었다. 눈이 뜨거웠던 것만큼 마음도 뜨거워졌고 몸에 잔뜩 들어갔던 힘이 풀리기 시작했다.

"오늘 힘들었을 텐데 일찍 들어가 봐."

한 차장이 민준의 어깨에 손을 얹으며 말했다. 어깨에 다가온 그 손과 팔을 부둥켜안고 싶었다. 그리고 하염없이 흐르는 눈물을 그대로 흘려보내고 싶었다. 누군가가 필요했다. 기대어 울 수 있는 그런 누군가가. 그러지 않고서는 마음을 감당할 수 없을 것 같았다. 그렇지만 몸이 제대로 움직여지지 않았다.

한 차장은 아까 그 경찰이 그랬던 것처럼 무겁고 어두운 모습으로 사무실을 향해 걸어갔다. 그리고 텅 빈 복도엔 민준 혼자만이 남았다.

감당할 수 없는, 정체를 모르는 미지의 감정들이 온몸과 마음을 가득 채웠다. 마치 공항을 가득 채운 온갖 잡스러운 소음들마냥 그렇게 민준을 채워 들었다.

'미안해'

회사에 병가를 신청하고 승인이 나기까지는 채 이틀이 걸리지 않았다. 부서장의 결재는 신청 당일에 났고 본사 인사부서의 승인도 모두 일사천리로 진행되었다. 통상적으로 병명과 증상이 적힌 진단서를 제출해야 했지만 굳이 그럴 필요가 없었다. 경찰 조사를 두 차례 더 받아야 했고 그로 인해 정상적인 근무가 불가능했던 상황을 회사 구성원들이 누구보다 잘 알고 있었다.

한 번의 추가 조사로 끝날 경찰 조사가 한 번 더 진행되어야 했던 것은 민준의 탓이 컸다. 민준은 조사에 제대로 임할 수가 없었다. 연희의 댓글을 보고 난 후의 민준은 평소 모두가 알고 있던 그런 모습을 보여줄 수 없었다. 작은 미소도 지을 수 없었고 그 어떤 말도 함부로 내뱉을 수 없었다. 다만 고개를 끄덕이거나 눈을 찡그리는 수준 외에는 어떠한 소통도 하지 않았다. 스스로도 왜 그렇게 행동했었는지에 대해서 답을 내리지 못했다. 그냥이었다. 그냥 그렇게 할 수밖에 없었다.

"박민준 씨, 상태가 많이 안 좋으시니 이삼일 후 다시 더 이야기를 나눌 수 있을까요? 정말 죄송합니다. 저희도 그만 종결짓고 싶지만 수사라는 게 워낙…."

형사는 민준과 함께 있는 시간을 오히려 미안해했다. 그러나 민준 외에는 연희의 자살을 설명해 줄 수 있는 사람이 딱히 없다고 경찰은 판단했다. 물론 첫 번째 조사에서 대략의 결론이 내려졌지만 연희의 탈퇴된 페이스북 계정이 확인되면서 추가로 더 확인해야 할 사항들이 생겼다. 그래서 두 번째 조사가 이뤄진 것이었는데 민준이 대부분 묵묵부답으로 임하다 보니 어쩔 수 없이 조사가 길어졌다.

병가를 내고 한동안은 집에서만 머물렀다. 알 수 없는 감정과 생각들 그리고 그로 인한 두통이 지속되었다. 생각의 방향을 잡으려 하면 다시금 어떠한 생각을 해야 할지 갈피를 잡을 수 없었다. 계속 그래 왔듯 간간이 떠오르는 연희의 얼굴은 늘 밝은 모습이었다. 그 반대의 표정을 상상해 보고 싶었지만 역시나 마음대로 되지 않았다. 연희 생전에도 그랬다. 그런 모습은 본 적도 없었거니와 상상 속에서도 그려 내 본 적이 없었다. 연희의 모습을 떠올리면 심박 수가 높아지고 슬픈 감정으로 가슴이 벅차올랐다. 연희가 남겼던 댓글도 함께 떠올라 눈물이 고이곤 했다.

아침이 되면 바스스 일어나 멍하니 오전 시간을 보내고, 오후가 되면 집 근처로 산책을 나갔다. 아직 개발이 진행 중인 한적한 시골길까지 천천히 걸어 다녀오면 두세 시간이 훌쩍 지나갔다. 해가 질 때 즈음 다시 집으로 돌아왔는데 하루에 한 끼만 먹어도 나머지 시간 동안 크게 허기가 느껴지지 않았다.

이전에 산책할 때는 이어폰으로 음악을 듣곤 했다. 하지만 이제는 음악을 들을 수 없었다. 주의 깊게 듣지 못했던 노래 가사들이 감정을 지나치게 많이 자극했다. 그런 자극은 당분간 피하고 싶었다. 멋모르고 음악을 들으며 산책을 나섰던 처음 그 날, 가사 글귀들 모두가 인생을 노래한 시였음을 새삼 깨닫게 되었다. 그런 깨달음 때문인지 가사 한 마디 한 마디가 마음속을 깊고 날카롭게 파고들기 시작했다. 슬픔과 행복, 그리움과 사랑 그리고 증오에 이르기까지 가사에 실린 모든 감정이 고스란히 전달되었다. 작사가의 심정에 온전히 마음이 동화되었고 감정선이 거칠게 요동치다 보니 마음이 금방 노곤해졌다. 힘이 빠져나가는 기분이 들어 당분간은 음악을 듣지 않는 게 좋겠다고 결론 내렸다.

자연스레 살이 빠지고 기운도 없는 시간이 이어졌다. 닷새간 그런 모습으로 지냈고 그다음 날부터는 끼니를 모두 챙겨 먹었다. 그럼에도 특별히 하는 일은 여전히 없는 상태였다. 이렇게 사람이 멍하니 살 수 있구나. 그러다 지금처럼 생각이 멈출 수 있구나. 정말로 아무것도 하지 않고도 살 수 있구나 하고 생각했다. 그리고는 단 한 번도 생각해 보지 못한 결론으로 생각들이 모아졌다. 처음엔 의문형이었지만 이내 확신으로 그 모양새가 바뀌었다.

이젠 죽어도 괜찮을 것 같은데.

우울증이라는 생각은 한 번도 해 본 적이 없었다. 그저 머리가 멍할 뿐이었다. 무언가 생각이 들어도 그다음 생각으로 이어지지 않았고 바로 끊겨 버렸다. 생각이 행동으로 옮겨지는 경우도 없었다. 그래서일까. 공허감이 들었다. 아마 이런 공허한 마음이 우울감의 전초 증상이었을 것이다.

죽어도 된다는 생각 기저에 깔린 감정이 우울감이라고 인지하게 되자 그때서야 머리가 돌아가기 시작했다. 마치 죽었던 의식이 살아나는 것 같았다. 아담이 선악과를 따 먹었을 때 아마 이런 느낌이었을 것이다. 눈이 밝게 떠지는 느낌.

민준은 옷장을 열고 정장을 꺼내 들었다. 결혼식이나 갈 일이 생겨야 겨우 입는 그 옷을 들고 거울 앞에 섰다. 옷걸이에 걸린 재킷을 턱 끝에 가져다 대고 거울을 바라보았다. 제대로 옷을 입은 것도 아닌데 제법 잘 어울려 보였다. 남자답고 단정해 보였다. 그 정장은 대학 졸업 후 부모님께서 사 주신 선물이었다. 하지만 입사 초 신입사원 교육 때만 입었을 뿐 그 이후로는 입을 일이 거의 없었다.

민준은 정장을 침대 위에 가지런히 올려놓았다. 그리고는 입고 있던 옷을 모두 벗었다. 팬티만 입은 채로 다시 한번 민준은 거울 앞으로 다가갔다. 적나라하게 드러난 맨살이 초라해 보였다. 팬티까지 벗어 내린 민준은 거울 앞에 쪼그려 앉았다. 엉덩이가 바닥에 닿자 민준은 무릎 사이로 고개를 숙여 내렸다. 그리고 조용히 입을 열었다.

"죽고 싶다."

이 말을 내가 하게 될 줄이야. 기분 나쁜 두통이 이마로부터 느껴졌다. 뱉어 낸 말이 다시 되돌아와 민준의 머리를 조이는 것 같았다. 그 무엇보다 '지금'이 싫었다. 그래서 존재하고 싶지 않았다. 원하는 건 오로지 죽는 것이었다. 스스로가 존재하고 있다는 사실이 고통스러웠다. 그래서 모든 걸 중단하고 싶었다. 성난 태풍으로 생겨난 거대한 파도처럼 거친 생각들이 머리를 가득 채웠다. 지금이라는 것은 곧 나 스스로와 동일 시 되는 개념이었다. 그 대상이 지금이든, 스스로이든, 싫다는 생각을 하는 것은 참으로 괴로운 것이었다.

하지만 어떤 감정을 이토록 분명하고 확실하게 느껴 본 것이 얼마 만인가. 늘 이것도 저것도 아닌, 내가 어떤 것을 원하는지도 헷갈리던 삶이었는데. 마지막으로 이런 원색의 감정을 느낀 적이 언제였는지 감히 생각도 들지 않았다.

"지금껏 얼마나 열심히 살아왔는데…."

억울한 마음에 눈물이 나기 시작했다. 물론 고3 시절 제일 열심히 살았고 그 이후 열심의 정도가 서서히 낮아지긴 했다. 그럼에도 정말 성실하게 사회가 요구하는 많은 것들을 수긍하며, 그 수긍의 결과로 이어지는 많은 과제들을 착실하게 잘 이행해 왔다. 고등학교 시절에는 '인서울' 대학에 들어가지 못할까 봐 얼마나 전전긍긍했던가. 되돌아보면 별거 아니었지만, 그 시절엔 인생을 걸고 대입을 준비하지 않았던가. 그래서 서울에 있는 상위권 대학을 들어갈 수 있었고 또 좋은 성적으로 졸업했다. 그리고는 남들이 우러러보는 대기업에 직장을 잡았다. 그 직장에서도 성실하게 일하며 나쁜 짓이라고 여겨질 만한 건 한 번도 해 본 적이 없는데.

그랬는데…. 왜 나는 지금이 싫은 걸까. 왜. 그 어느 때보다 지금이 죽도록 싫은 걸까. 왜 지금의 내가 그토록 싫은 걸까. 왜 그런 걸까.

그래.

지금 나는 행복하지 않다. 나는 불행하다.

살면서 단 한 번도 행복하다고 생각해 보거나, 행복하다는 말을 입 밖으로 표현해 본 적이 없었다. 행복이란 그저 글로만 존재하는 하나의 단어였을 뿐 직접 마음으로 느껴 볼 수 있는 종류의 감정이 아니라고 믿어 왔다. 그게 잘못된 것이라는 것을 단 한 번도 생각해 보지 못했다. 행복하지는 않지만 괜찮다고 생각해 왔다. 하지만 그게 불행인 것을 미처 알아채지 못했다.

돌아가고 싶었다. 스스로에게 결정권이 있었던 그때로. 그래서 자기의 삶을 바꿀 수 있었던 그 시절로 돌아가고 싶었다. 그게 언제인지는 알 수 없지만 과거로 돌아가 스스로를 행복하게 만들어 주고 싶었다. 행복에 대한 열망이 가슴 속 깊이 차올랐다.

방바닥에 주저앉아 서러운 눈물을 쏟아 내고 있으려니 연희에 대한 미안한 감정도 함께 복받쳐 올랐다. 그 미안함이란 연락을 받았고 못 받았고의 단순한 문제가 아니었다. 그건 민준의 책임 소재 밖이었음을 경찰 조사를 받는 과정에서 수많은 사람들로부터 들어왔다.

미안한 마음이 발생된 근원은 더 깊숙한 곳에 있었다. 행복을 자기의 것으로 만들지 못해 여러 날을 그 반대 감정으로 보냈을 그녀였다. 우울함과 자괴감 그리고 앞으로도 행복할 수 없을 거라는 좌절감으로 뼛속까지 괴로웠을 소중한 인격체에 대한 연대적 책임감이었다. 그로부터 비롯된 미안함은 그간의 알량한 죄책감과는 가히 비교가 되지 않는 것이었다. 동질감에서 비롯된 감정 같기도 해서 눈물이 멈추지 않고 흘러내렸다. 그녀가 느꼈을 서럽고 혼란스러운 감정이 고스란히 민준의 마음을 타고 내렸다.

민준은 자리에서 일어났다. 갑자기 몸을 일으키니 두통이 더 심하게 느껴졌다. 정수리 끝을 누군가 둔탁한 바늘로 끊임없이, 그것도 아주 세게 찔러 대는 것 같았다. 마음을 가라앉히지 않으면 머리가 더 아파질 것이다. 민준은 눈을 질끈 감았다. 그리고는 무엇보다 잔인하고 혹독한 생각이 민준의 마음을 뒤덮었다. 가장 미안해야 할 마지막 사람이 남아 있었다. 책임도, 미안함도 고스란히 혼자만이 감당해야 하는 그 마지막 사람이 있었다.

지금이 너무 싫다고, 행복하지 않다고 원망하지만 그 원망의 대상이 있기나 한 것일까. 없었다. 그 어디에도 없다. 불행하도록 그토록 다그치고 억압했던 건 다름 아닌 스스로였으니. 그 누굴 원망하겠는가.

온몸에 소름이 돋았다. 이젠 눈물조차 나오지 않았다. 되돌아보면 깨달음이 너무 늦게 찾아온 것도 아니었다. 그동안 어렴풋이 원인을 고민하며 답을 찾아봤었다. 하지만 늘 미적지근했다. 그러나 이번엔 달랐다. 머리와 마음 그리고 영혼 구석구석까지 뻗친 이 깨달음은 좌우로 날이 선 검처럼 매섭고 날카로웠다.

What do you want라는 그 단순한 질문에 몇 번 답해 봤다 하여 어쭙잖게 만족해하던 얼마 전까지의 모습이 떠올랐다. 흉내는 내 봤지만 작은 방해물만 보여도 금방 주눅이 들곤 했다.

남을 위해 가장 소중한 자기 자신을 너무도 쉽게 내버렸다.

"박민준…. 미안해."

이제는 정말 죽어도 될 것 같았다. 내가 나와 하나가 되어 더 이상 바랄 것이 없었기에, 그동안 멀리서만 바라봐 왔던 스스로를 드디어 만났기에.

눈물로 흠뻑 젖은 볼과 입가에 작은 미소가 번졌다.

새로운 빛

민준은 초저녁부터 잠이 들었다. 새벽에 잠에서 깨어 보니 온몸이 땀에 젖어 있었다. 체온이 떨어져 약간의 한기를 느낀 민준은 뜨거운 물로 샤워를 했다. 샤워를 하면서 어린 시절이 떠올랐다.

민준은 친구들과 함께 모여 놀고 있었다. 그러다가 달리기를 하게 되었고 민준은 또래 다른 남자아이들과 일렬로 서서 요이 준비 땅을 기다리고 있었다. 기억하기로는 민준 옆에 섰던 친구가 달리기를 가장 잘하는 친구였다. 땅! 소리와 함께 달리기가 시작되었다. 최선을 다해 전속력으로 달려 나간 민준 옆으로 달리기를 잘한다던 그 친구의 모습이 보였다. 막상막하로 함께 1등을 다투던 중 아주 경미한 충돌이 있었고 결국 그 친구가 넘어졌다. 민준은 그대로 달려 나가 1등으로 결승선을 통과했다. 하지만 결승선에는 아무도 없었다. 모든 다른 친구들은 넘어진 그 친구에게 다가가 있었다. 민준은 홀로 결승선을 넘었다가 그 친구 쪽으로 다가갔다.

"민준이가 날 밀었어!"

친구가 울먹이며 말했다. 그러자 그 주변 친구들이 모두 민준을 바라봤다. 반칙이다. 치사하다. 사기꾼이다. 같이 달리기 못하겠다. 민준에게 온갖 조롱이 쏟아졌다. 넘어진 그 친구는 평소에도 인기가 많은 친구였다. 하지만 민준은 그냥 평범한 아이였다. 민준은 억울했다. 자기는 열심히 뛰었을 뿐인데 괜히 혼자서 넘어진 그 친구가 얄미웠다. 그래서 어쩔 수 없는 항변을 했다.

"내가 뭘 밀어? 난 안 밀었어."
"내가 봤어. 민준이가 밀었어."
"나도 봤어!"
"나도!"

민준은 아무 말도 할 수 없었다. 친구들이 거짓말을 하고 있다고 말하고 싶었지만 그럴 수 없었다. 민준의 편은 아무도 없었다. 화가 치밀어 올랐지만 억울함에 말문이 막혔다. 그날 저녁 집으로 돌아가 부모님께 아무 말도 못 하고 저녁 시간 내내 울었다. 어머니는 왜 그러느냐고 몇 번을 물어보셨지만 민준은 아무 말도 하지 않았다. 친구들의 만행으로 어머니가 걱정하시는 것을, 그로 인해 마음 아파하시는 것을 원하지 않았다. 당신 아들이 속상해하는 것을 함께 공감하지 않으시길 원했다. 혼자만 아프고 말면 모두가 다시 행복해질 것이라 생각했다.

왜 그랬을까. 왜 그렇게 혼자서 짐을 지려고 했을까.

샤워를 마치고 거실로 나왔다. 습관처럼 TV를 켰다. TV를 켜면 그 위로 What do you want 문구가 보이곤 했으나 이제는 없었다. 한동안 그게 있고 없고를 가지고 무의식중에 의미를 두곤 했다. 이제는 상관없었다.

마지막으로 봤던 채널이 뉴스 채널이었던 탓에 바로 뉴스가 나왔다. 케이블 채널이라 새벽인데도 방송이 이어지고 있었다. 아마 전날 밤 방영되었던 뉴스가 다시 편집되어 나오는 듯했다. 연말을 앞두고 공포 분위기를 조성하려는 북한의 소식이 먼저 등장했다. 북한군의 조직적 움직임을 감지한 미국 정보당국의 소식이 보도되었고 한복 차림을 한 익숙한 얼굴의 북한 앵커가 한국 정부에 대한 폭언을 퍼붓고 있었다. 북한의 위협은 언제 실제로 다가올 것일까. 전쟁이 나기는 할까. 통일은 과연 가능한 일일까. 차라리 미국과 함께 북한을 선제공격하면 어떨까. 무던하고 과격한 생각이 들었다.

얼마 전 치러진 수학능력시험에 대한 이야기도 나왔다. 만점자가 많이 줄어 상위권 대학의 경쟁이 가열될 것이라고 했다. 가습기 소독제 사고에 대한 이야기도 이어졌다. 보상에 관한 이야기와 가습기 세척에 대한 방법이 소개되었다. 화재사고, 교통사고 그리고 보이스 피싱에 대한 짤막한 뉴스들이 이어졌다. 날씨 정보를 끝으로 뉴스가 끝나고 광고가 나왔다.

날씨 정보 외에는 모두가 인간이 만들어 낸 일들이었다. 우리 인간은 그토록 스스로를 위해 많은 것을 만들어 내고, 또 그로 인해 고통을 받고, 다시금 그 고통의 결과로 새로운 것을 만들어 낸다. 그리고 그것을 발전이라 칭한다. 우리는 왜 그토록 발전에 집착할까. 문명 발전의 혜택을 모두가 누리고 있지만 과연 그것이 미천한 수준의 편의성 향상이라는 것 외에 더 다른 의미가 있을까.

연희는 오늘날 존재하는 모든 발전의 결과를 누리지 못해 스스로 목숨을 끊은 것일까. 그 발전이라는 것이, 문명이라는 것이, 현실 세계라는 것이 인간의 가치를 그 어느 때보다 가볍게 만들고 있는 게 아닐까. 그런 세상에 살아 존재하고 있는 것이 과연 유의미한 것일까.

TV를 껐다.

한순간에 화면에 잔뜩 퍼져 있던 빛이 사라졌다. 온통 검은색으로 변한 화면을 보며 민준은 TV처럼 꺼지고 싶었다. 온통 검은색으로. 빛이 없는 무의 모습으로.

그러면 다시금 새로운 빛을 받아들일 수 있을 것이다. 마치 새로 시작되는 태초의 모습처럼.

Chapter 1

모교 정문에 도착했다.

대학에서 운영하는 종합병원과 맞닿아 있어 버스에서 내리는 사람의 대부분이 병원 방향으로 향한다. 학창시절에도 병원 환자들과 학생들이 한데 어우러져 버스에 타고 내리곤 했다. 오늘은 학생이 거의 없다. 토요일 오전으로 추측되는 시간대일 것이기 때문이다.

전날 밤부터 내린 눈이 하얗게 캠퍼스를 뒤덮었다. 정말 아름다운 그림이 아닐 수 없다. 하늘은 여전히 흐렸지만 눈 덮인 풍경의 아름다움을 반감시킬 수 없었다.

졸업한 지 한참이 지나서 방문한 대학의 캠퍼스는 예나 지금이나 다를 것이 없다. 정문에 들어서는 순간부터 5층 남짓한 건물들이 여러 채 이어지고 건물과 건물 사이는 어지러운 간판과 상점 입구가 아닌 나무와 풀들로 그 공간이 채워져 있다. 학교의 설립 정신 따위가 적힌 오래된 상징물들도 곳곳에 자리 잡고 있다. 상아탑이라는 말이 절로 떠오르는 풍경이다.

학창시절 가장 즐겨 찾던 곳은 도서관이었다. 자취방 책상과 의자는 결코 편하지 않았다. 그래서 모든 과제와 공부는 도서관에서 이루어졌다. 정문을 지나 도서관으로 향한다. 눈이 쌓여 있어 걸을 때마다 뽀드득 소리가 난다. 나이가 들어도 눈을 보면 여전히 기분이 좋다.

대학의 교시가 적힌 멋들어진 탑을 지나 나무가 우거진 길을 향해 들어간다. 여름엔 숲이라고 여겨질 정도로 우거진 공간이지만 지금은 앙상한 속살을 드러내고 있다. 몇 가닥 남지 않은 갈색 이파리들 위로 간당간당하게 눈이 쌓여 있다.

저 멀리 대학 본부가 위치한 건물이 보인다. 그리스 신전을 연상시키는 커다란 본부 건물은 대학의 자랑이다. 오늘도 몇몇 관광객들이 그 앞에서 사진을 찍는 모습이 보인다. 도서관은 본부 건물 옆 동산 밑자락에 위치해 있다. 낡았지만 그 또한 고전적 멋을 지닌 이곳은 민준에게는 정겨움 그 자체다. 도서관에 도착하니 학생시절이 떠오른다. 공부가 재밌었던 건 아니었지만 졸업 후 바로 경제활동을 해야 한다는 생각이 늘 민준을 이곳으로 오게 했다.

도서관 전체가 엄숙한 공기를 품고 있다. 하지만 유일하게 그렇지 않은 곳이 있다. 매점이다. 열람실로 들어가기 전 2층에 위치한 매점으로 먼저 가 본다. 내부 구조가 좀 더 현대식으로 바뀌었지만 분위기는 거의 그대로다. 여느 대학이 그렇듯 일반 상점에서는 보기 힘든 저렴한 가격으로 생수 두 병을 사 들고 민준은 노트북 열람실로 향한다.

열람실 문을 열고 들어가 학창시절부터 가장 좋아했던 구석 자리로 향한다. 그곳에는 귀에 이어폰을 끼고 동영상 강의를 시청하는 소민의 모습이 보인다. 조용히 소민의 옆자리에 가방을 내려놓고 노트북을 꺼내는 동안에도 소민은 민준이 온 것을 알아채지 못한다. 강의를 들으며 열심히 필기를 하는 중이다. 민준은 노트북을 켜고 이내 화면에서 워드프로세서를 작동시킨다. 노트북 화면의 반짝거림을 느꼈는지 소민이 민준을 바라본다. 초롱초롱 빛나는 눈이 반쯤 감기며 상냥한 미소로 바뀐다. 소민은 민준의 허벅지 위에 손을 살포시 얹고 바깥 공기로 차가워진 볼에 가볍게 입을 맞춘다. 민준은 생수 한 병을 소민에게 건넨다. 고마워. 소민이 소리 없이 말한다. 민준은 미소로 화답한다.

소민과 민준은 이제 각자의 노트북 화면으로 시선을 돌린다.

민준은 지난 밤 눈이 오는 모습을 보며 떠올렸던 감정들을 꺼내 본다. 그리고는 키보드 위에 얹은 양손을 바쁘게 움직여 본다. 화면엔 건조한 디자인의 글자들이 모습을 드러내기 시작한다.

온 세상이 하얗습니다.

흰 눈이 모든 걸 덮었습니다.

잎사귀가 아직 덜 떨어진 단풍나무에도,
한없이 못생긴 커다란 바위 위에도,
여전히 당신을 그리는 내 마음에도.

소복하게 내린 눈의 차가움 때문인지,
아니면 이전부터 차가웠던 내 마음의 온도 때문인지,
마음이, 가슴이, 온몸이
두근두근 떨림을 멈추지 않습니다.

아름답게 내려앉은 흰 눈을 봤기 때문일까요.
아니면 하얗게 뒤덮인 그리움 때문일까요.
무엇 때문에 이렇게 두근두근 마음이 요동치는 것일까요.

온 세상이 하얗습니다.

흰 눈이 모든 걸 덮었습니다.

이제는 멈췄으면 좋겠습니다.

당신을 생각나게 하는 아름다운 흰 눈이.
그리움에 지친 이 기다림이.

행복을 기다리는 오랜 외로움이.